클라라
죽이기

CLARA GOROSHI (THE MURDER OF CLARA) by Yasumi KOBAYASHI

Copyright ⓒ 2016 by Yasumi KOBAYASHI
All rights reserved.

Originally published in Japan by TOKYO SOGENSHA Co., Ltd., Tokyo.
Korean Translation Copyright ⓒ 2017 by Sigongsa Co., Ltd.
This Korean translation edition is published by arrangement with TOKYO SOGENSHA
Co., Ltd., Japan through Shinwon Agency.

이 책의 한국어판 저작권은 신원 에이전시를 통해
TOKYO SOGENSHA Co., Ltd.,과 독점 계약한 ㈜시공사에 있습니다.
저작권법에 의해 한국 내에서 보호를 받는 저작물이므로
무단 전재와 무단 복제를 금합니다.

클라라 죽이기

고바야시 야스미 지음
김은모 옮김

주요 등장인물 소개

이모리 겐: '이상한 나라'의 꿈을 자주 꾸는 대학원생.
로텐 글라라: 휠체어를 타는 미소녀. 목숨을 위협받고 있다.
드로셀마이어: 대학교수. 글라라의 이모부.
모로보시 하야토: 글라라의 지인. 작가.
신도 레쓰: 영리한 여성. 이모리의 수사를 돕는다.
빌: 사람 말을 알아듣는 도마뱀. '이상한 나라'의 주민.

클라라: 의학고문관 슈탈바움의 딸.
드로셀마이어: 상급법원 판사.
스팔란차니 교수: 물리학자이자 발명가.
나타나엘: 스팔란차니의 제자.
올림피아: 스팔란차니가 만든 오토마타(자동인형).
코펠리우스: 변호사. 가끔 코폴라 혹은 모래 사나이라는 이름을 쓴다.
마리: 클라라의 친구. 인형.
피를리파트: 클라라의 친구. 저주에 걸린 공주.
세르펜티나: 클라라의 친구. 실체는 뱀의 정령.
마드무아젤 드 스퀴데리: 영리한 노부인. 빌과 함께 수사한다.

1

"혹시 길을 잃었나?" 도마뱀 빌은 혼잣말했다.

의문형으로 중얼거렸지만 사실 빌은 전혀 의문을 품지 않았다. 왜냐하면 빌은 확실히 길을 잃었기 때문이다.

"아이고, 큰일이네."

하지만 그 말에 긴박감은 없었다. 당연하다. 이상한 나라에서는 늘 문제가 발생하며, 빌은 집으로 매일 대강 백 번 내지 천 번은 문제를 일으키기 때문이다. 길을 잃은 것은 분명 큰일이지만 이 정도 큰일에는 이골이 났다.

긴박감은 없었지만 아무튼 빌은 돌아가는 길을 찾으려고 주변을 이리저리 둘러보며 걸음을 옮겼다.

어디 보자. 이럴 때는 침착해야 해. 애당초 왜 미아가 된 걸까? 그야 길을 잃었기 때문이지. 그럼 어째서 길을 잃은 걸까? 그야 길을 걷고 있었으니까.

좋아. 점점 진상에 다가가고 있는 기분이야.

그럼 왜 길을 걷고 있었을까? 흰토끼 집에 가려고 했거든. 이유는 흰토끼와 이야기를 하고 싶어서.

옳지, 잘한다. 이제 미아가 된 이유는 확실해졌어. 그 이유만 해소하면 모든 문제는 해결돼.

어, 보자 보자. 흰토끼와 이야기하려고 한 게 잘못이었구나. 그러므로 흰토끼와 이야기하지 않기로 한다!

빌은 주변을 두리번두리번 살펴보았다.

어라? 이상한데.

"난 결단코 흰토끼하고는 이야기 안 해!" 이번에는 소리 내어 말했다.

"그런데 '결단코'는 누구 코지?"

하지만 상황은 아무 변화도 없었다.

원인을 없앴는데도 문제가 해결 안 되잖아. 이럴 때는 어떻게 해야 하더라?

빌은 자신을 이모리라고 여기고자 했다. 이모리란 다른 세계에 있는 빌의 분신, 아바타라로 통찰력이 아주 뛰어나다.

어디서 길을 잘못 들었는지 생각해내. 그리고 거기까지 되돌아가면 문제는 해결돼.

길을 잃었다, 즉 어딘가에서 잘못된 경로를 골랐다는 뜻이다. 고로 갈림길까지 돌아가서 다시 출발하면 된다.

이야, 난 대단해! 논리적으로 생각할 줄 알잖아. 원래 길로 쉽게 되돌아갈 수 있을 것 같아.

어디 보자. 어디서 길을 잘못 들었더라. 우리 집에서 흰토끼 집까지 가는 순서를 생각해보자.

빌은 눈을 감고 자기 집에서 흰토끼 집으로 가는 순서를 머릿속에 그렸다.

빌의 집에서 흰토끼 집까지는 외길이라 갈라지는 길은 하나도 없다. 게다가 빌의 걸음으로 1분 남짓 걸리는 거리다. 현관문을 열고 엎어지면 코 닿을 곳에 흰토끼 집이 있다. 아무리 얼간이라도 길을 잃을 염려는 없다.

아니. '아무리 얼간이라도'는 너무 심했어. 내가 이렇게 길을 잃었으니까. 길을 잃는 '얼간이'는 있는 법이야.

"아아. 어쩌지? 너무 쉬운 길이라서 길을 잃을 만한 곳을 못 찾겠어!" 빌은 냉정함을 잃고 혼란에 빠졌다. 하기야 원래 냉정함이라고는 참새 눈물 정도밖에 없었으니까 상황이 그렇게 악화된 건 아니지만.

자, 어떻게 해야 할까?

빌은 혼란에 빠졌지만 평소와 거의 다름없는 냉정함을 유지한 채 생각했다. 즉 평소에도 대부분 혼란에 빠진 상태라는 뜻이다.

왔던 길을 되돌아가면 돼. 이모리라면 분명 "아주 논리적이야"라고 하겠지.

그런데 내가 어디서 왔더라?

도마뱀 빌은 주변을 둘러보았다.

주변에 길은 없었다. 아니면 길 천지라고 해야 할까? 수많은 구불구불한 길이 촘촘한 그물처럼 서로 얽히고설켜서 한 덩어리를 이루었다. 길이 아주 많다고도 할 수 있고, 이렇게 얽혀서는 제 역할을 다하기가 불가능하므로 길은 없다고도 할 수 있었다.

 난 도대체 어떻게 여기에 온 거지? 이렇게 눈이 뱅뱅 도는 길을 지나갈 마음을 먹었다니 신기한데.

 빌은 생각해내려고 기를 썼다. 하지만 기껏해야 1분쯤 전까지밖에 기억나지 않았고, 그때는 이미 길을 잃은 뒤였다.

 어쩜 좋담? 이대로 여기 가만히 앉아서 누군가가 구해주기를 기다릴까? 아니면 돌아다니면서 내 힘으로 탈출할까?

 분명 이럴 때는 쓸데없이 체력을 낭비하지 말고 가만히 있어야 하는 거였지?

 아아. 하지만 여기서 기다린다고 구조대가 온다는 보장은 없어. 애당초 이상한 나라에 구조대 같은 건 없다고. 내가 사라졌다는 걸 눈치챌 만한 사람도 없고. 있다면 앨리스 정도려나. 하지만 앨리스는 이상한 나라 주민들과 그렇게 잘 어울리는 편이 아니니까 내가 없어졌다고 누군가에게 알려준들 무시당할지도 모르겠네.

 빌은 일단 혼란에 빠져 어쩔 줄 모르는 상태로 걷기로 했다.

 처음에는 길을 따라 구불구불 걸었지만, 얼마 지나지 않아 귀찮아져서 길을 무시하고 그냥 똑바로 나아가기로 했다. 길이 없는 셈 친 것이다. 그렇게 결정하자마자 터무니없이 거대한 미로 같던 공간이 순식간에 대평원으로 변했다. 그렇다고 구조될 가능성이 커진 것은 아니지만 미로를 헤맨다기보다 대평원을 여행한다고 생각하자 마음은 편했다.

 그렇게 걸어가다가 빌은 땅이 상당히 질퍽거린다는 사실을 깨달았다.

빌의 발자국이 땅에 뚜렷하게 남았다.

비가 내렸나? 아니면 누가 울었나? 지구였다면 일단 비가 내린 게 아닐까 추측하겠지만, 이상한 나라에서는 눈물 때문에 홍수가 일어나는 일도 흔하니까.

빌은 좀 더 질퍽거리는 곳으로 나아갈까, 마른 곳으로 나아갈까 망설였다.

왜 그 두 방향으로 한정했느냐 하면 선택지가 그 두 개밖에 없었기 때문이다. 하늘은 그저 찌뿌드드하게 흐리고, 무슨 이정표가 있는 것도 아니었다.

빌은 5초쯤 고민한 끝에 좀 더 질퍽거리는 곳으로 나아가기로 했다.

질퍽거리면 적어도 발자국이 찍히니까 재미는 있다. 마른 곳으로 가면 안 그래도 미아가 돼서 울적한데 재미있는 일도 없다.

빌은 찰박찰박 소리를 내며 진창으로 나아갔다.

진흙이 튀어서 온몸에 갈색 반점이 생겼지만 전혀 개의치 않았다.

발이 진창 속에 점점 깊이 파묻혔다.

발을 뽑아내는 데도 제법 힘이 많이 들었다.

발을 뽑아내서 생긴 구덩이에 흙탕물이 고였다.

물을 보고 있자니 빌은 목이 말랐다.

이 물 마실 수 있을까?

흙탕물은 너무 탁해서 도무지 마실 마음이 들지 않았다.

하지만 빌은 도마뱀이다. 마시려고 하면 흙탕물도 못 마실 리 없다.

빌은 흙탕물 냄새를 킁킁 맡아보았다.

으악, 냄새!

분명 구정물이 흘러든 거야. 꼭 마셔야 할 지경에 처했다면 모를까, 이런 물은 마시기 싫어.

빌은 고개를 도리도리 젓고는 더 질퍽거리는 쪽으로 걸어갔다.

진창에 무릎까지 푹푹 빠졌다.

이야. 꽤 재미있는데. 역시 야생동물에게는 이런 환경이 어울려.

이윽고 허리까지 진창에 잠기자 찰박찰박이라기보다 첨벙첨벙이라는 느낌으로 변했다. 진흙은 그렇게 끈적거리지 않았다. 물기가 많아져서 진흙이라기보다는 흙탕물에 가까웠다.

빌은 물기가 더 많은 곳으로 나아갔다.

이제 진창이라기보다 늪이라고 해야 옳을 것 같았다.

빌은 흥겹게 몸을 덩실거리며 앞으로 나아갔다.

목까지 흙탕물에 잠겼지만 계속 나아갔다.

입에 물이 들어왔다.

웩! 냄새!

물을 퉤퉤 내뱉었지만, 뱉을 때 입을 벌리니 물이 더 많이 들어왔다. 그 물을 뱉어내려고 입을 더 크게 벌리자 당연히 물도 더 많이 들어왔다. 결국 구정물을 벌컥벌컥 마시는 꼴이 되고 말았다.

벌컥벌컥. 꼴깍꼴깍.

목이 마르다고는 하지만 마실 수 있는 양에는 한계가 있다. 게

다가 썩는 냄새가 장난 아니다. 빌은 구정물을 마시는 걸 잠깐 쉬었다.

갈 곳을 잃은 물이 기도로 흘러들었다.

콜록, 콜록, 콜록.

빌은 기침을 했다.

물속에서 기침을 하자 구정물이 폐로 쭉쭉 흘러들어 갔다.

켈록, 켈록, 켈록.

그제야 빌은 상황이 점점 안 좋은 방향으로 나아가고 있음을 깨달았다. 빌은 파충류다. 영원(蠑螈)이나 도롱뇽과 닮기는 했지만 양서류처럼 물속에서 숨을 쉬는 능력은 없다. 그러므로 수중호흡하면 질식해서 익사한다.

죽기 싫어.

빌은 죽음의 공포를 느끼고 본능적으로 익사를 면하기 위한 행동을 취했다.

발돋움을 한 것이다.

빌의 입이 수면 조금 위로 나왔다.

기침을 두세 번 하자, 시커먼 구정물이 빌의 입에서 쏟아져 나와서 수면에 수많은 파문을 그렸다.

겨우 폐에 공기가 들어왔다. 하지만 구정물 바로 위의 공기인 탓에 고약한 냄새가 진동해서 빌은 인상을 찡그렸다.

아아. 하마터면 죽을 뻔했네. 물속에서 숨을 못 쉰다는 걸 자꾸 깜박한다니까. 조심해야지.

빌은 다시금 주변을 둘러보았다.

시야의 절반은 하늘이었다. 맑은 부분은 하나도 없이 칙칙한 납빛으로 가득 메워져 있었다. 하늘 전체의 밝기가 균등해서 해가 어디 있는지도 모를 지경이었다. 밤이 아니라는 것은 알지만 아침인지, 점심인지, 저녁인지 통 구분이 가지 않았다.

시야의 나머지 절반은 구정물이었다. 암갈색 수면이 살짝 물결쳤다. 수면에 반사된 납빛 하늘이 찰랑찰랑 흔들렸다. 하지만 어딘가로 흘러가는 건 아닌 듯했다.

방향의 기준으로 삼을 만한 것이 전혀 눈에 띄지 않았다.

빌은 생각에 잠겼다.

그래. 바람은 어떨까? 풍향을 기준으로 하면 돼. 바람 한 점 없는 것처럼 보이지만, 어쩌면 살살 불고 있을지도 몰라. 으음, 풍향은 어떻게 알아보는 거더라? 그래, 손가락을 핥는 거였어.

빌은 손가락을 핥았다.

코가 썩겠다!

빌은 손가락을 할짝할짝 핥으면서 잠시 기다렸다. 하지만 손가락을 아무리 핥아도 풍향은 전혀 짐작이 가지 않았다.

진창이었다면 물기가 많은 쪽으로 나아갔을 텐데, 물이라서 잘 모르겠네. 앗, 그렇구나. 물기가 많은 거랑 물이 많은 건 똑같은 뜻이야. 즉 물기가 많은 쪽은 물이 많은 쪽이니까 깊은 곳으로 가면 돼.

빌은 자신의 통찰력에 만족하며 좀 더 깊어지는 쪽으로 방향을 잡았다.

열 발짝쯤 나아가자 입이 다시 물에 잠겼다. 하지만 조금 가라

앉자 발끝이 바닥에 닿기에 탁 찼다. 그러자 몸이 조금 떠올라서 입이 물 밖에 나왔다. 뽕뽕 뛰며 몇 번 숨을 쉬는 동안 빌은 요령을 터득했다. 입이 물 밖에 있을 때 숨을 들이마시고, 입이 물속에 있을 때 내쉬면 된다. 그러면 사레들릴 일이 없다. 반대로 하면 죽을 만큼 괴롭지만, 잠깐 연습하자 능숙해졌다.

빌은 다시 출발했다.

한 발짝 내디딜 때마다 바닥을 차면 숨쉬기가 편하다.

빌은 점점 더 깊은 곳으로 나아갔다. 그러자 입을 물 밖으로 내밀기가 힘들어졌다. 잠깐 내민 순간에 재빨리 숨을 들이마시지만, 구정물을 함께 마시는 횟수가 점점 많아졌다. 얼마 지나지 않아 입을 물 밖으로 내밀 수가 없어졌다.

빌은 숨을 멈춘 채 몇 십 초간 앞으로 나아갔다. 이제 눈도 물속에 잠겼다. 구정물 속에서 눈을 부릅떴지만 너무 탁해서 아무것도 보이지 않았다.

계속 숨을 참았더니 너무 괴로워. 하지만 난 물속에서는 숨을 안 쉬어. 도마뱀은 물속에서 숨을 못 쉬니까. 숨을 쉬면 죽을 거야. 앗. 하지만 숨을 쉬지 않아도 죽나? 어쩌지? 죽기는 싫은데. 죽으면 앨리스랑 못 만나잖아.

빌은 살기 위해 죽을힘을 다해 생각했다. 산소 부족으로 머리가 몽롱해지고 몸에서 힘이 빠지기 시작했을 쯤에 마침내 좋은 생각이 났다.

얼굴을 계속 물 밖에 내밀고 있으면 편하게 숨을 쉴 수 있잖아. 그러려면 헤엄을 치면 돼.

빌은 구정물 속에서 슉슉 헤엄쳤다.

좀 더 깊은 곳을 향해.

빌은 몇 시간이나 계속해서 헤엄쳤다. 헤엄치다 지치면 구정물에 둥실둥실 뜬 채 휴식을 취했다.

그러는 사이에 방향 감각도 시간 감각도 완전히 상실하고 말았다. 그저 적당히 헤엄치다가 휴식을 취하기를 되풀이했다.

배고프다.

빌은 도시락을 가져올 걸 그랬다고 후회했다.

하지만 이미 벌어진 일인데 후회한들 무슨 소용이 있나.

빌은 녹초가 됐다.

그리고 어느 틈엔가 잠에 빠졌다.

정신을 차려보니 빌은 물가에 쓰러져 있었다.

눈앞에 수면이 펼쳐져 있었다. 그렇게 더럽지 않았다. 그러고 보니 냄새도 안 나는 것 같았다.

빌은 얼굴을 수면에 가까이 대고 혀를 날름거려 물을 맛보았다.

제법 깨끗한 물이다.

빌은 주변을 둘러보았다.

흰 구름이 새파란 하늘을 흘러갔다. 그리고 꼭대기에 새하얀 눈을 덮어쓴 가파른 바위산이 줄지어 우뚝 솟아 있었다. 부드러운 바람이 땅을 뒤덮은 파릇파릇한 풀을 흔들었고, 나비가 수없이 날아다녔다.

저 멀리 초원에 하얀 것이 점점이 서 있었다. 자세히 보니 아무래도 초식 포유류인 것 같았다. 부드러워 보이는 흰 털이 몸에 가득했다. 뿔이 난 것과 나지 않은 것이 있었는데 양쪽 다 풀을 우적우적 뜯어 먹는 중이었다. 울음소리가 귀에 거슬렸다. 몇 마리는 배에서 늘어진 젖을 새끼에게 먹이고 있었다.

아하. 포유류니까 젖을 먹이는 거구나.

빌은 납득했다.

그리고 그 하얀 짐승과는 다른 종류인 듯한 포유류도 발견했다.

이동용 기계에 탔는지 일어서지 않고 이쪽으로 다가왔다.

빌은 일단 그 생물이 가까이 올 때까지 제자리에서 가만히 기다리기로 했다.

점점 가까워지자 그 생물의 생김새가 똑똑히 눈에 들어왔다.

앨리스와 같은 종족, 즉 인간이다. 젊은 여자. 피부색은 앨리스와 아주 비슷하다. 머리칼은 금색이고, 눈동자와 머리에 단 리본 그리고 옷 색깔은 파란색이다.

"안녕, 도마뱀 씨." 소녀가 먼저 말을 걸었다.

"안녕, 인간 씨." 빌이 대답했다. "지금 독일어로 말한 거야?"

"모르겠어. 하지만 아마 그럴 거야. 그런데 넌 어느 나라 말로 말했니?"

"영어가 아니라면 이상하겠지만, 일본어일지도 몰라. 이제 그런 건 신경 쓰지 않기로 했어."

"그러니? 그럼 나도 신경 안 쓸래."

"그 탈것은 뭐야?" 빌이 물었다.

"이건 휠체어야. 그러고 보니 도마뱀은 휠체어를 탈 일이 없겠구나."

"아까는 '도마뱀 씨'라고 경칭을 붙여서 말했으면서 지금은 그냥 '도마뱀'이라고 했어." 빌이 지적했다.

"미안해. 하지만 너한테 예의 없이 굴려고 일부러 그런 건 아니야. 일반적인 도마뱀 이야기를 한 거였어."

"그럼 나도 일반적인 인간 이야기를 할 때는 그냥 '인간'이라고 말해도 되겠네."

"응. 물론이지, 도마뱀 씨."

"지금은 일반적인 도마뱀이라는 뜻이야?"

"아니. 지금은 널 가리켜서 말한 거야, 도마뱀 씨."

"나? 내 이름은 도마뱀이 아닌걸, 인간 씨."

"하지만 넌 도마뱀이잖아?"

"도마뱀이지만 종족의 명칭에 '씨'를 붙여서 부르는 건 어쩐지 느낌이 이상해, 인간 씨."

"확실히 이상하기는 하네, 도마뱀 씨."

"저기. 일부러 그러는 거야, 인간 씨?"

"물론이지. 하지만 너도 마찬가지잖아, 도마뱀 씨."

"뭐가 '마찬가지'인데, 인간 씨."

"날 '인간 씨'라고 부르는 거 말이야."

"어? 너 인간 아니야?"

"응?" 소녀는 조금 당황한 것 같았다. "그런 말이 아니라 아까 네가 말했듯이 종족의 명칭에 '씨'를 붙여서 부르는 건 이상하다는 뜻이야, 도마뱀 씨."

"그렇구나. 그럼 어떻게 해야 날 '도마뱀 씨'라고 부르지 않을 거야, 인간 씨?"

"'도마뱀 씨'라고 부르는 게 싫다면 그만둘게. 하지만 이름이 없으면 부르기 힘든데."

"이름이라면 있어. '빌'이라고 해, 인간 씨."

"가르쳐줘서 고마워, 빌. 그런데 내게도 이름이 있단다."

"엇? 진짜? 그것참 별난 인연이네. 이름이 있다니 나랑 똑같아, 인간 씨."

"그러니까 '인간 씨'가 아니라 이름으로 불러줘, 빌."

"그래, 알았어, 이름."

"그게 아니라 내 이름으로 말이야. 클라라라고 불러."

"아아. 알았어, 클라라. 그런데 그 휠체어라는 탈것은 조종하기 어려워?"

클라라는 조금 서글픈 표정을 지었다. "그렇게 어렵지는 않아. 가능하면 타고 싶지 않지만."

"타고 싶지 않은데 왜 타는 건데, 클라라?"

"그건 내가 설명하지." 클라라 뒤에서 갑자기 노인이 나타났다.

"앗! 할아버지, 언제부터 있었어?" 빌이 놀라서 외쳤다.

"처음부터 계속 여기에 있었다."

"하지만 안 보였는데."

"도마뱀, 네 위치에서는 눈길이 미치지 않아서 그래. 휠체어 등받이는 높고 넌 키가 작으니까."

"아아. 그럴 수도 있구나. 앞으로 주의해야겠다."

"할아버지는 이것저것 만들고 수리하는 솜씨가 대단하셔. 이 휠체어도 할아버지가 만들어주신 거야."

"그런데 도마뱀, 왜 여기에 있지?" 노인이 물었다.

"나도 그걸 모르겠어. 길을 잃고 진창을 걷고 있었는데, 어느 틈엔가 이 바다에 도착했더라고. 분명 누군가의 눈물이겠지만."

"무슨 말인지 모르겠군. 이건 바다가 아니라 호수다."

"진짜? 어떻게 알아?"

"핥아봐. 짜지 않을 테니."

"정말이다. 안 짜! 그런데?"

"그러니까 바다가 아니지." 클라라가 말했다.

"엥? 바다가 아니야?"

"너, 지금 안 짜다고 했잖니, 빌."

"응. 그랬지. 기억나. 방금 전에 한 말이니까. 5분 전에 한 말이었다면 잊어버렸을지도 모르지만."

"그러니까 호수야."

"엇? 호수는 5분 지나면 잊어버린다는 뜻이야?"

"이 녀석과 진지하게 이야기해봤자 아무 의미도 없을 것 같구나, 클라라." 노인은 경멸하는 듯한 눈으로 보며 말했다.

"뭐야? 나한테는 비밀?"

"비밀이고 뭐고 단순한 사실이다. 여기는 전체 길이가 1천2백 킬로미터나 되는 산맥의 한가운데야. 바다가 있을 리 없지."

"그래? 전혀 몰랐어. 이렇게 큰데 바다가 아니구나."

"이 산맥에는 넓이가 6백 제곱킬로미터나 되는 커다란 호수도 있어. 일본에서는 호수 이름을 상스러운 농담에 써먹는 모양이다만."*

"그렇구나. 중요한 이야기니까 적어놔야지." 빌은 자기 몸 여기저기를 더듬더듬했다.

"빌, 뭐 하니?"

"호주머니를 찾고 있어."

"왜?"

"지금 들은 이야기를 적어놓으려면 수첩과 펜이 필요하잖아."

"그러니까 왜?"

"나, 외우는 걸 잘 못하거든."

"그런 뜻이 아니라, 왜 옷도 안 입었는데 호주머니를 찾니?"

"엇? 옷을 안 입었다니, 누가?"

"너 말이야, 빌."

"악! 어쩌지? 나도 참, 숙녀 앞에서 알몸을 드러내다니!"

"괜찮아. 도마뱀이니까."

"그렇구나. 다행이다." 빌은 한숨을 쉬었다. "앨리스 앞에서도 늘 알몸이었으니까 사과하러 가야겠구나 싶었어. ……응?"

"왜 그러니?"

"으음, 누가 뭔가 설명한다고 하지 않았었나?"

"응. 할아버지께서 내가 휠체어를 타고 다니는 이유를 설명해주겠다고 하셨어."

---

* 알프스의 레만 호수를 가리키는 듯하다. 일본어로 레만 호수는 '레만코'로 발음하는데 '만코'는 여성의 음부를 가리키는 말이다.

"그렇구나. 빨리 가르쳐줘."

"어떻게 한다?" 노인은 팔짱을 꼈다. "얼빠진 도마뱀한테 설명해봤자 헛수고일 것 같은데."

"할아버지, 부탁드릴게요."

"사실 클라라는 이미 걸어 다닐 수 있어."

"엇? 그럼 못 걷는다는 건 거짓말이었어? 그건 그렇고 나 언제 클라라가 못 걷는다는 거짓말을 들었지?"

"너한테 거짓말한 적 없어." 노인은 짜증스럽다는 듯이 말했다. "클라라는 이미 회복됐지만 아직 몸 상태를 조절하는 중이야."

"그래서, 그 기계는 뭣 때문에 타고 다니는 건데?"

"휠체어는 다리 대신이다, 도마뱀."

"그럼 뿅뿅 뛰거나 운동화를 신을 수도 있어?"

"네 질문에는 이제 질렸다. 이번에는 내가 질문하도록 하지."

"알았어. 뭐든지 물어봐."

"넌 누구냐?"

"난 빌이야."

"이름을 묻는 게 아니다. 정체를 묻는 거야."

"어, 그러니까. ……정체가 뭐야?"

"넌 무슨 종족이지?"

"아마도 도마뱀일 거야."

"어디서 왔나?"

"바다……가 아니라 호수에서."

"넌 수생생물이 아니야."

"수생생물?"

"어류도 양서류도 아니라고."

"알아."

"도마뱀은 물속에 못 살아."

"가르쳐줘서 고마워. 하지만 그것도 알고 있었어."

"호수 속에서 살지는 않았을 텐데."

"그럼. 물속에서는 숨을 못 쉬니까."

"너 어디에 살지?"

"그게…… 흰토끼 집 근처에."

"그렇게 말해서는 못 알아들어."

"그럼 3월 토끼랑 미치광이 모자 장수 집 근처."

"너 말고 머리가 이상한 녀석이 또 있다고?"

"엄청 많지."

"혹시 거기는 지구냐?"

"지구 아니야. 지구는 나 말고 또 다른 나, 이모리가 사는 곳이야."

"음. 지구에 대해서는 알고 있군." 노인은 빌의 머리를 잡았다. "잠깐 조사를 해야겠다."

노인은 어디를 어떻게 했는지 빌의 머리를 솜씨 좋게 몸통에서 떼어냈다. "클라라, 이걸 보거라. 뇌 구조가 아주 단순해."

"파충류라서 그런 것 아닐까요?" 클라라는 빌의 뇌를 관찰하며 말했다.

"물론, 그렇겠지. 이런 뇌로 인간의 말을 이해하다니 믿기지가 않는다만." 노인은 빌의 뇌를 더 분해했다.

"분명 빌의 아바타라가 아주 우수할 거예요."

"그럴 테지. 이 녀석의 고향은 여기도 지구도 아니라는 건 알았다."

"그럼 어딘데요?"

"이름이 있는지 없는지조차 모르겠구나."

"빌은 어떻게 여기에 왔을까요?"

"세계의 경계가 의외로 약해서 뭔가를 계기로 부서졌을지도 모르지."

"그럼 세계 사이에 '샛길'이 생겼다는 뜻인가요?"

"일시적으로 생겼는지도 몰라. 하지만 이미 원래 상태로 되돌아갔겠지. 그래서 이 도마뱀은 이 세계에서 오갈 데 없는 처지가 된 거야. 하지만……." 노인은 생각에 잠겼다.

"왜 그러세요?"

"이 녀석에게 어떤 이용가치가 있을지 생각 좀 해봤지. 이대로 분해해서 버리기는 아까울 수도 있겠어."

노인은 빌의 뇌를 다시 짜 맞추고 머리를 몸통에 끼워 넣었다.

"악! 나, 어떻게 된 거야?" 빌이 소리를 질렀다.

"조금 개량해주려다가 그만뒀다."

"개량하는 거랑 그냥 놔두는 거랑 뭐가 더 좋은데?"

"둘 다 별 볼 일 없지."

"그럼 개량해도 그만이고 안 해도 그만이겠네."

"네가 살던 세계는 이름이 뭐지?"

"'이상한 나라'던가?"

"그리고 이모리인가 뭔가 하는 네 아바타라는 지구에 있고?"

"맞아."

"근사하군. 그럼 그쪽에서도 만나기로 하지. 일단 이모리에 대해서 이야기해보거라."

2

 이상한 나라 말고 다른 곳의 꿈을 꿨다.
 이모리 겐은 잠에서 깬 직후 얼떨떨한 기분에 사로잡혔다.
 그 세계는 뭐지?
 어쩌면 그냥 보통 꿈이었는지도 모른다. 그렇지 않다면 지구도, 이상한 나라도 아닌 세계에 도달한 셈이다. 참으로 복잡한 이야기다. 그리고 그 세계에서 만난 클라라라는 소녀와 노인. 그 노인은 클라라의 할아버지일까? 그는 지구에서 만나자고 했다. 만약 그게 보통 꿈이 아니라면 지구에 그들의 아바타라가 존재한다는 뜻일까? 아무래도 실감이 나지 않았다. 지금까지는 지구와 이상한 나라가 서로 연결되어 있을 뿐이었다. 그런데 어째서 느닷없이 또 다른 세계로 이어진 걸까?
 어쩌면 빌이 실수로 그 세계에 발을 들여놓는 바람에 새로운 채널이 열려버렸는지도 모른다. 그렇다면 지구에 그 세계의 주민이 흘러들어오게 되는 걸까?

이모리는 빌의 아바타라다. 이모리와 빌의 인격은 어디까지나 별개지만, 서로 꿈으로 연결되어 있으며 기억도 공유한다. 이모리가 실제로 빌의 내면에 존재하는 것은 아니지만, 빌의 기억은 꿈으로 이모리의 머릿속에 흘러들어온다. 반대로 이모리의 기억은 빌의 꿈에 나온다. 그리고 이모리는 자신 말고도 이상한 나라의 주민과 꿈으로 연결된 사람이 몇 명 더 있다는 것을 안다. 예를 들어 박사연구원 오지 다마오는 이상한 나라의 주민인 험프티 덤프티라는 달걀 괴물의 아바타라다. 이모리는 추측을 가미해가며 지구의 아바타라와 이상한 나라에 있는 본체들의 인물 관계도를 만드는 중이다. 작업은 순조로워서 주변 사람들의 인물 관계도는 거의 완성 직전이었다.

그런데 대사건이 터졌다.

세 번째 세계가 존재한다면 지금까지 세운 가설을 전부 재검증할 필요가 있다. 딱히 논문을 쓰던 것은 아니지만, 지금까지 착실하게 쌓아 올린 가설이 단번에 우르르 무너진다면 아무래도 마음이 착잡할 것이다.

일단 학교에 가자.

이모리는 겨우 몸을 일으켜 느릿느릿 옷을 갈아입고 밖으로 나왔다. 그리고 백팩을 메고 소걸음으로 슬렁슬렁 학교에 갔다.

한 소녀가 정문 앞에서 어찌할 바를 모르고 있었다.

왜 어찌할 바를 모르는지는 대충 짐작이 갔다.

소녀는 휠체어를 타고 있었다. 정문 앞 턱이 상당히 높으므로 휠체어를 타고 넘어가기는 힘들다.

왜 우리 학교는 장애물 없는 생활환경 조성이 이렇게 더디단 말인가!

이모리는 분노를 느꼈다.

이모리는 정문으로 걸어가 그대로 소녀 옆을 지나치려고 했다.

"저어……." 소녀가 이모리에게 말을 걸었다.

이모리는 고개를 돌렸다.

소녀는 금발이고 눈이 파랬다. 눈뿐만 아니라 옷과 머리에 단 리본까지 파란색이었다.

어? 나 최근에 이 애를 만난 적이 있던가?

이모리는 잠시 생각에 잠겼다.

"저기……. 실례합니다." 소녀가 다시 말했다.

"앗. 예." 이모리는 정신을 차렸다.

"학교에 들어가고 싶은데, 좀 도와주시면 안 될까요?"

"아아. 그러죠."

이모리는 휠체어 앞부분을 살짝 들어서 턱을 넘게 도와주었다.

"감사합니다."

"천만에요. 여기 다니는 학생이세요?"

"아니요. 하지만 이모부가 여기 선생님으로 계세요."

"선생님? 무슨 학부신데요?"

"공학부요."

"저도 공학부예요."

"그렇죠." 소녀는 미소를 지었다.

응? 지금 이 말투는 뭐지?

"제가 어느 학부 소속인지 알고 계셨습니까?"

"예."

"어떻게요?"

"당신에 대해 조사했어요. 안 되나요?"

"어. 안 되고 말고를 떠나서요. ……저를 알고 계셨던 겁니까?"

"예."

"어떻게요?"

"직접 말씀하셨잖아요. 지구에 이모리라는 아바타라가 있다고."

이모리는 온몸이 잠깐 경직됐다.

"……그럼, 당신은…… 이상한 나라 주민이신가요?"

소녀는 고개를 저었다. "이상한 나라에는 가본 적이 없어요."

"그럼 도대체 어떻게 된 거죠?"

"곰곰이 생각해보세요. 최근에 빌에게 무슨 일 없었나요?"

"빌은…… 이상한 나라에서 길을 잃었습니다."

"맞아요."

"그리고 흘러 흘러 산맥에 다다랐습니다. 마치 알프스 같은……. 하지만 설명이 안 되는데요."

"무슨 설명 말인가요?"

"흘러 흘러 산맥에 도착하다니 무슨 상황일까요? 노아의 홍수가 일어난 것도 아니고, 산 중턱으로 흘러가다니 말도 안 됩니다. 이상한 나라가 그 산맥의 정상 부근에 있다면 가능성이 없지만도 않지만요."

"지구의 물리법칙으로 따지자면 그렇겠죠."

"물리법칙은 물리법칙입니다. 지구에서든 우주에서든……." 이모리는 문득 깨달았다. "이상한 나라에서는 물리법칙에 반하는 일도 일어났었던가."

"정확하게 말하자면 지구의 물리법칙에 따르지 않을 뿐, 그 세계의 법칙에는 반하지 않는 거죠. ……이건 이모부한테 들은 이야기지만요."

"이모부는 물리 전공이신가요?"

"물리는 아니고 기계공학인데요."

"기계공학이라면 넓은 의미에서는 물리입니다." 이모리는 소녀가 꺼낸 이야기로 화제를 되돌렸다. "이모부도 아바타라에 대해서 알고 계신가요?"

"예. 이모부도 그 세계에 계시니까."

"그나저나 당신 이름을 가르쳐주시지 않겠어요?"

"좋아요. 제 이름은 로텐 글라라라고 해요."

"글라라? 유럽이나 미국 쪽 피가 섞였나보죠?"

"제가 알기로는 아니에요."

"하지만 그 머리와 눈은……."

"염색이랑 컬러 콘택트렌즈요."

"그렇군요."

"하지만 이모부는 독일계예요."

"즉, 친척이지만 일본인은 아니라는 뜻입니까?"

"예. 일일이 그걸 설명하지는 않지만요."

"뭐, 보통은 그렇겠죠." 이모리는 생각하면서 말했다. "이름이 똑같은 건 우연?"

"누구랑요?"

"그 세계의 클라라와 당신이."

"제 이름은 히라가나로 글라라라고 하는데요."

"그쪽 세계에서는 가타가나로 클라라라고 합니까? 응? 애당초 그 세계에 가타가나가 있기는 한 건가."*

"그다지 깊이 생각해본 적은 없네요."

"실례지만, 다리는 계속 그런 상태였습니까? 그쪽 세계의 클라라는 사실 걸을 수 있다고 했는데요."

"이건 일시적이에요. 얼마 전에 교통사고를 당해서 허리를 다쳤거든요. 이 휠체어는 빌린 거예요."

"그것참 힘드시겠군요. 그런데 이제 어디로?"

"이모부한테 가려고요."

"제가 따라가면 폐가 될까요?"

"아마 괜찮을 거예요. 저도 이모리 씨와 관련된 일로 부르신 것 같으니까."

"저와 관련이 있다고요? 어째서요?"

"이모부는 빌에게 꽤 흥미를 품고 계신 모양이에요."

---

* 일본어로 '클라라'는 '구라라'라고 발음하며 히라가나로는 'くらら', 가타가나로는 'クララ'라고 쓴다. 원서에서는 히라가나와 가타가나로 두 세계의 클라라를 구분하지만, 우리말로는 불가능한 방법이므로 편의상 지구의 '글라라'와 호프만 우주의 '클라라'로 구분하였다.

"그 얼빠진 도마뱀한테?"

"얼빠졌는지 똑똑한지는 중요하지 않아요. 빌이 한 세계에서 다른 세계로 이동하는 데 성공했다는 게 중요하죠."

"우리도 늘 세계에서 세계로 이동하지 않습니까?"

"그건 기억만 이동하는 거잖아요. 이모부는 육체의 직접적인 이동을 연구하고 계시거든요."

"전공이 기계공학이라면서요?"

"물론 학교에서 연구하는 건 아니고 개인적인 연구예요."

"아무튼 글라라 씨 이모부 이야기를 들어보는 편이 좋겠군요."

"그리고 말씀드려야 할 게 하나 더 있어요."

"더 남았습니까? 뭐, 어지간한 이야기에는 놀라지 않겠지만요."

"이건 확실한 이야기는 아니에요. 하지만 이모부는 개연성이 꽤 높다고 하셨어요."

"일단 내용을 들어봐야 판단할 수 있을 것 같군요."

"저는 목숨을 위협받고 있어요."

"누구한테요?"

"그걸 알면 얼마나 좋겠어요."

"목숨을 위협받고 있다는 건 어떻게 아셨습니까?"

"교통사고를 당해서 휠체어를 타게 됐다고 했잖아요. 실은 차에 치일 뻔했어요. 게다가 범인은 누군지도 모르고요."

"뺑소니는 악질적인 범죄입니다만, 그것만으로 목숨을 위협받는다고 단언할 수는 없을 것 같은데요."

"지난주만 해도 다섯 번이나 차에 치일 뻔했거든요."

"그렇군요." 이모리는 눈을 반짝였다. "참 흥미롭습니다. 지금 당장 이모부 연구실로 가죠."

기계공학과가 있는 공학부 제2동은 이모리가 평소 시간을 보내는 공학부 제1동과 약간 떨어져 있다. 익숙지 않은 길이라 조금 헤맸지만, 그래도 10분쯤 걸려서 입구에 도착했다.

휠체어로 건물에 들어가는 데 또 애를 먹었다.

"따라오길 잘했네요. 혼자서는 절대로 못 들어갔을 겁니다."

"감사해요. 하지만 친절한 사람이 많으니까 혼자 왔어도 분명 어떻게든 됐을 거예요. 늘 어떻게든 되니까요."

"그럼 우리 학교도 그렇게 형편없지는 않다는 건가?" 이모리는 휠체어를 밀며 엘리베이터 홀로 갔다. "음, 몇 층이죠?"

"6층이에요."

6층에 도착하자 이모리는 안내판을 확인했다.

"로텐이라는 성함의 교수님은 안 계신 것 같은데요?"

"이모부는 성이 달라요."

"아아. 일본인이 아니라고 했죠. 그럼 당연한가."

"이쪽이에요."

글라라는 혼자서 휠체어를 움직여 앞으로 나아갔다.

이모리는 황급히 뒤를 쫓았다.

연구실은 금방 찾았다.

방문에 일본어와 알파벳으로 이름이 적혀 있었다.

글라라가 문을 두드렸다.

방 안에서 문으로 다가오는 발소리가 들렸다.

철컥, 하는 소리와 함께 문이 확 열렸다.

키가 작고 몹시 야윈 사람이 얼굴을 내밀었다. 얼굴에 깊은 주름이 쪼글쪼글 잡혔고, 오른쪽 눈에는 검은색 반창고 같은 것을 붙여놓았다. 머리에는 흰색 가발이나 모자로 보이는 물건을 썼는데, 아무래도 유리제품에다 흰색 섬유를 해면처럼 얼기설기 얽어놓은 것 같았다.

노인은 왼쪽 눈으로 이모리를 매섭게 노려보았다.

이 노인이다.

이모리는 확신했다.

알프스처럼 아름다운 그 산맥에서 클라라의 휠체어를 밀던 사람은 분명 이 사람이다. 그때와 생김새가 완전히 똑같다.

"이 녀석이냐, 글라라?" 노인이 언짢은 듯한 목소리로 말했다. 유창한 일본어였다.

"예. 그때 그 도마뱀 씨, 빌이에요."

"흠. 그 도마뱀보다는 조금 더 영리해 보이는군."

"뭐, 이쪽에서는 영장류니까요." 이모리는 괜히 겸연쩍어서 그렇게 말했다.

빌 때문에 정말 창피하다니까.

"처음 뵙겠습니다." 이모리가 손을 내밀었다.

노인은 그 손을 빤히 바라보다가 코웃음을 흥 쳤다.

"서양인이라고 해서 다들 악수를 하는 습관이 있다고 생각한다면 큰 착각이야."

"앗. 죄송합니다." 이모리는 손을 거두었다.

"내 이름은 드로셀마이어일세. 글라라의 이모부지."

"처음 뵙겠습니다, 드로셀마이어 선생님."

"할 이야기가 있으니 들어오게."

이모리는 글라라의 휠체어를 밀며 방으로 들어갔다.

3

"도마뱀, 내 이름은 드로셀마이어다." 클라라와 함께 온 노인이 말했다. "상급법원 판사로 있지."

"오른쪽 눈은 다쳤어?" 빌은 아무 거리낌 없이 물었다.

"오른쪽 눈은 없다."

"어쨌어?"

"실험에 썼지."

"무슨 실험에?"

"너하고는 관계없는 일이야. 설명해준들 이해도 못 할 테지." 노인은 클라라의 휠체어를 밀며 걸음을 옮겼다. "따라와라, 도마뱀."

빌은 드로셀마이어와 클라라를 따라갔다.

비탈진 초원을 천천히 내려가자 경사가 서서히 완만해졌다.

나무가 드문드문 서 있는 곳을 지나 이윽고 조그만 숲 같은 곳에 다다랐다.

"어디로 가는데?"

드로셀마이어는 아무 대답도 하지 않았다.

"조용히 따라오렴." 클라라가 말했다.

도중에 갑자기 숲이 뚝 끊기더니 거리가 나왔다.

약간 뜬금없다는 느낌은 들었지만, 이상한 나라에 비하면 훨씬 질서가 잡힌 세계였다. 오히려 지구에 가깝다고 해도 될 정도였다.

"여기는 뭐라고 하는 세계지? 지구 친척?" 빌은 혼잣말처럼 말했다.

"정해진 이름이 있던가요, 드로셀마이어 씨?" 클라라가 대신 물어봐주었다.

"어라? 아까는 '할아버지'라고 하지 않았어?" 빌이 물었다.

"네가 '할아버지'라고 하기에 장단을 맞춰준 거야."

"일반적인 합의를 거쳐서 붙인 이름은 존재하지 않아. 그냥 '이 세계'라고 지칭하는 경우가 대부분이지." 드로셀마이어가 말했다.

"그럼 지구나 이상한 나라와 구별이 안 돼서 불편한데."

"그렇다면 호프만 우주라고 부르든가."

"호프만, 뭐?"

드로셀마이어가 얼굴을 빌의 얼굴에 가까이 댔다.

"도마뱀, 네가 궁금한 걸 말만 하면 누군가가 공짜로 다 가르쳐 줄 거라고 믿는 거냐?"

"아니야?" 빌은 태평하게 대답했다.

"적어도 내게는 도마뱀의 질문에 대답할 의무가 없어."

"알았어. 그럼 클라라한테 물어볼게. 있지, 클라라, 호프만이 뭐야?"

"이 세상에는 묻지 않아도 되는 일이 산더미처럼 많단다, 빌." 클라라는 드로셀마이어를 힐끔하더니 조심스레 대답했다.

"알았어. 이번 질문의 대답을 듣는 건 포기할게."

세 사람은 어떤 집 앞에서 멈췄다.

"여기는 우리 집이야." 클라라가 말했다.

"의학고문관 슈탈바움의 집이지." 드로셀마이어가 설명을 덧붙였다.

"그거 바움쿠헨 같은 거야?" 빌이 물었다.

"전혀 관계없지는 않지만 다르단다."

"조금은 관계가 있구나." 빌은 기뻐서 말했다.

"아니, 전혀 관계없어." 드로셀마이어가 어이없다는 듯이 말했다. "덧붙여 바움이란 독일어로 나무라는 뜻이다."

"그럼 둘 다 나무랑 관계가 있다는 뜻?" 빌이 다시 물었다.

드로셀마이어는 가볍게 혀만 찰 뿐 대답해주지 않았다.

클라라가 문을 두드렸다.

잠시 후 옷을 잘 차려입은 신사가 문을 열었다.

"어서 오렴, 클라라." 클라라의 아버지 슈탈바움이 드로셀마이어를 보았다. "어. 드로셀마이어 아저씨와 같이 있었니?"

"휠체어를 손봐줬다네." 드로셀마이어가 대답했다. "물론 몸 상태를 조절하는 게 더 중요하지만."

"그런데 이 짐승은 뭡니까?" 슈탈바움은 신기하다는 듯이 빌을 바라보았다.

"이건 흥미로운 짐승이야." 드로셀마이어가 대답했다.

"어떤 식으로 흥미로운데요?"

"일단, 이 녀석은 사람 말을 알아들어."

"그거 신기하군요. 하지만 요정들은 가끔 그런 장난을 치니까요."

"그뿐만이 아닐세. 이 녀석은 다른 세계에서 왔어."

"잠깐만요. 이 짐승은 이 세계 출신이 아니라는 겁니까? 무슨 근거로 그런 말씀을 하시는 거죠?"

"일단 이 녀석 스스로가 그렇게 주장한다네."

"거짓말일지도 모르잖습니까."

"이 도마뱀은 거짓말을 할 만큼 상상력이 뛰어나지 않아. 아주 얼빠진 파충류지."

"그거 확실합니까?"

"내가 몸소 뇌를 조사해서 확인했어. 혹시 못 믿겠거든 자네가 직접 해부해보는 게 어떻겠나?"

"죽여도 상관없다면 꼭 해보고 싶군요."

그 말을 듣자 빌은 쏜살같이 달아나려고 했다.

하지만 1미터도 나아가기 전에 드로셀마이어에게 꼬리를 밟혀서 움직임을 봉쇄당했다.

"지금 제 이야기에 반응한 건가요?" 슈탈바움의 눈이 휘둥그레졌다.

"사람 말을 알아듣는다고 했잖은가." 드로셀마이어는 그것 보라는 듯이 말했다.

"무슨 비유인 줄 알았습니다."

"난 비유를 좋아하지 않네."

"그럼 정말로 다른 세계에서 온 거로군요."

"아무렴."

"드로셀마이어 씨, 당신은 늘 다른 세계에 대해 이야기했죠. 그, 뭐라더라……"

"지구."

"그래, 지구. 당신은 지구에 다녀왔다고 했어요."

"엄밀하게 말하자면 나 자신이 지구에 간 건 아닐세. 내 아바타라가 지구에 출현한 거야."

"그 아바타라라는 게 저는 도통 이해가 안 됩니다. 도대체 무슨 언어입니까?"

"산스크리트어일세. 우리말로는 적당한 단어를 찾을 수가 없어서."

"당신 본인은 아니지만 뭔가 당신의 성분을 지닌 인물이 지구에 존재한다고 주장하는 겁니까?"

"이해가 안 되는데 억지로 이해하려 할 필요는 없어. 나 자신이 지구에 갔다고 생각해도 크게 잘못된 건 아니겠지."

"그리고 그 도마뱀도 지구에 아바타라가 있다는 거로군요."

"맞아. 잘 아네." 빌이 말을 꺼냈다.

"넌 잠자코 있어!" 드로셀마이어가 호통쳤다.

"아빠, 빌은 지구에 아바타라가 있는 것뿐만이 아니에요. 우리가 모르는 다른 세계, 이상한 나라에서 왔다고요."

"이상한 나라라고? 지구와는 또 다른 세계인가?"

"분명 그럴 걸세." 드로셀마이어가 말했다. "다만 이 세계와 상대적으로 어떤 관계인지는 아직 잘 모르겠어. 이 세계의 연장선상, 예를 들어 땅속이나 하늘 저편에 존재하는 세계인지, 아니면 이 세계와는 결코 교차되지 않는 평행 세계인지, 혹은 물리법칙까지 완전히 다른 미지의 세계인지. 어쨌거나 나는 지금까지 지구 이외의 세계는 서로 고립되어 있다고 생각했네."

"하지만 그렇지 않았다는 거군요." 슈탈바움이 말했다.

"이 도마뱀은 어떤 방법으로 세계 사이를 가로막는 장벽을 뛰어넘는 데 성공한 걸세!" 드로셀마이어가 흥분한 목소리로 말했다.

"그럼 그 도마뱀에게 그 방법이 뭔지 물어보면 되잖습니까?"

"그건 그렇지만 도마뱀의 이야기를 들어봐도 무슨 방법인지 좀체 종잡을 수가 없어서 말이야."

"자신이 얻은 지식이 얼마나 중요한지 깨닫고 숨기는 것 아닐까요?"

"분명 그건 아닐세. 이 녀석은 정말로 자신이 뭘 말해야 하는지 몰라."

"그런데 오늘 왜 그 도마뱀을 데리고 온 겁니까?"

"클라라와 함께 이 도마뱀으로 실험을 해보고 싶네."

"어째서 딸아이와?"

"클라라는 나랑 마찬가지로 지구에 자신의 아바타라가 있다는 사실을 확실히 자각하고 있어. 즉 다른 세계가 존재한다는 것에 위화감을 느끼지 않으니 이번처럼 신중하게 진행해야 할 실험에는 안성맞춤이지."

"클라라를 굳이 위험한 실험에 끌어들일 필요가 있을까요?"

"말꼬리를 잡는 것 같네만, 이 실험에는 위험한 요소가 전혀 없다네. 그냥 이 도마뱀을 신문하고, 그게 꿈에 어떻게 반영되는지를 살펴볼 뿐이니까."

"그 실험에 의미가 있습니까?" 슈탈바움이 의문을 제기했다.

"무슨 뜻이지?"

"전부 다 망상일 가능성을 배제할 수 있느냐는 겁니다."

"바로 그렇기 때문에 클라라의 협력이 필요한 걸세. 나 혼자서는 그야말로 망상일 가능성을 완전히 부정할 수 없을 테니."

"그 기분 나쁜 짐승이 있잖습니까."

"도마뱀이 하는 말에 신빙성이 얼마나 있다는 건가?" 화가 났는지 드로셀마이어의 얼굴이 시뻘게졌다.

"그렇군요. 지당한 말씀입니다. 제가 잘못했어요." 슈탈바움은 순순히 사과했다. "하지만 클라라를 참가시키는 건 다시 한 번 생각해줬으면 좋겠군요."

"슈탈바움, 목덜미에 뭔가 묻었군." 드로셀마이어가 슈탈바움의 목을 만졌다.

슈탈바움은 드로셀마이어의 손길을 느끼고 달아나려고 했지만, 다음 순간 머리가 떨어져 나갔다.

드로셀마이어는 능숙한 손놀림으로 뇌를 미세조정하기 시작했다.

"뭐 하는 거야?" 빌이 흥미진진하다는 듯이 물었다.

"인간은 쉽게 감정에 지배당하지. 그래서 이성적으로 행동할 수 있게끔 이렇게 감정을 조금 억제시키는 거야. 이제 내가 뭘 어쩌든 꼬치꼬치 캐묻거나 반대하지 않겠지."

"이성이 있으면 드로셀마이어에게 반대하지 않아?"

"꼭 그렇지는 않다만, 만약 이성에 기반을 두고 반대한다면 이성도 억제하면 그만이니까 괜찮아."

"이성이랑 감정을 둘 다 억제하면 어떻게 되는데?"

"딱히 어떻게 되지는 않아. 맹하니 얌전해지는 게 다야. 그걸로 만사 해결이지." 드로셀마이어는 슈탈바움의 머리를 몸통에 탁 끼웠다.

"드로셀마이어 씨, 물론 클라라가 실험에 참가하는 것에 대찬성입니다." 슈탈바움은 생기 없는 얼굴로 말했다.

"걸리적거리지 말고 비키게." 드로셀마이어는 슈탈바움을 밀쳐내다시피 하며 집 안으로 들어갔다.

뒤이어 빌도 클라라의 휠체어를 밀며 안으로 들어갔다.

집 안 복도에는 유리문이 달린 거대한 장식장이 줄지어 있었다. 장식장에는 다양한 인형과 장난감, 그리고 과자가 들어 있었다.

"와아, 굉장하다." 빌은 형형색색의 장난감에 눈을 빼앗겼다.

"이건 뭐야?" 갑자기 끈적끈적한 손이 뒤에서 나타나 빌의 목을 잡고 들어 올렸다. "우와! 커다란 도마뱀이다."

숨이 막히고 뇌에 피가 공급되지 않아서 빌은 정신이 아득해졌다. 안간힘을 다해 팔다리를 버둥거렸지만 끈적끈적한 손의 악력이 보통이 아니라서 달아날 수가 없었다.

"프리츠, 뭐하는 거냐?" 드로셀마이어는 빌이 클라라의 오빠에게 목을 졸려 죽을 지경에 처했다는 것을 알아차렸다.

빌은 격하게 몸부림을 쳤다. 눈 속에서 별이 뛰놀았다.

"도마뱀을 귀여워해주고 있어요."

"목을 그렇게 잡으면 안 돼."

빌은 프리츠의 손을 잡고 떼어내려고 했지만 꿈쩍도 하지 않았다.

"왜요?"

"기관과 경동맥이 눌려서 공기와 혈액이 지나가질 못하거든. 뇌에 산소가 공급되지 않아서 뇌세포가 죽는단다."

"하지만 기운차게 움직이는데요. 내 손을 잡았어요."

"아직 산소가 남아 있어서 그래. 죽기 전에 손을 놓거라."

빌은 팔다리에서 힘이 빠지는 것을 느꼈다. 프리츠의 손을 떼어내고 싶었지만 더 이상 힘을 쓸 수가 없었다. 팔다리가 축 늘어졌다.

"그것 봐. 벌써 다 죽어가잖아."

"설마요. 죽은 척하는 거예요."

드로셀마이어는 집게손가락으로 재빨리 프리츠의 이마를 꾹 눌렀다. "지금 당장 도마뱀을 풀어줘. 아니면 너랑 도마뱀의 머리를 바꿔 끼울 거다."

빌은 눈이 보이지 않았다. 귀도 거의 들리지 않았다.

"악!" 프리츠가 손을 놓았다.

빌은 바닥으로 떨어졌다. 어깨가 바닥에 세게 부딪치는 게 느껴졌지만, 그대로 정신을 잃었다.

4

 "질문을 드려도 될까요?" 이모리는 방에 들어가서 드로셀마이어에게 말했다.
 "시시한 질문을 할 여유가 있다고 생각하나?"
 "시시한지 아닌지는 일단 질문을 듣고 나서 판단하시죠."
 "그만큼 자신이 있다면 해보게."
 "당신은 드로셀마이어 선생님이시죠?"
 "아까 대답했잖은가. 설마 이렇게 시시할 줄은 몰랐군."
 "아니요. 이건 단순한 확인이지 질문이 아닙니다. 진짜 질문은 이거예요. 당신은 어떻게 세계를 초월해서 존재하는 겁니까? 아니, 당신들이라고 해야 할까요?"
 "자네도 이 세계, 그리고 다른 세계에 존재하지 않나?"
 "엄밀하게 말하자면 저는 초월했다고는 할 수 없습니다. 애당초 저와 빌은 다른 존재예요."
 "같은 기억을 공유하는데도?"

"하지만 동일인물은 아니죠. 겉모습도 능력도 성격도 완전히 다릅니다."

"내가 보기에 자네는 그 도마뱀과 그렇게 큰 차이가 없는 것 같은데."

"그것참 뜻밖의 말씀이로군요." 이모리는 빌과 별 차이가 없다는 말에 조금 충격을 받았다. "하지만 적어도 포유류와 파충류의 차이는 있습니다. 그런데 선생님은 여기서도 거기서도 드로셀마이어예요."

"그게 신기하다고?"

"예."

"확실히 우리는 자네랑 다를지도 모르지. 하지만 모두 다 자네 경우랑 똑같다고 할 수는 없지 않겠나."

"하지만 지금까지 두 분 같은 예는 듣도 보도 못했습니다."

"그렇지도 않을 텐데. 예를 들어 그 도마뱀…… 이름이 뭐랬지?"

"빌입니다."

"빌은 세계를 초월했잖은가. 즉, 이상한 나라에서 호프만 우주로 이동했어."

"그건 그렇습니다만, 그건 본체와 아바타라의 연결과는 전혀 달라요. 오히려 세계 내부에서 평범하게 이동한 것 같았습니다."

"세계 내부의 이동과 세계 사이의 이동에는 본질적인 차이가 있다는 건가?"

"만약 동일 세계 내부에서 이동하는 것처럼 쉽사리 두 세계를 넘나들 수 있다면, 그건 다른 세계가 아니라 동일한 세계라고 간주해야 하지 않겠습니까?"

"정론처럼 들리네만, 특정한 조건을 충족시킨 자만이 세계 사이의 장벽을 넘을 수 있다면 어떤가? 예를 들어 달 로켓 내부 환경은 지구와 거의 다를 바 없지. 인간은 지상을 이동하는 것과 비슷한 스트레스만 받으면서 달과 우주정거장에 갈 수 있어. 지구를 단일한 세계라고 친다면, 통상적인 이동수단으로 다른 세계에 간 것처럼 보이지 않겠나?"

"빌이 이상한 나라에서 호프만 우주로 이동한 것과 마찬가지로 두 분은 호프만 우주에서 지구로 왔다는 말씀입니까?"

"흠. 그것과는 조금 다르지. 우리는 한 육체를 그대로 유지한 채 지구와 호프만 우주를 오가는 게 아닐세. 역시 뭔가 연결 관계에 있는 걸세."

"즉, 선생님은 드로셀마이어 그 자체가 아니라 드로셀마이어의 아바타라인 거군요."

"'드로셀마이어'와 '드로셀마이어의 아바타라'를 굳이 구별하는 이유를 잘 모르겠군."

"둘 사이에 차이가 없다는 말씀입니까?"

"내가 보기에는 자네와 빌이 그토록 다른 게 더 신기해."

"그건 이상한 나라의 속성 때문이겠죠. 이상한 나라에는 기괴한 생물이 수많이 존재하니까요."

"호프만 우주에도 기괴한 생물은 존재한다네. 하지만 그건 어디까지나 예외에 해당하고, 비교적 지구와 흡사한 세계지. 그래서 서로 아주 흡사한 인물들끼리 연결되는지도 몰라. 본체와 아바타라가 동일인물인 것도 호프만 우주의 속성에 포함된다고 할 수 있겠지. 뭐, 아직 단순한 가설에 지나지 않네만."

"현재로써는 그 설명을 받아들이는 수밖에 없을 것 같군요."

"슬슬 본론으로 들어가도 될까요?" 글라라가 기다리다 지쳤다는 듯이 말했다.

"무슨 실험을 하겠다고 말씀하셨죠." 이모리가 말했다.

"그건 슈탈바움을 안심시키기 위한 방편일세." 드로셀마이어가 대답했다.

"굳이 속이지 않아도 선생님께서는 뇌를 조정하는 능력이 있지 않습니까?"

"뇌는 아주 섬세해. 가능하면 부담을 주지 않는 방향으로 조정해야 하지. 처음부터 받아들이기 쉬운 이야기로 해둘 필요가 있다네."

"그럼 진짜로는 무슨 일인가요?"

"글라라, 그걸 꺼내렴." 드로셀마이어가 지시했다.

글라라는 고개를 끄덕이고 봉투 하나를 꺼냈다. 봉투는 이미 뜯어놓았다.

"뭡니까, 이건?"

"읽어보게."

이모리는 봉투에서 편지를 꺼냈다. 신문이나 잡지 같은 인쇄물에서 잘라낸 활자를 붙여서 글을 쓴 것 같았다. 프린터를 사용하면 인쇄된 글자의 특징을 보고 무슨 기종인지 알아낼까봐 이런 식으로 보냈을 것이다.

 잘 지내시는지요? 저는 울화통이 터집니다. 뭣 때문에 울화통이 터지느냐고요? 물론 당신 때문이죠. 저는 줄곧 당신에게 골탕을 먹어 왔습니다. 그런데 당신은 그런 줄도 몰라요. 분명 당신은 내 이름조차 잊어버릴 때가 있을 겁니다. 하지만 저는 한시도 당신을 잊은 적이 없습니다. 당신 이름만 들어도 구역질이 날 정도예요. 매일 당신 사진을 인쇄해서 난도질하고 불태운 후 변기에 흘려 버립니다. 가능하면 지금 당장 당신이 죽어버리면 좋겠어요. 죽어줄래요? 아니지, 죽어. 이렇게 말해도 당신은 내 부탁을 들어주지 않겠죠. 그래서 제 손을 더럽히기로 했어요. 당신을 아주 고통스럽고 괴로운 방법으로 죽일 겁니다. 그래도 내가 맛본 괴로움에 비하면 새 발의 피에 지나지 않아요. 하지만 당신에게 기회를 줄게요. 만약 끔찍한 죽음을 피하고 싶다면 자살하세요. 그게 유일한 구원책입니다.
 이만 총총.

당신의 친구가
로텐 글라라 님께

"장난 편지 아닐까요?" 이모리가 말했다.
"그렇게 판단하는 근거는?" 드로셀마이어가 물었다.
"살인은 수지가 맞지 않는 짓이니까요. 이 편지는 증거입니다. 과학적으로 조사하면 흔적을 몇 가지 찾아낼 수 있겠죠. ……맨

손으로 만져버렸네요."

"상관없네."

"상관없기는요. 이걸 경찰에 넘기면 제 지문과 DNA가 검출될 것 아닙니까."

"경찰에 넘길 생각 없어." 드로셀마이어가 말했다.

"어째서요? 가령 장난이라고 해도 이건 엄연한 협박입니다. 글라라 씨, 당신 생각은 어때요? 이게 장난이 아니라고 보십니까?"

"그럼요. 적어도 목숨을 위협받았으니까요."

"아아. 다섯 번이나 차에 치일 뻔했다고 하셨죠."

"예. 다섯 번째는 이 편지를 받은 직후였어요. 언덕길에 주차되어 있던 차가 갑자기 내려와서 저를 덮쳤죠."

"이 편지를 쓴 사람이 그랬다는 거죠?"

글라라는 고개를 끄덕였다.

"그럼 당장 경찰에 신고해야 합니다."

"아무 소용없네, 이모리." 드로셀마이어가 말했다.

"왜 소용이 없습니까. 사고를 일으킨 차를 조사하면 증거가 산더미처럼 나올 텐데요."

"내기할까? 차에서는 아무것도 발견되지 않을 걸세."

"어째서 그렇게 단정하십니까?"

"범인은 지구에 없거든. 아니. 엄밀하게 말하자면 범인의 아바타라는 지구에 있겠지만, 범행 자체는 호프만 우주에서 일어난 것으로 추정돼."

"그게 무슨 말씀이신지?"

"이것과 똑같은 편지가 호프만 우주에 있는 저한테도 왔어요." 글라라가 말했다.

"즉, 범인은 두 세계가 연결되어 있다는 사실을 잘 알고 있다는 겁니까?"

"만사를 주의 깊게 관찰하는 사람이라면 두 세계가 연결되어 있다는 사실을 쉽게 알아차릴 걸세. 우리나 자네처럼 말이야. 그리고 우리가 두 세계의 연결 관계를 조사한 결과 아주 중요한 사실이 판명됐다네. 호프만 우주에서 누가 죽으면 지구의 아바타라도 죽어. 하나의 예외도 없이."

"범인도 그 사실을 안다는 말씀이십니까?" 이모리가 물었다.

드로셀마이어는 고개를 끄덕였다. "과학수사가 일상적으로 벌어지는 지구와 아직 마술이 횡행하는 호프만 우주, 둘 중 어디가 범죄자에게 유리할까? 증명할 필요도 없겠지."

"글라라 씨, 호프만 우주의 당신에게는 무슨 일이 일어났나요?" 이모리가 말했다.

"쥐에게 공격당했어요. 느닷없이 공중으로 뛰어올라 저를 물어뜯으려고 했죠. 저는 그 공격을 피하다가 장식장에 부딪쳐서 크게 다쳤어요."

"쥐는 어떻게 됐습니까?"

"죽었어. 클라라를 공격했다는 것이 널리 알려져서 머리가 일곱 개 달린 생쥐 왕이 처형했지."

"왜요? 그 녀석을 신문하면 뭔가 밝혀졌을지도 모르는데."

"우리는 범죄를 저지른 쥐를 수사할 수도, 처벌할 수도 없다네.

쥐는 쥐가 심판해. 그리고 그들은 수사도 재판도 제대로 하지 않아. 그냥 피의자를 물어 죽이고 끝내지."

"어째서 그렇게 일을 대충대충?"

"글쎄." 드로셀마이어가 어깨를 으쓱했다. "쥐라서 그런 것 아니겠나? 결국은 짐승이니까. ······어이쿠. 자네 본체가 도마뱀이라고 해서 깔보는 건 아닐세."

말은 그렇게 했지만 드로셀마이어의 눈빛에는 경멸이 가득했다.

뭐, 됐다. 빌이 얼간이라는 건 부정할 수 없는 진실이니까.

"호프만 우주의 클라라와 지구의 글라라는 동시에 목숨을 위협받고 있지. 그리고 실질적인 범행은 호프만 우주에서 일어나리라고 추정되지만, 범인은 지구에서도 글라라와 접점이 있을 가능성이 있어. 그러니 지구와 호프만 우주 양쪽에서 수사를 병행하는 게 효과적이지 않겠나?"

"확실히 그럴 수도 있겠군요. 하지만 아주 애로사항이 많지 않겠습니까? 양쪽 세계에서 신뢰할 만한 사람을 찾아서, 양쪽 세계의 정보를 공유할 필요가 있으니까요."

"우리가 골치를 앓는 것도 그 때문일세. 결국 나랑 글라라 둘이서 수사하는 수밖에 없겠다고 체념했어."

"그것참 안타깝네요."

"그럴 때 자네랑 만난 거지."

"정확하게 말하자면 도마뱀 빌과 만난 거죠."

"그에게 일어난 일은 아주 기묘하지만 해명은 나중으로 미뤄도 돼. 일단 조속히 해결해야 할 안건에 자네를 기용하고 싶네."

"무슨 말씀인지 이해가 잘 안 되는데요. 그러니까 저보고 살인 미수 사건을 수사하라는 말씀이십니까?"

"제대로 이해했구먼, 뭐."

"아니요. 전혀 이해하지 못했습니다. 저는 평범한 대학원생이에요. 무슨 권한으로 수사를 한단 말씀입니까?"

"지구에서는 법률적으로 문제가 없는 범위에서 수사하면 충분하네. 주된 범행은 지구에서 일어나지 않을 테니까. 자네는 대부분 호프만 우주에서 수사를 진행할 걸세."

"예? 그럼 저쪽에서는 빌이 수사한다는 뜻이잖아요!"

"그렇지, 도마뱀이 수사관일세."

"도마뱀한테는 아무 권한도 없잖습니까. 대학원생보다 못해요."

"난 호프만 우주에서 상급법원 판사일세. 벌써 빌을 수사관으로 임명할 준비를 마쳤어."

"너무 막 나가시는 거 아닙니까?"

"그것 말고는 방법이 없어."

"혹시 제가 거절하면요?"

"그야 물론 자네 자유일세. 도마뱀에게도 자유가 있다는 사고방식은 영 거슬리네만, 뭐 그렇다고 치지."

"그럼 거절하겠습니다."

"자네가 외면하는 바람에 가엾게도 글라라는 목숨을 부지하지 못하겠군. 정확하게 말하자면 클라라와 글라라는 목숨을 부지하지 못할 거야."

"그럴 리가요. 선생님이 최선을 다하실 거잖아요?"

"나 혼자 할 수 있는 일에는 한계가 있네."

"권한은 충분할 텐데요. 저쪽에서는 판사고, 이쪽에서는 대학 교수시니까."

"대학교수가 범죄 수사에 어떻게 관여한다는 건가? 애당초 지구에는 범죄의 증거가 존재하지 않아. 그리고 과학적인 수사가 불가능한 호프만 우주에서도 할 수 있는 일은 얼마 안 돼. 기껏해야 양쪽 세계에 존재하는 인재를 찾아내서 수사관으로 임명하는 게 전부겠지. 만약 자네가 협력해주지 않는다면 클라라와 글라라의 운명은 절망적일세."

"협박하시는 겁니까?"

"협박은 무슨. 객관적인 사실을 말했을 뿐이야."

이모리는 글라라를 보았다.

글라라는 아무 말도 하지 않았지만, 매달리듯이 쳐다보는 그 눈이 말보다 더 강하게 의사를 전달했다.

아주 난감하게도 글라라는 내가 도와주기를 원한다.

협력 요청을 거절하는 것은 간단하다. 하지만 그 때문에 글라라에게 무슨 일이 생긴다면 스스로를 용서할 수 있을까? 물론 내가 협력한다고 해도 글라라가 백퍼센트 안전해진다는 보장은 없다. 하지만 과연 도움을 요청하는 여자를 못 본 척하고 지나치면 마음이 편할까.

"알겠습니다." 이모리는 고민 끝에 승낙했다. "저는 지구에서 수사를 하겠습니다."

"호프만 우주에서는?"

"그건 빌에게 물어보시죠."

"자네가 빌일세."

"저는 그렇게 생각하지 않습니다. 기억을 공유할 뿐, 빌과 저의 자의식은 달라요."

"알겠네. 호프만 우주에서 빌에게 물어보지."

"조건이 하나 더 있습니다."

"아직도 남았나?"

"수사를 할 때 상의할 수 있을 만한 사람을 빌에게 붙여주십시오."

"자네는 안 될까? 빌과는 다른 인격이라면서?"

"저와 빌은 실시간으로 상의할 수가 없습니다."

"알았어. 호프만 우주에서 적당한 사람을 인선하겠네. ……이제 수사에 필요한 조건은 전부 충족되었다고 봐도 되겠나?"

"예. 어쩐지 부추김에 넘어간 것 같은 기분도 들지만요."

"아닐세. 틀림없이 자네가 자유의지로 선택한 결과야."

"고마워요." 글라라가 악수를 청했다.

"아직 사건이 해결된 게 아닙니다. 감사 인사를 하기는 일러요." 이모리는 악수에 응했다. "일단 상황을 정리하고 싶은데요. 사고가 난 상황을 자세하게 말씀해주시겠습니까, 글라라 씨?"

"뭔가 대단한 일이 일어난 건 아닌데요."

"중요한지 중요하지 않은지는 제가 판단할 테니, 있는 그대로 설명해주십시오."

"이쪽에서 일어난 사고를 조사해봤자 별 의미 없을 것 같네만." 드로셀마이어가 코웃음을 쳤다.

"그럴지도 모르지만, 현시점에서 할 수 있는 일은 그것밖에 없으니까요." 이모리는 드로셀마이어를 쏘아보았다.

"글라라 씨, 부탁드립니다."

"딱 일주일 전이었어요. 친구랑 점심을 같이 먹기로 해서 약속 장소에서 기다리고 있었죠."

"구체적으로 어디입니까?"

"아오바 초 5초메요."

"잠깐만요." 이모리는 스마트폰을 꺼내서 지도를 띄웠다.

"이 부근이군요. 확실히 꽤나 비탈진 언덕이 있어요."

"저는 언덕 아래 가로수 그늘에 서 있었어요."

"그때 뭘 하고 계셨습니까?"

"그게 중요한가요?"

"중요한지 아닌지는 아직 모르겠습니다. 생각 안 나신다면, 뭐 괜찮습니다. 아마 스마트폰이라도 보고 계셨겠죠."

"아니요. 기억나요. 책을 읽고 있었어요."

"무슨 책이요?"

"《이상한 나라의 앨리스》요."

"뭐라고요?" 이모리가 되물었다.

"《이상한 나라의 앨리스》라고 했어요."

이모리는 현기증이 났다.

"왜 그러세요? 갑자기 식은땀을 흘리고." 글라라가 걱정스러운 듯이 물었다.

"죄송합니다. 어째서인지 책 제목을 못 알아듣겠네요."

"왤까요?"

"제목에 특수한 단어가 들어갔습니까? 아니면 외국어라든가."

이모리는 이마에 맺힌 땀을 닦았다.

"아니요. 《이상한 나라의 앨리스》예요. 쉬운 단어뿐인데요."

"뭐라고 발음하는지는 알겠지만, 무슨 뜻인지 전혀 모르겠군요."

"흥미롭군." 드로셀마이어가 말했다. "이모리가 제목을 인지하는 걸 뭔가가 방해하는 것 같아. 분명 빌이 살던 세계의 속성과 연관이 있겠지. 흥미롭기는 하지만 지금은 깊이 탐구하지 말고 사건 규명에 주력해주지 않겠나?"

"알겠습니다."

하는 수 없다. 더 이상 이 문제를 파고들면 정신착란에 빠질 것 같았다.

"그런데 그때 차가 주차되어 있었다는 건 알고 계셨습니까?"

"아마 보기는 봤을 거예요. 하지만 워낙 흔한 일이라 특별히 신경을 쓴 기억은 없네요."

"뭐, 그렇겠죠. 그럼 그 차가 움직인 순간은 보셨고요?"

"아니요. 책에 푹 빠져 있었거든요. 어쩐지 갑자기 주변이 소란스러워져서 고개를 들었더니, 차가 속도를 점점 높이면서 제 쪽으로 다가오더군요."

"피하려고 하셨나요?"

"당장은 그럴 생각을 못 했어요. 사태를 파악하는 데 시간이 조금 걸렸거든요. 그리고 사태를 파악했을 때는 차가 눈앞에, 1미터도 안 되는 거리에 있었어요. 그제야 겨우 피하려고 했지만, 완전히 피하지 못해서 자동차 보닛이 허리를 스치고 지나갔죠. 저는 2미터쯤 튕겨 나가서 아스팔트 도로에 쓰러졌고요. 차는 속도를 높이며 계속 달려가다가 결국 교차로에 서 있던 덤프트럭과 충돌해 박살 났어요. 휘발유에 불이 붙어서 이만저만 난리가 아니었죠."

"그 결과 허리를 다쳐서 휠체어를 타시는 거로군요." 이모리는 메모를 했다. "차가 미끄러져 내려온 이유는 아십니까?"

"분명 쥐의 짓이에요."

"호프만 우주에서는 그렇죠."

"그게 아니라 지구에서도 쥐 때문이었어요. 차 안에서 죽은 쥐가 발견됐죠. 전선이랑 기계를 여기저기 쏠아서 어디가 누전됐거나, 부품이 망가지는 바람에 브레이크에 이상이 생긴 게 아닐까 싶다고 하더군요."

"정확한 원인은 모르시는 거죠?"

"예. 자동차가 박살 난 데다 불까지 나서 분석하기가 힘들대요. 시간이 좀 걸리는 모양이에요."

"죽은 쥐가 호프만 우주에서 클라라를 공격한 쥐의 아바타라일 가능성이 있을까요?"

"뭐, 똑같은 쥐니까요."

"똑같은 쥐라는 점이 오히려 마음에 걸립니다. 제 경우는 도마뱀과 인간이니까요."

"나랑 글라라는 양쪽 다 인간일세." 드로셀마이어가 끼어들었다. "쥐끼리 연결되어 있어도 하나도 이상할 것 없어."

"그렇다고 해도 조금 찜찜합니다. 사고가 일어났을 때, 혹은 사고 직후에 쥐는 죽었죠?"

"그런데?"

"호프만 우주에서 범행을 저지른 쥐는 범행 직후에 죽지 않았습니다."

"뭐, 직후라고 하기는 힘들겠지만 한 시간쯤 후에는 죽었다네."

"왜 시간에 차이가 났을까요?"

"음, 그 정도 차이가 나는 거야 당연한 일일지도 모르지. 시간에 대해 엄밀하게 조사한 건 아니니까 단정할 수는 없지만. 애당초 지구와 호프만 우주가 서로 시간의 흐름이 동일한지 조사하기란 여간 어려운 일이 아니라네."

"과연. 듣고 보니 그렇군요."

"아니면 쥐는 그냥 사고에 휘말렸을 뿐인지도 모르죠." 글라라가 말했다.

"그렇다면 진범은 어디 다른 곳에서 죽었을지도 모르겠군요."

"그럴 수도 있겠지." 드로셀마이어가 말했다. "하지만 진범의 아바타라를 규명하는 데 무슨 의미가 있나?"

"그건 저도 모르겠습니다." 이모리는 메모장을 덮었다. "일단 지구에서는 더 이상 조사할 방도가 없을 것 같으니, 이다음부터는 빌에게 맡겨야겠군요."
 글라라의 얼굴이 창백해졌다.
 이모리가 그렇게 생각해서인지 드로셀마이어는 만족스러워 보였다.

5

"뭐 좀 물어봐도 돼?" 빌은 사람 좋아 보이는 청년에게 물었다.
"왁! 도마뱀이 말했다!" 청년은 몹시 놀란 것 같았다.
"동물이 말하는 거 처음 봐?"
"직접 보는 건 처음이야. 그런 일도 있다고 들은 적은 있지만. 요정의 마법이나 연금술로 말하게 만든다고 하던데……."
"난 둘 다 아니야. 처음부터 말할 줄 알았어."
"처음부터?" 청년은 턱에 손을 대고 생각에 잠겼다. "그럼 혹시 너, 오토마타야?"
"오토…… 뭐라고?"
"오토마타. 자동인형 말이야."
"아아. 로봇 말이구나."
"여기서는 그렇게 안 부르지만."
"난 로봇 아니야."
"어째서 그렇게 단정하는 거지?"

"난 내가 로봇이 아니라는 걸 아니까. 만약 로봇이라면 내가 로봇이라는 걸 알겠지."

"그럴까? 오토마타는 톱니바퀴와 태엽을 미세하게 조정함으로써 다양한 말과 행동을 할 수 있어. 만약 자기가 생물이라고 믿게끔 톱니바퀴와 태엽을 배치했다면 어쩔래?"

"로봇이 자기가 로봇이 아니라고 믿으면 무슨 이득이 있는데?"

"그건 아무도 몰라. 무슨 실험 아닐까? 스팔란차니 교수님이라면 분명 그런 실험을 하실걸."

"스파게티 교습?"

"스팔란차니 교수님이야. 물리학자이자 발명가시지."

"인간 씨, 넌 어떻게 스팔란차니 교수에 대해서 그렇게 잘 알아?"

"난 스팔란차니 교수님의 제자거든. 그리고 내 이름은 나타나엘이야. 잊어먹지 마."

"안녕, 나타나엘. 내 이름은 빌이야."

"안녕, 빌."

두 명은 악수를 나누었다.

"그런데 너 아까 묻고 싶은 게 있다고 하지 않았어, 빌?"

"아아. 그랬지. ……으음. 뭘 물어보려고 했더라?"

"나야 모르지. 물어보고 싶었던 건 너잖아."

"그럼 뭘 물어보면 좋겠어, 나타나엘?"

"응? 나보고 생각하라고?"

"그야 네 문제니까." 빌은 자신만만하게 말했다.

"아니, 네 문제야."

"그것 봐. 네 문제잖아."

"그 말인즉슨." 나타나엘은 어처구니가 없다는 표정으로 말했다. "네가 말하는 '너'랑 내가 말하는 '너'를 동일인물로 생각한다는 거야?"

"응. 이름이 같으니까 동일인물이잖아?"

"아니야. 대명사라는 단어 못 들어봤어? 내가 '너'라고 할 때는 빌을 가리키는 거고, 네가 '너'라고 할 때는 나를 가리키는 거야."

"아하. 그래서 말이 안 통한 거구나?" 빌은 감탄했다. "좋은 걸 알았어. 내가 '너'라고 할 때는 나타나엘을 가리키는 거야."

"아니. 꼭 그런 건 아니야. 대개는 내가 아닐 것 같은데."

"지금은 '내'가 아니라 '너' 이야기를 하고 있다고."

"아이고, 빌. 처음에는 '너'랑 '나'를 잘 구분해서 사용했잖아. 지금도 할 수 있을 거야." 나타나엘이 살살 타이르듯이 말했다.

"엥? 내가 뭘 할 줄 알았다고?"

"'너'랑 '나'의 구분. 아무래도 단어를 너무 의식하는 바람에 의미가 헷갈리는가봐. '너'나 '나'의 의미를 너무 깊이 생각하지 말고 말하면 괜찮지 않을까?"

"하지만 난 항상 '머리를 좀 쓰라'고 욕을 먹는걸."

"도대체 누가 네 욕을 하는데?"

"미치광이 모자 장수."

"에이. 그럼 신경 쓸 필요 없어. 그 사람은 정신이 이상하잖아."

"그야 그렇지. 미치광이 모자 장수니까."

"그러니까 그 사람 말이 옳다는 보장은 어디에도 없어."

"그렇구나. 그 말을 듣고 나니 안심이 되네. 하지만 나를 욕하는 녀석이 또 있어."

"그건 누군데?"

"3월 토끼."

"역시 걱정 안 해도 돼."

"어째서?"

"기껏해야 토끼가 하는 말을 진심으로 받아들일 필요가 어디 있겠니. 상대는 고작 짐승이잖아."

"뭐야. 그렇구나. 그런데 짐승이 뭐야?"

"인간 이외의 동물이야."

"어? 그럼 나도 짐승이야?"

나타나엘은 아차 싶은 표정을 지었다. "미안. 그런 뜻으로 한 말은 아니었어."

"그게 무슨 뜻이야? 난 짐승이 아니야?"

"뭐, 짐승인지 아닌지 따지자면 짐승의 범위에 들어간다고 할까?" 나타나엘은 어물어물 대답했다.

"진짜? 야호!" 빌은 아주 기뻐했다.

"뭐가 그렇게 기뻐?"

"아무도 내 말을 진심으로 받아들이지 않을 거잖아? 짐승이니까."

"그게 좋은 거야?"

"난 말을 할 때마다 겁이 났거든. 언젠가 틀린 말을 하는 게 아닌가 싶어서."

"언젠가 틀릴 거라고 생각하는구나." 나타나엘은 안타깝다는 표정을 지었다. "나중에도 안 틀리면 좋겠다."

"하지만 이제 그런 걱정 안 해도 돼. 설령 틀린 말을 해도 난 어차피 짐승이니까 아무도 신경 안 쓸 거 아니야."

"응. 지금의 네 말은 크게 틀리지 않았을 거야." 나타나엘은 붙임성 있게 웃었다. "그런데 나한테 뭘 묻고 싶은 거니? 나도 그렇게 한가하지는 않아서 말이야. 슬슬 출발해야 해."

"아. 간단한 질문이야. 난 탐정을 찾고 있어."

"탐정? 그건 또 왜?"

"사건을 수사해달라고 부탁받았거든."

"그럼 네가 탐정 아니야?"

"그런데 이모리는 나한테 그 일이 무리라고 생각하나보더라고."

"이모리가 누군데?"

"내 아바타라야."

"처음 듣는 말인데."

"다시 말해 또 다른 나야."

"알았다. 지금 말은 진심으로 받아들이지 않을게."

"아무튼 나 혼자서는 무리니까 상의할 사람을 찾아달라고 부탁했어."

"이야기를 종잡을 수가 없네. 누구한테 부탁했다는 거니?"

"드로셀마이어한테."

"드로셀마이어? 판사님?"

"잘 몰라."

"한쪽 눈에 반창고를 붙였어?"

"맞아. 그 사람이야. 그 사람, 좀 무서워." 빌은 겁먹은 얼굴로 나타나엘을 보았다.

"무서워? 뭐, 무섭다면 무섭다고 할 수도 있으려나? 평판은 제법 괜찮은 편인데."

"그래서 드로셀마이어가 나한테 조언해줄 탐정을 알려줬어. 지금 그 사람한테 가려고 하는데, 길을 모르겠네. 난 만날 길을 잃거든. 이 세계에 온 것도 길을 잃은 탓이야."

"그렇구나. 탐정 집이 어딘지 알고 싶은 거였군. 하지만 이상하네. 요 부근에 탐정이 있던가?"

"본업은 변호사라고 했어."

"응?" 나타나엘의 안색이 변했다. "변호사라고?"

"응. 실력 좋은 변호사라고 하던데."

"미안해. 진짜 시간이 없어서 이만 가야겠다."

"조금만 더 이야기를 들어줘." 빌은 나타나엘의 팔을 잡았다. "너 아니면 도와줄 사람이 없어."

"아니. 난 분명 도움이 못 될 거야."

"그걸 어떻게 알아?"

"아주 꺼림칙한 예감이 들어. 이제 그 이야기는 듣기 싫어."

"그 변호사 이름은……."

"이제 듣기 싫다고 했잖아!" 갑자기 나타나엘의 눈빛이 달라졌다. 눈동자에 심상치 않은 광기가 감돌았다.

"코펠리우스야."

"우아아아아아아악!" 나타나엘은 귀를 막고 쪼그려 앉았다.

"귀가 아파?"

"놈은 안 돼에에에에에!" 나타나엘의 눈에 핏발이 섰다.

"놈이라니?"

"모래 사나이!"

"내가 모래 사나이 이야기를 하고 있었나?"

"코펠리우스가 모래 사나이야아아아아!"

사람이 갑자기 상태가 이상해지면 피하는 것이 보통이지만 빌은 달랐다. 이상한 나라에서 상태가 불량한 인물들을 수시로 접했으므로 이런 상황에 익숙했다.

"모래 사나이가 아니라 변호사라고 했는데."

"놈은 우리 아버지를 죽였어."

"엇? 탐정이 범인이었다는 거야? 그거 서술트릭인가?"

"놈은 아이의 눈에 모래를 뿌려."

"그건 위험하네."

"그리고 눈알을 뽑아."

"뽑아서 어쩌는데?"

"알 게 뭐야. 모으겠지. 하마터면 나도 눈알을 빼앗길 뻔했는데, 아버지가 놈을 타일렀어."

"원만하게 잘 수습돼서 다행이네." 빌은 안도하여 가슴을 쓸어내렸다.

"무슨 일 있나?" 나이가 지긋한 신사가 갑자기 말을 걸었다.

나타나엘은 땅에 납작 엎드려 몸을 벌벌 떨었다.

"코펠리우스 변호사 이야기를 꺼냈더니 갑자기 벌벌 떨더라고." 빌이 대답했다.

"코펠리우스?"

신사 옆에는 아름다운 소녀가 서 있었다. 보는 사람이 굳어버릴 만큼 싸늘함이 풍기는 미모가 압도적이었다.

"안녕." 빌은 소녀에게 인사했다.

소녀는 눈을 크게 뜬 채 눈동자를 천천히 빌에게 돌렸다. 그리고 경멸하는 것으로도 보이는 웃음을 희미하게 지었다.

"나타나엘, 정신 차리게!" 신사가 소리쳤다.

나타나엘이 고개를 들었다. "아. 스팔란차니 선생님!"

"도대체 뭐가 어떻게 된 건가, 나타나엘?"

"이 녀석이요." 나타나엘이 빌을 가리켰다. "이 녀석이 불길한 말을 늘어놨어요."

"아직 혼란이 가시지 않은 모양이군. 아무튼 이 짐승이 자네를 불안하게 만들었다, 그거지? 좋아. 지금 당장 때려죽여서 불안함을 해소해주겠네." 스팔란차니가 지팡이를 쳐들었다.

"악! 안 돼!" 빌은 얼굴을 가렸다.

"잠깐만요, 스팔란차니 선생님!" 나타나엘은 몸을 떨면서도 스팔란차니에게 애원했다. "그 도마뱀은 나쁜 녀석이 아닙니다."

"뭐라고?" 스팔란차니는 지팡이를 천천히 내렸다. "이 도마뱀 탓이 아니라는 건가?"

"예. 이 도마뱀의 말을 듣고 놀랐을 뿐이에요."

"이 도마뱀이 얼마나 불길한 말을 했기에 그러냐?"

"이 도마뱀, 빌이 코펠리우스의 이름을 입에 담았습니다."

"코펠리우스!" 스팔란차니는 놀란 것 같았다. "왜 도마뱀이 코펠리우스의 이름을?"

나타나엘은 그제야 아름다운 소녀도 함께 있다는 것을 알아차린 것 같았다. "오오. 사랑스러운 올림피아. 너도 있었구나."

그런 나타니엘을 보고 스팔란차니는 흡족하다는 듯이 활짝 웃었다.

나타니엘이 올림피아에게 손을 뻗었다.

올림피아는 고개를 들고 눈을 내리뜬 채 부자연스러운 걸음걸이로 나타나엘에게 철컹철컹 다가가더니 손을 쑥 내밀었다.

나타나엘의 얼굴이 기쁨으로 가득 찼다. 그는 손을 더 뻗어서 올림피아의 손을 잡으려고 했다.

탁!

그때 스팔란차니가 느닷없이 나타나엘의 손등을 지팡이로 때렸다.

"우윽!" 나타나엘의 손에서 피가 뚝뚝 떨어졌다.

"왜 그랬어, 스팔란차니 선생?" 빌이 물었다.

"보고도 모르겠느냐, 도마뱀아."

빌은 거리와 하늘의 풍경을 둘러보았다.

"그게 아니라 올림피아의 자세를 봐라. 똑바로 서서 손만 나타나엘에게 내밀었지. 이 상태에서 나타나엘이 갑자기 손을 잡으면 어떻게 될까? 올림피아는 분명 균형을 잃고 넘어질 거야. 이런 자갈길에서 넘어지면 올림피아가 다칠지도 몰라."

"하지만 지금 나타나엘이 손을 다쳤는데."

"뭐야, 올림피아가 얼굴을 다치는 편이 나타나엘 손이 다치는 것보다 낫다는 거냐, 도마뱀아."

"아아. 스팔란차니 선생님, 제가 잘못했습니다. 따님의 자세를 고려도 하지 않고 무심코 손을 잡으려고 했네요. 제 손을 때려서 혹시 모를 일을 미연에 방지하셨군요. 훌륭한 처사셨습니다."

스팔란차니는 만족스럽게 고개를 끄덕였다.

올림피아는 천천히 손을 거두더니 마지막에 철컹, 소리를 내며 멈췄다.

빌은 올림피아의 몸놀림이 신기해서 그 모습을 가만히 지켜보았다. "저기. 스팔란차니 선생, 올림피아는 왜 로봇처럼 움직여?"

그러자 스팔란차니는 빌의 귓가에 얼굴을 갖다 대고 조용히 속삭였다. "부자연스러워 보이느냐? 그래. 올림피아는 오토마타야. 하지만 나타나엘에게는 비밀이다."

"엥? 그랬어? 전혀 몰랐네."

스팔란차니는 혀를 찼다. "둔한 도마뱀 같으니라고."

"그런데 왜 나타나엘한테는 비밀이야?"

"그게 더 재미있으니까. 녀석은 올림피아가 오토마타인 줄 모르고 사랑에 빠졌어. 내 딸이라고 철석같이 믿고 있지. 얼마나 웃기는지 몰라. 덜떨어진 짓을 하는 사람을 잠자코 구경하는 게 내 취미란다."

"그렇구나. 그럼 아무 말도 안 할게. 남의 즐거움을 빼앗을 수는 없으니까."

"그런데 도마뱀아……."

"내 이름은 빌이야."

"네가 코펠리우스의 이름을 꺼냈다면서?"

"맞아. 난 코펠리우스를 찾고 있어."

"놈에게 무슨 볼일이지?"

"탐정이 돼서 나랑 같이 수사를 해줬으면 해서."

"탐정? 변호사에게 탐정 일을 시키려고?"

"드로셀마이어 말로는 그래."

"드로셀마이어라고! 도대체 놈은 무슨 속셈이지?"

"엇? 드로셀마이어가 뭔가 속셈을 품고 있어?"

"놈이 아무 이득도 없이 남을 도울 리가 있나!" 스팔란차니는 생각에 잠겼다. "하지만 무슨 일을 꾸미든 간에 나한테만 불똥이 튀지 않는다면, 구경하는 재미가 쏠쏠할지도 모르겠군."

"저기. 올림피아가 꼼짝도 안 하는데 괜찮아?"

"태엽이 다 풀렸겠지. 나타니엘은 지금 올림피아의 자태에 푹 빠져서 넋을 놨으니까 움직이지 않아도 들통날 염려 없어. 태엽은 나중에 감으면 돼. 그것보다 내가 코펠리우스를 소개해주마."

"진짜! 어디 있는데?"

"어허. 이런 곳에서 뵙다니 뜻밖이로군요." 덩치 큰 남자가 갑자기 말을 걸었다. 떡 벌어진 어깨 위에 이상하리만치 커다란 머리가 얹혀 있었다. 뺨에 검붉은 반점이 두세 개 있고, 큼지막한 코는 끝부분이 입 언저리까지 늘어졌다. 눈썹은 회색 잡초 같고, 녹색 눈은 안광이 형형했다. 삐딱하게 틀어진 입에는 노골적인 악의가 맺혀 있었다.

"어허. 이 녀석은 도롱뇽입니까?" 덩치 큰 남자는 털이 북실북실하니 투박한 손으로 빌의 목을 잡고 들어 올렸다.

빌은 숨이 막히는 것보다 기분 나쁜 손으로 만지는 것이 더 싫어서 얼른 놓아주기를 바랐다.

"아니. 도마뱀인 것 같아." 스팔란차니는 불쾌한 듯한 목소리로 대답했다.

"선생님이 만드신 오토마타입니까? 눈알은 어디서 구하셨어요? 이런 걸 구하셨으면 저한테 먼저 보내주셨어야죠. 잠깐 봐도 되겠습니까?" 덩치 큰 남자는 빌의 오른쪽 눈알을 솜씨 좋게 빼내서 빛에다 비추며 관찰했다. "어허. 이건 진짜가 아닙니까!" 덩치 큰 남자는 놀라서 빌을 잡고 있던 손을 놓았다.

빌은 급히 숨을 몰아쉰 후 덩치 큰 남자에게 애원했다. "부탁이야. 내 눈알을 돌려줘!"

"어허. 말을 하네. 이것 참 잘 만드셨군요."

"미안하네만 이 도마뱀은 내가 만든 물건이 아니야, 코폴라."

"그렇군요. 그럼 이 눈알을 빌리신 돈 대신에 받아갈 수는 없겠군요."

코폴라는 빌의 눈알을 눈구멍에 쏙 집어넣었다.

다시 넣을 때 위치가 조금 어긋난 듯, 오른쪽 눈만 90도 기울어진 상태로 보였다.

"어쩐지 눈이 뱅뱅 도는 것 같아서 속이 울렁거려."

"참아. 눈을 되찾은 것만 해도 고마운 줄 알아야지." 스팔란차니는 언짢은 듯이 말했다. "코폴라, 빌리신 돈 대신이라니 남이 들으면 오해하겠군. 난 자네에게 돈을 빌린 적 없어."

"무슨 말씀을 그렇게 섭섭하게 하십니까. 선생님을 위해 아름다운 눈알을 마련해드리고 여태 대금을 받지 못했습니다. 그게 빚 아니면 뭐겠습니까?"

"저기. 스팔란차니 선생은 눈알을 어쨌어?" 빌은 코폴라에게 물었다.

"올림피아의 눈으로 썼지." 코폴라는 빌에게 귓속말했다. "나타나엘이 들으니까 큰 소리로 떠들지 마."

"알았어. 나타나엘한테는 말 안 할 테니까 안심해." 빌은 명랑하게 대답했다.

자기 이름을 듣고 나타나엘은 빌과 코폴라를 보았다. 얼굴에서 순식간에 핏기가 가셨다. 그리고 제자리에서 토하기 시작했다.

"나타나엘, 괜찮아?" 빌은 나타나엘 곁으로 다가가 등을 문질러주었다.

"맙소사. 놈이 여기 있다니."

"놈이라니, 코폴라 말이야?"

"코폴라라고? 놈은 코폴라가 아니라 코펠리우스야!"

"어? 코펠리우스라고? 난 코펠리우스를 찾고 있어. 하지만 아까 스팔란차니 선생은 코폴라라고 불렀는데. 도대체 누구 말이 맞는 거야, 스팔란차니 선생?"

"그 남자는 코폴라야. 청우계 행상 코폴라지."

"청우계가 뭐야?" 빌은 물었다.

"기상관측용 기압계란다." 스팔란차니는 말했다. "귀찮으니까 날씨와 기압의 관계는 일일이 설명하지 않으마."

"알았어. 날씨와 기압은 관계가 있는 거구나. 그거랑 눈알은 무슨 관계인데?"

"청우계에 유리가 사용되거든. 오토마타의 눈알도 유리로 만들고."

"응. 대충 알았어."

코폴라는 나타나엘에게 다가갔다. "형씨, 기분이 별로인 모양이군. 고쳐줄까?" 코폴라는 나타나엘의 등에 손을 얹었다.

"끄악! 코펠리우스! 모래 사나이다!"

나타나엘은 겁에 질린 목소리로 고함을 빽 지르고 정신을 잃었다.

"아이고, 골치야." 스팔란차니는 부아가 치민다는 듯이 말했다. "하지만 제자를 그냥 내버려두고 가면 평판이 나빠지겠지. 녀석의 집까지 데려다줘야겠어. 뭐, 이 녀석의 하숙집은 우리 집 맞은편이니까 그렇게 뼛골 빠질 일은 아니지."

스팔란차니는 품에서 공구를 꺼내 올림피아의 뒤통수를 열더니 태엽을 감으며 톱니바퀴를 조정하기 시작했다.

"올림피아. 이 남자를 집까지 옮기렴."

올림피아는 나타나엘의 등덜미를 한 손으로 잡아 올려 어깨에 짊어지고 걸음을 옮겼다.

"대단하다, 올림피아." 빌이 감탄했다. "하지만 이런 모습으로 다니면 올림피아가 로봇이라는 걸 모두가 알아차리지 않을까?"

"걱정할 것 없어. 올림피아가 오토마타인 줄 모르는 얼간이는 나타나엘 하나뿐이니까." 스팔란차니도 올림피아를 따라 걸어갔다.

"선생님, 눈알 대금은 꼭 지불해주십시오. 이번 주말까지 지불해주시지 않으면 올림피아의 아름다운 눈알을 돌려받겠습니다."

"알았어, 알았어." 스팔란차니는 귀찮다는 듯이 말하며 멀어져 갔다.

"그건 그렇고." 코폴라가 빌에게 말했다. "아까 묘한 소리를 했겠다. 분명 코펠리우스를 찾고 있다고 했는데."

"맞아. 난 코펠리우스를 찾고 있어."

"그렇군. 그렇다면 내가 좋은 소식을 알려주마."

"좋은 소식이라니, 뭔데?"

"실은 내가 코펠리우스란다." 코폴라는 귓속말했다.

"그럼 나타나엘은 틀린 게 아니구나. 왜 자기가 코펠리우스라는 걸 숨겼어?"

"그래야 나타나엘이 더 얼간이로 보이잖아."

"하지만 그러면 나타나엘이 불쌍하잖아."

"바라는 바야. 난 나타나엘을 파멸로 몰아가고 있거든."

"왜 그런 짓을 하는 건데?"

"알고 싶어?" 코펠리우스는 씩 웃었다. "난 사람이 정신을 놓고 망가져가는 모습을 보는 걸 아주 좋아해. 녀석이 어릴 적부터 시간을 들여 차근차근 준비해왔지. 이제 와서 방해하는 놈은 용서치 않을 거야."

빌은 이해력이 낮은 도마뱀이었지만, 코펠리우스의 말을 듣고 나자 무시무시한 한기가 밀려왔다. 나타나엘이 불쌍했지만 코펠리우스를 거스르면서까지 그를 구할 마음은 들지 않았다. 코펠리우스는 이상한 나라의 머리가 맹한 작자들하고는 차원이 다르다. 이모리의 지식에 있던 '차원'이라는 말이 무슨 뜻인지는 잘 모르지만, 아무튼 빌은 그렇게 확신했다.

"그런데 왜 날 찾는 거지?"

"범죄 수사를 도와줬으면 해." 빌은 그렇게 말했지만 코펠리우스와 함께 수사를 진행하는 상상만 해도 무서워 죽을 지경이었다.

"나보고 수사를 도와달라고?"

"그러니까 그건 드로셀마이어의 생각이야."

"드로셀마이어? 그 땅딸보가! 도대체 무슨 속셈이지?"

"정말 무슨 속셈일까? 나중에 깜짝 놀라는 거 아닌가 모르겠어. 그치?"

"놈이 뭐라고 했지?"

"내 아바타라가, 나 혼자 수사하기는 무리니까 믿을 만한 사람을 붙여달라고 했어. 그러자 드로셀마이어가 그 역할에 딱 맞는 사람이 있다면서 당신한테 부탁하라고 했어."

"마음에 안 들어." 코펠리우스는 빌을 노려보았다.

빌은 몸을 움츠리고 그 자리에 얼어붙었다.

"내게 부탁이 있으면 놈이 직접 여기에 와서 머리를 조아려야 하는 거 아닌가?"

"아마 내 부탁이니까 직접 와서 머리를 조아리기가 싫은 것 아닐까?"

"누가 너한테 수사를 의뢰했는데?"

"드로셀마이어랑 클라라였나?"

"그럼 결국 드로셀마이어가 부탁한 거잖아."

"그렇게 되나? 아무튼 수사를 도와줘."

"거절한다."

"어?"

"난 드로셀마이어에게 설설 길 생각 없어. 만약 내 도움이 필요하면 너 같은 버러지 말고 드로셀마이어 본인이 직접 와서 무릎 꿇고 청하라고 전해."

"미안해. 하나도 못 외웠어. 한 번만 더 말해주면 안 돼?"

"나한테 부탁이 있거든 드로셀마이어 본인이 직접 오라고 전해."

"응, 그 정도면 까먹지 않을지도 모르겠다."

"잊어버릴 것 같으면 적어서 가."

"미안해. 종이랑 연필이 없어. 그러니까 일단 종이랑 연필을 줘. 그리고 누가 나한테 글씨를 가르쳐줘야 할 텐데."

"걱정할 것 없어. 네 머릿속에 직접 적어줄 테니까."

빌은 그 말을 듣자마자 달아났다. 무서워서 도망치는 것 말고 다른 행동은 취할 수가 없었다고 하는 편이 옳을지도 모른다.

하지만 달아났는데도 빌은 한 발짝도 나아가지 못했다.

이상해서 돌아보자 빌의 다리는 이미 떨어져 나간 뒤였다.

하는 수없이 빌은 꼬리를 움직여 앞으로 나아가려고 했다. 하지만 다음 순간 꼬리를 꽉 짓밟혔다.

빌은 반사적으로 꼬리를 잘라냈다.

꼬리와 두 다리가 춤을 추듯이 땅에서 파닥파닥했다.

그래. 나한테는 아직 손이 있어!

빌은 엉금엉금 기어서 드로셀마이어의 집으로 향했다.

하지만 다음 순간 누가 어깨를 잡았다.

마치 아주 조금 남은 치약을 짜낼 때처럼 빌의 어깨를 관절에서 떼어내서 땅에 내팽개쳤다.

아아. 내 팔과 다리, 나중에 다시 붙여주려나?

그런 생각을 하고 있는데 털이 수북하니 불쾌한 코펠리우스의 손이 갑자기 정수리를 감쌌다.

그리고 빌은 의식이 멀어졌다.

6

"그러고 나서 빌은 어떻게 됐어요?" 글라라가 물었다.

이모리는 드로셀마이어의 교수실을 다시 찾아왔다.

"정신을 차리자 혼자 길가에 쓰러져 있었습니다." 이모리가 대답했다. "무슨 일이 있었는지 희미하게 기억이 나더군요. 그런데 '내게 부탁이 있거든 드로셀마이어 본인이 직접 오라고 전해'라는 말만은 뚜렷하게 떠올랐습니다."

"승복할 수 없네." 드로셀마이어가 말했다. "왜 내가 그딴 상것에게 가야 한단 말인가?"

"그가 선생님께 올 마음이 없으니까요."

"놈은 왜 안 오겠다는 거지?"

"드로셀마이어에게 설설 길 생각은 없다고 했습니다."

"불손한 놈." 드로셀마이어는 벌레를 씹은 듯한 표정을 지었다.

"그럼 코펠리우스한테 가실 생각은 없으신 겁니까?"

"물론이지."

"그럼 약속은 어떻게 되는데요? 빌에게 협력자를 붙여주겠다는 약속요."

"협력자 없이 하세."

"빌은 혼자서는 아무것도 못 합니다."

"자네, 빌의 응석을 너무 받아주는 거 아닌가?" 드로셀마이어가 이모리를 쏘아보았다.

"아니요. 빌을 만날 수도 없는데 응석이고 뭐고 어떻게 받아주겠습니까."

"이모부도, 코펠리우스라는 사람도 뜻을 굽힐 마음이 없다니 어쩌겠어요." 글라라가 유감스럽다는 듯이 말했다. "다른 방법을 생각해보죠."

"아니요. 코펠리우스에게 머리를 숙이라고 드로셀마이어 선생님께 부탁하는 편이 낫겠어요. 빌 혼자서 수사하기는 절대로 불가능하니까요."

"나는 코펠리우스에게 머리를 숙이기 싫어. 그 이야기는 이제 그만하지." 드로셀마이어가 선언하듯이 말했다.

"하지만 그래서는 호프만 우주에서 수사를 진행하지 못할 텐데요." 이모리가 물고 늘어졌다.

"흠." 드로셀마이어는 생각에 잠겼다. "확실히 빌 혼자에게는 너무 무거운 짐이지. ……협력자를 구하는 일은 다시 생각해봄세. 아무튼 자네들은 지구에서 수사를 계속해주게."

"지구에서 수사해봤자 아무것도 나오지 않을지도 모릅니다."

"반드시 그렇다는 근거라도 있나? 뭐든지 좋으니 일단 실마리를 찾아봐."

"제가 그 말씀에 따라야 할 이유는 없을 것 같은데요?"

"호오. 내게 거역하겠다는 건가? 그게 무슨 의미인지는 알고서 그러나?"

"교수라는 입장을 이용해서 어떻게 해보시겠다는 겁니까? 하지만 학과가 다르니까 한계가 있을 텐데요."

"자네를 어떻게 하겠다는 게 아니야. 빌 말일세."

"빌을 어떻게 하시려고요?"

"난 저쪽에서 판사일세. 사람의 목숨이라면 모르지만, 도마뱀의 목숨쯤은 실로 간단하게 좌지우지할 수 있지 않겠나?"

"협박하시는 겁니까?"

"협박이라면 어쩔 텐가?"

이모리와 드로셀마이어는 잠시 눈싸움을 벌였다.

"며칠 안에 호프만 우주에서 협력자를 찾아주겠다고 약속하신다면 수사를 진행하겠습니다." 이모리가 먼저 입을 열었다.

"알겠네. 약속하지." 드로셀마이어는 그렇게 대답했다.

"그럼 글라라 씨, 현장을 살펴보려고 하는데 같이 가주시겠어요?" 이모리가 물었다.

"예. 알겠어요." 글라라는 휠체어에서 일어섰다.

"어? 휠체어는?" 이모리가 당황해서 말했다.

"아아. 이제 허리 다 나았어요. 전에 뵀을 때도 거의 다 회복됐지만, 혹시 몰라서 휠체어를 탔던 거예요."

"그렇군요. 그럼 호프만 우주의 클라라도 이제 걸어 다닐 수 있습니까?"

"예?⋯⋯아아. 물론이죠."

"확실치 않나요?"

"최근에 호프만 우주의 기억이 좀 애매해요. 일시적인 일일지도 모르지만요. 연결이 끊어지는 경우도 있을까요?"

"어떻습니까, 드로셀마이어 선생님."

드로셀마이어는 어깨를 움츠렸다. "난들 알겠나. 아바타라 현상의 메커니즘은 아직 베일에 가려져 있어. 그러니 추정할 방도가 없지."

"그럼 어쩔 수 없군요. 휠체어 신세를 벗어나 행동력이 높아진 것만 해도 다행이라고 칩시다."

두 사람은 사고가 일어난 현장으로 향했다.

학교 근처 아오바 초 5초메의 교차로다.

"척 보기에 이렇다 할 특징이 없는 교차로군요." 이모리가 말했다. "미끄러져 내려오기 전에 차는 어디에 주차되어 있었습니까?"

"저 전신주 언저리에요."

"내려와서 멈춘 곳은?"

"딱 요쯤이에요. 보세요, 아스팔트가 아직도 조금 거무스름하잖아요."

이모리는 지면을 조사한 후 차가 미끄러지기 시작한 장소로 가서 주변을 둘러보았다.

"뭐 좀 찾으셨어요?" 글라라도 뒤따라왔다.

"별것 없네요. 하긴 그럴 거라 예상은 했습니다만."

"도료나 지문 같은 걸 채취하실 건가요?" 글라라가 물어보았다.

"경찰이 벌써 다 했겠죠."

"그 밖에 할 수 있는 일은 또 뭐가 있을까요?"

"글쎄요. 목격자의 이야기를 듣는 것 정도일까요? 근처에 목격자는 있었습니까?"

"예. 몇 명 정도요. 하지만 목격자의 이야기야말로 경찰이 벌써 듣지 않았을까요?"

"그렇겠죠. 하지만 목격자 증언은 과학적 분석이 필요한 물적 증거와는 다르니까요. 저희가 들어도 뭔가 새로운 사실을 알아낼 가능성이 큽니다."

"앗!" 글라라가 소리쳤다.

"왜 그러세요?"

"저쪽에서 아는 사람이 와서요. ……모로보시 씨!"

모로보시라고 불린 30대 남자는 글라라를 알아봤는지 고개를 살짝 숙여 인사하고 가까이 다가왔다.

이모리도 가볍게 고개를 숙였다.

"이모리 씨, 이쪽은 모로보시 씨예요. 작년까지 제가 과외를 했던 학생의 형부세요. 이쪽은 이모리 씨. 으음, ……제 이모부의 제자예요."

이모리는 드로셀마이어의 제자가 아니지만 사정을 솔직하게 말해도 이해하지 못할 테니, 이렇게 설명하는 게 피차 편하다.

"지아키는 요즘 어떻게 지내요?" 글라라가 물었다.

"아아. 요즘 별로 못 만났어."

"어머. 전에는 자주 놀러 오셨잖아요."

"응. 실은……." 모로보시는 민망하다는 듯이 대답했다. "집사람이랑 별거 중이라서."

"어머나." 글라라는 괜한 질문을 했다는 표정을 지었다.

이모리는 빨리 화제를 바꿔야겠다 싶었다.

"지금 집사람이 홋카이도에 출장 가 있는데, 일단 이야기를 하러 가볼 생각이야."

"홋카이도에요?" 이모리는 무심코 물었다.

"예."

"돌아오신 후에 만나시는 게 낫지 않겠습니까?"

"뭐, 그래도 되지만 '쇠뿔도 단김에 빼라'고 하니까요." 모로보시는 비위를 맞추듯이 웃으며 말했다.

"모로보시 씨는 작가세요." 글라라가 화제 바꾸기를 시도했다.

"에이, 어린이 잡지에 동화가 실린 게 다인걸. 아직 작가라고 할 정도는 아닙니다."

"하지만 상을 받으셨잖아요."

"응. 우쭐해서 회사를 때려치웠더니 집사람이 화가 단단히 나서, 이 꼴이 됐지……."

"모로보시 씨, 얼마 전에 글라라 씨가 사고를 당했다는 거 아십니까?" 이모리는 억지로 화제를 바꾸기로 했다.

"글라라가 사고를? 무슨 사고요?"

"주차된 차가 갑자기 미끄러져 내려와서 살짝 치였습니다. 그래서 제가 수사를 하고 있는데……."

"수사? 하지만 학생이잖아요?"

"예. 그렇지만 드로셀마이어 선생님이 탐정 역할을 맡아달라고 의뢰하셨습니다. 얼핏 들으면 이상한 이야기이기는 합니다만……."

"탐정? 최근에 그런 이야기를 들어본 것 같은데요. 분명 탐정을 찾고 있다던가……."

그 부분이 마음에 걸렸나?

"아니요. 어디까지나 탐정 역할일 뿐, 진짜 탐정은……."

"이모리 씨…… 이름이 이모리 씨라고 하셨죠?"

"예. 그게 왜요?"

"당신의 요청으로 탐정을 찾는 중이라고 했어요."

"누가요?"

"빌이라는 도마뱀이요."

이모리는 숨을 들이마신 채 호흡을 멈췄다.

"아. 하지만 꿈 이야기니까 너무 신경 쓰지 마세요. 그럼 바빠서 이만." 모로보시는 고개를 살짝 숙이고 떠나갔다.

이모리는 얼떨떨한 표정으로 머리를 꾸벅 숙였다.

옆을 보자 글라라도 경직된 채 눈만 동그랗게 뜨고 있었다.

"모로보시 씨가 어떻게 빌을 아는 거죠?"

"저 사람도 호프만 우주 주민의 아바타라서 그렇겠죠. 하지만 놀랐습니다."

"모로보시 씨는 누구일까요?"

"아마 나타나엘, 스팔란차니, 올림피아, 코펠리우스 중에 하나겠죠."

"올림피아는 아니지 않을까요? 여자고 인간도 아니니까."

"이상한 나라와 지구의 연결 관계를 살펴보면 본체와 아바타라의 성별과 종족이 꼭 일치하는 건 아니에요. 호프만 우주와 지구의 연결 관계에서는 그렇지 않을지도 모르지만요. 방금 말한 네 명 중에서 모로보시 씨와 제일 비슷한 인물은 나타나엘이려나?"

"그러고 보니 나타나엘도 문학청년 같은 구석이 있어요."

"클라라는 나타나엘과 아는 사이입니까?"

"예. 아마 나타나엘은 저와 연인 사이라고 생각할 거예요."

"'생각할 거'라니 그게 무슨 뜻이죠? 사귀는 게 아닙니까?"

"드로셀마이어가 그런 기억을 심었어요."

"그건 또 어째서요?"

"코펠리우스랑 내기를 했거든요. 나타나엘이 클라라와 올림피아 중 누굴 선택할지."

"호프만 우주에는 그 두 사람 같은 능력을 지닌 인간이 많습니까?"

"그런 능력을 지닌 인간은 별로 없을 거예요. 인간이 아닌 자들은 어떤지 모르겠지만요."

"호프만 우주에도 인간이 아닌 자들이 많은가요?"

"많은지 적은지는 모르겠지만, 친구들 사이에서 종종 소문이 돌죠."

"당신 친구는 어떤 사람들입니까?"

"호프만 우주의 친구요?"

"예. 인간이 아닌 자들을 화제로 삼는 사람들이 이쪽 세계의 친구들이라면 이야기는 별개입니다만."

"친구라고 해도 그렇게 많지는 않아요. 마리랑 피틀리파트, 그리고 세르펜티나 정도죠. 아아. 하지만 그쪽에서는 친구라고 생각하지 않을지도 모르겠네요."

"왜 그렇게 생각하시죠?"

"제게는 아무 말도 없이 셋이서 놀러 가는 걸 봤거든요."

"혹시 어두운 이야기인가요?"

"그럴지도 모르죠. 듣기 싫으신가요?"

"아니요. 들려주십시오. 일단 그 세 명은 어떤 사람들입니까?"

"일단 마리는 저희 집에 있는 인형이에요."

"초장부터 사람이 아닌 겁니까? 마리는 오토마타인가요?"

"오토마타는 아니지만, 움직여요."

"오토마타는 아니라고요?"

"예. 기계는 안 들었을 거예요."

"그럼 어떻게 움직이는 거죠?"

"글쎄요. 아마도 마법으로?"

"마법⋯⋯. 호프만 우주는 과학과 마법이 어중간하게 섞인 세계로군요."

"뭐. 어느 세계가 어중간하느냐는 물음에 관해서는 다양한 견해가 있겠지만요."

이모리는 메모를 했다. "다른 친구는요?"

"피를리파트는 공주님이에요."

"비유적인 의미로요?"

"비유적이 아닌 의미로요. 드로셀마이어의 예전 약혼자예요."

"예? 드로셀마이어 선생님의?"

"드로셀마이어라고 해도 그분의 조카에 해당하는 젊은 드로셀마이어지만요."

"젊은 드로셀마이어도 있다 그거군요."

"예. 있어요."

"구별은 됩니까? 그러니까 겉모습에 차이가 있느냐는 뜻입니다만."

"예. 완전히 달라요. 젊은 쪽은 호두까기 인형이거든요."

"그렇군요. 그도 인형이로군요." 이모리는 반쯤 체념하고 메모했다. "그것도 마법으로 움직이는 겁니까?"

"글쎄요. 마법 때문이라고 하면 마법 때문이겠지만, 원래는 인간이었으니까요."

"원래는 인간이다." 이모리는 메모를 계속했다.

"마우제링크스 부인의 저주에 걸렸어요. 원래는 피를리파트 공주에게 내린 저주지만요."

"어쩌다 그런……." 이모리는 물어보려다가 마음을 바꾸었다. "앗. 그 이야기는 됐습니다. 분명 길어질 것 같으니까."

"예. 마음먹고 설명하면 제법 오래 걸릴 거예요."

"나머지 한 명은 누구라고 하셨죠?"

"세르펜티나요."

"그분은 인간? 인형? 오토마타?"

"세르펜티나는 뱀이에요."

"앗. 동물하고도 친구가 될 수 있잖습니까. 그것도 파충류랑."
이모리는 조금 기뻤다.

"뱀이라고 해도 겉모습은 여자애지만요."

"그건 뭡니까? 드로셀마이어나 모래 사나이가 개조한 건가요?"

"세르펜티나 본인이 지닌 마법의 힘으로 변신한 것 아닐까요?"

"그렇군요. 복잡하네요. 그 세 명과 저쪽 세계의 클라라가 친구라는 겁니까?"

"제 착각이 아니라면요. 착각일 가능성이 농후해졌지만……."

"그 세 명이 당신에게는 아무 말도 없이 놀러 갔다고 하셨죠. 언제요?"

"조금 전에요."

"조금 전이라고요? 지구 시간으로 따지면 언제입니까?"

"아마 어제저녁쯤일 거예요. 가장 새로운 기억이니까."

"세 명은 어떤 느낌이었죠?"

"즐거워 보였어요. 카니발에 가는 중이었겠죠."

"카니발?"

"호프만 우주에서 가장 큰 축제예요. 저녁에 시작해서 다음 날 저녁까지 이어지죠."

"당신은 어디서 세 명을 봤습니까?"

"숲속 나무 뒤편에서요."

"잘못 봤을 가능성은 없는 거죠?"

"그쪽은 눈치채지 못한 모양이지만, 거리로 따지면 10미터도 안 됐으니까 잘못 봤을 리 없어요."

"나중에 불러낼 생각 아니었을까요?"

"그건 아니에요. 걔들은 축제 수레에 타는 참이었거든요. 그건 일단 타면 카니발이 끝날 때까지 못 내려요. 수레라고 해도 열차만큼 크고 식당이랑 화장실까지 있죠. 춤을 추는 사람들이랑 다른 축제 수레를 그 안에서 구경할 수 있어요. 아아, 나도 타고 싶었는데." 글라라는 축제 수레에 타지 못해서 몹시 아쉬운 모양이었다.

"클라라의 친구 관계에 대해 그 밖에 뭔가 짚이는 구석은 없습니까?"

글라라는 잠시 생각하다가 고개를 저었다.

"그 세 명 중 하나가 협박장을 썼다면 누구일 것 같습니까?"

"제 친구를 의심하시는 건가요?"

"그 세 명을 특별히 의심하는 건 아닙니다. 반대로 말하자면 그 세 명을 특별히 신뢰할 수 있는 것도 아니죠."

"셋 중 하나가 협박장을 썼을 리 없어요." 글라라는 그렇게 대답했다. "지금 증언이 뭔가 도움이 됐나요?"

"그건 모르겠습니다. 하지만 나중에 뭔가 추리의 재료가 될 가능성은 있습니다." 이모리는 주변을 둘러보았다. "그럼 이쪽 세계에서 일어난 사고에 관해 또 생각나시는 건 없습니까?"

"글쎄요." 글라라는 뭔가를 생각해내려고 애쓰는 것 같았다. "저쪽에 작은 공터 보이세요?"

"저 공터입니까? 공원인 줄 알았네요."

"공터예요. 집을 세우려고 한 흔적은 있지만, 어째서인지 그대로 방치된 상태죠."

"이유는 모르시는 거군요."

"예."

"저 공터가 어쨌는데요?"

"사고 당시 저기에 누가 있었어요. 쌍안경 같은 걸로 제 쪽을 보고 있었죠."

"그렇게 중요한 걸 왜 이제야 말씀하시는 겁니까?"

"방금 전까지 기억이 안 났거든요. 지금 저 공터를 보니까 기억이 나네요."

"즉, 경찰한테도 말씀하시지 않았다는 뜻입니까?"

"그렇죠."

"일단 나중에라도 경찰에 가는 편이 낫겠군요."

"이모부는 이쪽에서 경찰이 수사해봤자 무의미하다고 하셨어요."

"그렇게 단언하기는 이르다고 봅니다. 이쪽 세계와 저쪽 세계는 연결되어 있으니까 이쪽 세계에서 수사한 결과가 저쪽 세계에 반영될 가능성이 있습니다. 그 인물의 인상착의는 어땠습니까?"

"검은색 옷을 입었어요. 검은색 모자랑 선글라스도 썼던 것 같고요. 나이랑 성별은 잘 모르겠네요."

"그 밖에 또 기억나는 건요?"

글라라는 고개를 저었다.

"그 인물이 어디에 서 있었는지는 아시겠습니까?"

"예. 따라오세요." 글라라는 공터로 총총히 걸어갔다.

이모리도 부랴부랴 따라갔다.

가까이 가보자 건물의 토대 같은 것이 있을 뿐 분명 공터였다. 토대의 규모로 보건대 약간 큼지막한 개인주택을 지으려고 했던 걸까. 공터 입구에 밧줄을 쳐두었지만 들어가기는 어렵지 않아 보였다.

"그 사람은 저 덤불 너머에 서 있었어요." 글라라는 밧줄을 성큼 넘어서 공터로 들어갔다.

말 그대로 텅 빈 곳이니까 들어갔다가 들켜도 심하게 야단맞지는 않겠지만, 그래도 사유지는 사유지이므로 이모리는 흠칫흠칫하며 조심스레 따라갔다.

"여기에요. 여기." 글라라는 덤불을 헤치고 나갔다. 그 순간 글라라가 아래로 푹 꺼졌다.

함정이다!

이모리는 반사적으로 글라라를 쫓아 덤불로 뛰어들었다.

구덩이 가장자리에 도착했지만 글라라의 모습은 보이지 않았다.

이모리는 앞뒤 생각하지 않고 구덩이 속으로 머리를 들이밀었다.

글라라가 푹 꺼진 지 1초도 지나지 않았다. 지금 붙잡으면 구덩이 바닥에 처박히는 건 막을 수 있을지도 모른다.

글라라는 자기에게 무슨 일이 일어났는지 아직 이해를 못 했는지 걷는 자세로 공중에 떠 있었다.

하다못해 이쪽으로 손이라도 들고 있다면 얼마나 좋을까. 이모리는 안타깝기 그지없었다.

그래도 이모리는 글라라의 몸을 어디 한군데라도 붙들려고 구덩이 속으로 몸을 더 내밀었다.

손끝이 글라라의 머리카락에 닿았다.

됐다! 머리카락 한 올은 50그램을 감당할 수 있다. 글라라의 몸무게가 60킬로그램이라고 쳐도 머리카락을 1천2백 개만 붙잡으면 어떻게든 된다. 아니지. 가속도가 붙었으니까 더 많이 잡아야 하나. 에잇. 지금은 계산이나 하고 있을 때가 아니다. 아무튼 최대한 많이 붙잡자.

그때 이모리는 자신의 몸이 둥실 떠오르는 듯한 감각을 느꼈다.

앗. 나도 떨어지나? 글라라를 붙잡는 데 성공한다고 해도 이럴 때는 어떻게 해야 하지? 어떻게든 발을 구덩이 가장자리에 걸고 버티든지, 버티지 못하더라도 속도를 최대한 줄이는 수밖에 없겠지. 아무튼 최선을 다할 뿐이다.

갑자기 글라라의 몸이 떠오르기 시작했다.

아니, 그게 아니다. 글라라가 떨어지는 속도가 느려졌기 때문에 떨어지고 있는 이모리의 눈에는 떠오르는 듯이 보이는 것이다.

그런데 왜 떨어지는 속도가 느려졌을까?

벌써 구덩이 바닥에 도달한 걸까? 그렇다면 구덩이는 깊이가 고작 몇 미터인 셈이다. 아예 다치지 않을 수야 없겠지만 치명상은 면할 듯했다.

하지만 아무래도 상황이 이상했다.

구덩이 바닥은 저 멀리 밑에 보였다. 그리고 구덩이 바닥에서 뭔가가 위를 향해 수없이 튀어나와 있었다. 나무로 만든 막대기 같아 보였다.

갑자기 글라라가 얼굴을 위로 향했다. 본인이 그러고 싶어서 그런 것이 아니라, 뭔가에 걸려서 저절로 위를 향한 듯한 느낌이었다.

글라라가 부릅뜬 눈으로 이모리를 보았다. 뭔가 애원하는 듯한 눈이었다.

별안간 글라라가 입을 크게 벌렸다.

목구멍에서 뾰족한 나무가 튀어나왔다. 나무는 선혈에 젖어 있었다.

아아. 그렇구나. 끝부분을 날카롭게 깎은 나무 말뚝을 구덩이 바닥에 설치한 것이다. 장난치기 위해서가 아니라 사람을 죽이기 위해 파둔 함정이다. 하지만 누가 누굴 죽이려고 이런 함정을 만들었을까.

이모리가 그런 생각을 하는 동안 글라라를 꿰뚫은 말뚝이 이모리의 눈앞으로 다가왔다.

아아. 3센티미터만 더 가까워지면 왼쪽 눈 아래에 박히겠군.

7

"큰일 났다! 큰일 났다! 큰일이 터졌어!" 빌은 사람들이 춤추는 무대로 뛰어들었다.

"뭐야, 이 꾀죄죄한 개구리는! 방해하지 말고 꺼져!" 수염을 기른 나이 든 남자가 빌에게 호통쳤다.

"무슨 일이에요, 판탈론?" 젊은 아가씨가 남자에게 물었다.

"이 지저분한 개구리가 갑자기 뛰어들어서 내 바지를 더럽혔어, 투르테."

"개구리는 내버려두고 다들 내 이야기를 들어봐!" 빌이 외쳤다.

"내버려두기는, 네놈이 개구리잖아!" 판탈론이 대꾸했다.

"아니야. 난 개구리가 아니라 도마뱀이라고. 이렇게 큰 개구리가 어디 있어!"

"아니. 도마뱀이라고 쳐도 너무 커." 투르테는 눈이 휘둥그레졌다. "도대체 뭐지? 징그러."

"도마뱀이라고 했잖아."

"기분 나빠. 도대체 여긴 뭘 하러 온 거야?"

"왜 기분이 나쁜데?" 빌이 물었다.

"난 파충류가 싫어!"

"그럼 파충류를 좋아하면 되겠네."

"그게 손바닥 뒤집듯이 마음대로 되겠니!"

"이러쿵저러쿵할 것 없이 네놈이 다른 데로 가면 다 해결돼." 판탈론이 성질난다는 듯 말했다.

"그렇게는 안 돼. 엄청난 사건이 일어났거든."

"알아. 카니발에서 춤을 추는 사람들 사이에 도마뱀이 뛰어들었잖아."

"그것도 엄청나기는 하지만 더 엄청나. 진짜로 사건이 터졌다고."

"그럼 말해봐. 만약 시시한 일이었다가는 가만두지 않을 테다."

"음, 그게 말이지. 클라라가 살해당했어."

무대가 한순간 정적에 휩싸였다.

"정말이야?" 판탈론이 물었다.

"정말이고말고. 내 두 눈으로 봤어."

"어디서 살해당했는데?"

"지구의 아오바 초 5초메에서."

"도대체 그게 무슨 소리냐?"

"클라라의 아바타라인 글라라가 지구에서 죽었어."

"이 도마뱀이 무슨 말을 하는지 이해한 사람 있나?"

주위에 모여든 사람들이 웅성거렸지만, 이해했다고 확실하게 반응하는 사람은 하나도 없었다.

"네 말이 엉터리가 아니라는 걸 증명해봐."

"그럼 드로셀마이어를 불러와. 난 그 사람 부탁으로 수사를 하고 있으니까."

"수사라고? 도마뱀이 수사관이라는 소리는 처음 들어보는데."

"지구에서는 어엿한 인간이야."

"실은 인간이지만 마법에 걸려서 도마뱀으로 변했다는 거냐?"

"아니야. 난 이상한 나라에서는 처음부터 도마뱀이었어."

"도대체 무슨 소동인가요?" 사람들 사이에서 노부인이 나타났다.

"아무것도 아닙니다. 그냥 정신 나간 도마뱀 한 마리가 나타났을 뿐이에요, 마드무아젤 드 스퀴데리." 투르테가 대답했다.

"도마뱀이라고요?" 스퀴데리는 빌을 유심히 들여다보았다. "어머. 진짜네. 커다란 도마뱀이야."

"나는 빌이라고 해."

"오오. 사람 말을 알아듣는구나." 스퀴데리는 아주 흥미로워하는 눈치였다.

"당장 쫓아내겠습니다." 판탈론이 지팡이를 쳐들었다.

"기다려요. 내가 이야기를 들어볼게요."

"마드무아젤이 도마뱀 이야기를 들으시겠다고요?"

"안 되나요?"

"아니요. 원하신다면야." 판탈론은 지팡이를 내리고 물러섰다.

"빌, 넌 생물이니? 아니면 인형?"

"여러 사람한테 분해를 당했으니까 이제 자신이 좀 없지만, 아마 생물일 거야."

"넌 마법의 힘으로 말하는 능력을 얻은 거니?"

"모르겠어. 하지만 이상한 나라에서는 온갖 동물들이 말을 할 줄 알았지."

"이상한 나라?"

"여기랑은 다른 세계야. 여기는 호프만 우주라는 세계라면서?"

스퀴데리는 고개를 끄덕였다. "분명 드로셀마이어 판사님이 그런 설을 제창하셨지. 이 세계의 인물과 다른 세계의 인물이 기억을 공유한다든가."

"그건 사실이야, 마드무아젤 드 스퀴데리."

"이 세계의 인물과 이상한 나라의 인물이 연결되어 있다는 거니?"

"아니야. 난 이상한 나라에서 직접 왔어. 호프만 우주 주민의 아바타라가 사는 곳은 지구야."

"만약 네가 정신적으로 몹시 혼란스러운 게 아니라면 아주 흥미로운 이야기로구나, 빌."

"내 정신이 혼란스러운 것 같아?"

"지금 당장 판단을 내려야 한다면, 그렇게 판단하겠지."

빌은 낙담했다.

"하지만 판단을 보류할게. 왜냐하면 판단에 필요한 재료가 갖추어지지 않았으니까. ······마르티니엘!"

"예, 마드무아젤." 스퀴데리의 하녀 같은 여자가 다가왔다.

"가서 드로셀마이어 판사님을 여기로 모셔오렴."

"마드무아젤, 죄송합니다만." 마르티니엘이 말했다.

"한 시간 정도 후에 다녀오면 안 될까요? 그럼 카니발을 끝까지 볼 수 있을 텐데요."

"마르티니엘, 만약 빌의 말이 사실이라면 살인사건이 발생한 거야. 한시라도 빨리 진상을 규명해야 한다고. 30분 안에 드로셀마이어 판사님을 여기로 모셔오렴."

마르티니엘은 허둥지둥 달려갔다.

"자, 빌. 판사님이 오실 때까지 사건에 대해 물어봐도 될까?"

"물론이지. 뭐든지 물어봐, 마드무아젤 드 스퀴데리."

"클라라는 어떻게 죽었니?"

"모르겠어."

"그건 모르면서 살해당한 줄은 어떻게 알았어?"

"클라라가 죽었으니까."

"빌, 너 정신이 오락가락하니?"

"늘 그런 말을 듣지. 하지만 이번에는 아니야. 내가 말한 클라라는 지구에 있는 클라라의 아바타라야."

"즉, 아바타라가 죽었으니까 클라라도 죽었다는 거야?"

"반대일걸. 분명 본체인 클라라가 죽었으니까 아바타라도 죽은 거야."

"그거 확실하니?"

"드로셀마이어가 그렇다고 했어."

"그럼 그건 드로셀마이어 판사님께 확인하도록 하자꾸나. 그런데 지구의 글라라는 어떻게 죽었니?"

"함정에 빠져서 말뚝에 꽂혔어."

"그것참 끔찍하게도 죽었구나. 누가 밀어서 떨어뜨렸니?"

"아니. 글라라가 제 발로 함정으로 갔어."

"왜 하필이면 함정이 있는 곳으로 갔는데?"

"거기 수상한 사람이 서 있었거든."

"그때?"

"아니. 며칠 전에 거기서 글라라가 교통사고를 당했는데, 그때 서 있었대."

"그럼 그 사람은 글라라를 함정으로 끌어들이기 위해 거기 서 있었던 걸까?"

"모르겠어." 빌은 서글픈 듯이 말했다. "내 머리는 어려운 걸 싫어하는가봐."

"넌 글라라가 죽었을 때 같이 있었니?"

"응."

"그때 아무것도 못 봤어?"

"함정이랑 말뚝을 봤던가."

"글라라가 죽고 나서 어떻게 됐니?"

"몰라."

"어째서? 너, 지구에서는 아무한테도 알리지 않았어?"

"응. 나도 죽었거든."

"뭐?"

"실은 내가 아니라 이모리가 죽은 거지만, 나 자신이 죽었다는 기억이 있어."

"글라라뿐만 아니라 네 아바타라도 죽었다는 뜻이야?"

"아마도. 얼굴에 말뚝이 박히는 느낌이 들었으니까. 엄청 아파. 얼굴뼈가 부러지고, 말뚝이 천천히 얼굴 속으로 파고드는 걸 알겠더라고. 그런데 도중에 갑자기 뚝 끊기는 느낌이 들더니 더 이상은 아무것도 모르겠더라."

"아바타라가 죽어도 본체는 죽지 않는 거구나?"

"그래?"

"너 살아 있지, 빌?"

"드로셀마이어 판사님 모셔왔습니다." 마르티니엘이 말했다.

빌이 돌아보자 분노로 몸을 떠는 드로셀마이어의 모습이 눈에 들어왔다.

"앗! 드로셀마이어, 마침 잘 왔어. 엄청난 일이 일어나서 알려 주려던 참이야. 있지. 클라라가 살해당했어······."

드로셀마이어가 지팡이로 빌의 머리를 내리쳤다.

빌은 뒤로 쓰러졌다.

드로셀마이어가 지체 없이 빌의 목을 짓밟았다.

"클라라가 살해당했다고? 네가 그딴 소리를 할 입장이야? 이 아무짝에도 쓸모없는 것! 얼간이! 쓰레기!"

빌은 숨이 막혀서 팔다리와 꼬리를 마구 버둥거렸다.

"그만두세요, 판사님." 스퀴데리가 차분하게 말했다.

"내버려두게. 이 도마뱀은 약속을 어겼어."

"약속이라니, 무슨 약속요?"

"클라라를 노리는 범인을 밝혀내기로 했어."

"판사님이 범인을 밝혀달라고 도마뱀에게 의뢰하셨나요?"

그 자리에 있던 모두가 드로셀마이어를 쳐다보았다. 개중에는 킥킥 웃는 사람도 있었다.

"어, 그래. 도마뱀이라고 해도 사람 말을 알아듣거든."

"사람 말을 알아들으니까 믿을 만하다는 건가요?"

"뿐만 아니라 이 녀석의 아바타라는 제법 우수해."

"하지만 그 자신은 어떨까요? 게다가 그의 아바타라도 죽었다던데요."

"그걸 어떻게 알았지?"

"빌에게 들었어요."

빌이 팔다리와 꼬리를 버둥거리는 기세가 점점 약해졌다.

"도대체 무슨 일이 있었던 건가?"

"그건 빌한테 물어보시는 수밖에요. 클라라의 아바타라가 사망했을 때 곁에 있었던 목격자는 빌의 아바타라뿐이니까요."

빌의 팔다리가 땅에 툭 떨어지더니 더 이상은 움직이지 않았다.

"만약 늦지 않았다면 말이죠."

"흠." 드로셀마이어는 빌의 목에서 발을 치운 후 밟고 있던 부분을 손가락으로 더듬었다. "목구멍이 찌부러졌고, 목뼈도 부러졌군." 드로셀마이어는 그 자리에서 빌의 목을 떼어내서 고친 후 원래 장소에 되돌려놓았다. "뭐, 응급처치만 해뒀어. 당분간은 살아 있겠지."

"숨을 안 쉬는 것 같은데요."

"잠깐만 있어봐." 드로셀마이어는 주먹으로 빌의 가슴을 세게 내리쳤다.

빌은 몸을 한 번 꿈틀하더니 눈을 크게 뜨고 숨을 들이마셨다.

"어휴, 다행이야." 스퀴데리가 말했다.

빌은 피를 뱉어내면서 콜록콜록 기침했다.

"글라라는 어떻게 됐지?" 드로셀마이어가 빌에게 물었다.

"글라라는 함정에 빠져서 말뚝에 꽂혔어."

"누가 함정을 팠는데?"

"몰라."

"이모리는 뭐라고 하더냐."

"이모리는 죽었어."

"언제?"

"글라라랑 거의 동시에 말뚝에 꽂혔을 거야."

"그렇군. 이모리가 말뚝에 꽂혔는데도 넌 이렇게 살아 있어."

"아까 죽을 뻔했지만."

"즉, 호프만 우주와 지구의 연결 관계는 대등하지 않다는 뜻이다."

"그래?"

"호프만 우주에서 누가 죽으면 지구에 있는 아바타라도 죽어. 하지만 아바타라가 죽어도 본체는 죽지 않지. 그래서 이모리가 죽었는데도 넌 살아 있는 거야."

"아아, 다행이다."

"하지만 이모리가 죽었다면 네 증언에 의지할 수밖에 없는 셈인데." 드로셀마이어는 말을 이었다. "글라라가 죽기 전에 한 말은 없느냐?"

"어디 보자." 빌은 진지하게 기억을 더듬었다. "'여기에요. 여기'였나?"

"그 전에는?"

"'그 사람은 저 덤불 너머에 서 있었어요'"

"그런 것 말고 범인의 정체와 관련이 있을 법한 말은?"

"으음." 빌은 팔짱을 꼈다.

"잠깐만." 스퀴데리가 끼어들었다. "클라라는 정말로 죽었니?"

"내가 똑똑히 봤어."

"넌 지구에 있는 글라라가 죽는 걸 본 거잖니."

"하지만 글라라는 클라라의 아바타라야."

"네 아바타라인 이모리는 죽었지만, 넌 안 죽었어. 그 공식을 클라라에게도 대입할 수 있다면, 지구의 글라라가 죽어도 호프만 우주의 클라라는 죽지 않는 거잖아?"

"맞아. 클라라는 죽지 않았을지도 모르지. 하지만 죽지 않았다고 단정할 수는 없다네." 드로셀마이어가 말했다.

"어째서요? 빌이 죽지 않았으니 클라라도 죽지 않았겠죠."

"이번 사건이 어디까지나 지구에서 완결됐다면 그렇겠지. 지구에서 누가 글라라를 살해하는 일을 성공했다. 거기에 이모리까지 말려들었다. 그럴 경우는 클라라도 빌도 죽지 않아. 하지만 그게 아니라 원인이 호프만 우주에 있다면 어떨까? 호프만 우주에서 누가 클라라를 죽이는 데 성공했다. 물론 빌은 아무 관계도 없지. 결과적으로 호프만 우주에서 클라라가 죽자 지구에서도 글라라가 죽었어. 이모리는 그때 단순히 글라라의 죽음에 말려들었을 뿐인 거고."

"이모리는 멍멍이죽음을 당한 거구나." 빌이 깊은 생각에 잠긴 표정으로 말했다.

"둘 중 어느 쪽일지 판단하려면 어떻게 해야 할까요?" 스퀴데리가 물었다.

"일단 클라라를 찾아야 하네. 만약 클라라가 멀쩡하다면 지구에서 글라라만 죽은 셈이지. 클라라가 죽었다면 클라라가 죽은 게 글라라가 죽은 원인이야."

"그거 어쩐지 동어반복 같은데요?" 스퀴데리가 비꼬는 듯한 투로 말했다.

"동어반복이고 뭐고 그런 걸 따질 때인가. 클라라의 행방을 찾는 게 최우선 과제일세. 최근에 클라라를 본 사람 있나?"

"일주일쯤 전에 시장을 걸어가는 모습을 봤는데요." 판탈론이 말했다.

"너무 오래전이로군. 더 신선한 목격 정보는 없나?"

아무도 대답하지 않았다.

"빌. 요즘 클라라가 누굴 만났는지 글라라한테 못 들었나?"

"어디 보자. 마리와 피클리파트, 그리고 세르펜티나가 축제 수레에 타는 걸 봤다고 했어."

"그 세 명은 지금 어디 있지?"

"지금 축제 수레에 탔다고 했죠? 그럼 아직 축제 수레에 있을 거예요." 마르티니엘이 대답했다.

드로셀마이어가 회중시계를 꺼냈다. "좋아. 앞으로 몇 분 후면 카니발은 끝나. 그 세 명이 축제 수레에서 내리면 바로 이야기를 듣도록 하지."

이윽고 카니발은 끝을 맞이했다.

거대한 축제 수레가 덜커덩덜커덩 굉음을 내며 일동의 눈앞에 나타났다.

출구에 이동식 계단이 접속되자 비명을 지르는 듯한 금속음과 함께 문이 열렸다.

수많은 사람들이 줄줄이 땅에 내려섰다.

백 명이 넘는 사람들이 거의 다 내리고 나서야 세 아가씨가 내렸다.

드로셀마이어는 수다를 떠느라 정신도 없는 세 아가씨 앞으로 뛰어나가서 앞을 가로막았다.

세 아가씨는 드로셀마이어의 험악한 표정을 보고 비명을 질렀다.

"너희들, 클라라를 아나?" 드로셀마이어는 겁에 질린 아가씨들을 더욱 겁주듯이 다그쳐 물었다.

"알아요." 마리가 대답했다.

"클라라는 어디 있지?"

"그건 몰라요."

"지금 안다고 했잖아!"

"클라라라는 사람이 있다는 건 안다는 뜻이에요. 슈탈바움 씨의 딸이잖아요."

"언제 마지막으로 봤나?"

"으음, 기억은 잘 안 나지만 축제 수레에 타기 전에 본 것 같은데요."

"넌 어떠냐?" 드로셀마이어가 피를리파트에게 물었다.

"클라라? 그게 어떤 애였더라?" 피를리파트는 여우에 홀린 것 같은 표정을 지었다. "아무래도 잘 모르겠는데요."

"슈탈바움의 딸이야."

"그럼 저기 있는 쟤 아닌가?" 피를리파트가 손가락으로 가리켰다.

손가락이 가리키는 곳에 일동의 시선이 집중됐다.

거기에는 투르테가 서 있었다.

"저 애는 클라라가 아니야." 드로셀마이어는 실망 어린 목소리로 말했다.

"하지만 전에 슈탈바움네 집에서 쟤를 본 적 있어요."

"예. 저는 슈탈바움 씨네 집에 살아요." 투르테가 대답했다. "저는 클라라가 가지고 있는 인형이니까요. 마리랑 똑같아요."

"그럼 오늘도 클라라를 봤겠군." 드로셀마이어가 물었다.

"아니요. 어젯밤부터 나와서 카니발을 구경했거든요. 그래서 오늘은 클라라를 못 봤어요."

"어제, 카니발이 시작될 때는 어땠지?"

"어제도 못 봤어요. 실은 요 한동안 클라라하고 같이 안 놀았어요."

드로셀마이어는 낙담한 빛을 감추지 못했다. "그럼 넌 어떠냐?" 그는 세르펜티나에게도 물었다.

"클라라가 누군지는 압니다. 전에 마리랑 같이 논 적이 있어요. 하지만 오늘 축제 수레에서도 봤는지는 모르겠네요."

"축제 수레에 타기 전에는?"

"마리가 봤다면 근처에 있었을지도 모르겠네요."

"하나도 도움이 안 되는 계집애들이로군." 드로셀마이어는 내뱉듯이 말했다.

"제가 질문해도 될까요?" 스퀴데리가 말했다.

"그러든가. 마음대로 해." 드로셀마이어는 짜증이 가시지 않는다는 듯이 손가락을 까딱거리며 말했다.

"셋이 함께 축제 수레에 탄 뒤로 한 번도 내린 적이 없니?" 스퀴데리가 물었다.

"그럼요. 축제 수레는 일단 타면 카니발이 끝날 때까지는 내려주지 않는 게 규칙이니까." 피를리파르트가 말했다.

"증명해줄 사람이 있을까요, 피를리파르트 공주님?"

"출입구 감시인이 내리려는 사람이 없는지 감시하고 있었을걸요."

"출입구 감시인은 누구죠?"

"나요." 키가 작은 근육질 남자가 손을 들었다. "내리려고 한 사람은 아무도 없었소. 그리고 그렇게 튀는 짓을 했다면 그게 누군지 다들 알고 있겠지."

"고마워요. 카르디악." 스퀴데리는 감사를 표했다. "그럼 세 명

중에 카니발이 진행되는 동안 모습을 감춘 사람은 있었니?"

"없었어요." 세르펜티나가 대답했다. "저희는 계속 같은 자리에 나란히 앉아 있었는걸요."

"화장실에는? 한 번도 안 갔고?"

"화장실에는 갔죠. 피를리파트랑 저는 몇 번 갔고, 마리는 안 갔어요. 인형이니까 화장실에 갈 필요가 없거든요."

"둘이 동시에 화장실에 간 적은?"

"없어요." 세 명은 동시에 고개를 저었다.

"화장실에 갔는지 안 갔는지가 왜 궁금한 거야, 마드무아젤 드 스퀴데리?" 빌이 물었다.

"화장실에 갔는지 안 갔는지가 궁금한 게 아니란다." 스퀴데리가 대답했다. "일단 클라라가 살해당했다고 가정하고 살해할 수 있었던 사람을 추리려는 거야."

"그게 무슨 소리야?"

"클라라는 이 세 아가씨가 축제 수레에 타는 걸 봤다고 했지?"

"응. 분명 그렇게 말했어."

"그렇다면 클라라가 죽었다고 치고, 클라라의 사망추정시각은 세 명이 축제 수레에 탄 이후야."

드로셀마이어가 손가락을 까딱거리던 것을 멈추고 스퀴데리를 보았다.

"그리고 여기에 빌이 나타나서 클라라의 아바타라가 지구에서 살해당했다고 말한 시점보다는 이전이지."

"그래서, 그게 무슨 뜻인데?" 빌이 다시 물었다.

"그동안 축제 수레에 타고 있었단 사람은 클라라를 죽일 수 없었던 셈이야. 단, 한 가지 전제 조건이 있지만."

"그렇군." 드로셀마이어가 중얼거렸다. "그걸 알아차리다니 과연 인기 작가다워, 마드무아젤."

"축제 수레에서 클라라가 살해당하지 않았다는 것이 바로 그 전제 조건이에요. 그러니까 지금 당장 축제 수레를 수색해보도록 하죠."

수색은 고작 몇 분 만에 끝났다. 넓다고는 하나 축제 수레치고는 넓을 뿐, 지구의 열차 한 칸 크기밖에 안 된다. 게다가 비밀 방도 비밀 통로도 없다. 여기서 사람을 죽였다면 아무도 몰랐을 리 없다는 의견에 그 자리에 있던 모두가 동의했다.

"이 세 명이 수상하다 싶었는데 완전히 헛짚었군." 드로셀마이어가 인상을 찌푸렸다.

"왜 이 세 명을 수상하게 여기셨죠?" 스퀴데리가 물었다.

"클라라에게 협박장이 왔거든. 아마도 우정에 금이 간 게 원인이 아닐까 추측했지."

"그 협박장을 보낸 범인을 찾는 일을 빌 혼자에게 맡겼다고요?"

"어쩔 수 없잖나." 드로셀마이어는 어깨를 움츠렸다. "빌과 상의하면서 수사해달라고 코펠리우스에게 의뢰했는데 거절당했어."

"코펠리우스 씨가 변호사로서는 우수할지도 모르지만, 빌의 상담자로서는 과연 어떨까요? 저기, 빌. 코펠리우스 씨랑 같이 수사하고 싶니?"

"아니, 싫어." 빌은 고개를 저었다. "그 사람, 어쩐지 무서워."

"빌이 싫다면 상담자 역할을 맡기는 건 더더욱 무리겠군." 드로셀마이어가 말했다.

"원래는 판사님이 직접 수사하시는 게 이치에 맞지 않을까요, 드로셀마이어 판사님?"

"나보고 수사를 하라고? 그럴 시간은 없어. 안 돼, 안 돼."

"그럴까요? 저는 무슨 이유가 있어서 판사님이 직접 수사를 하시지 않는 것 같은데요."

"재미있는 소리를 하는군. 그 이유가 뭔데?"

"그건 아직 모르겠어요. 수사를 하다 보면 점차 밝혀질지도 모르죠."

"그렇군. 그럼 빌의 수사에 진전이 있기를 기대하도록 하지."

스퀴데리는 불안한 듯이 안절부절못하는 빌을 잠시 바라보았다. "빌, 네 지성은 믿을 만하니?"

"내 지성은 모르겠지만, 이모리의 지성은 믿을 만해. 이미 죽었지만."

"안타깝지만 수사는 여기까지로군." 드로셀마이어는 수사 중단을 선언했다.

"잠깐만요. 제안할 게 하나 있는데요." 스퀴데리가 입을 열었다.

"마드무아젤, 그건 건설적인 제안인가?"

"물론이죠. 빌과 함께 저를 수사에 참가시켜주세요."

"그게 건설적이라고?"

"적어도 사건을 어중간하게 방치하는 것보다는 훨씬 건설적이겠죠."

"당신은 범죄 수사에는 순 풋내기야."

"판사님은 어수룩한 도마뱀을 수사관으로 골랐어요. 제 통찰력이 도마뱀보다 못하다는 말씀이신가요?"

드로셀마이어는 생각에 잠겼다. 평소 그는 무슨 일이든 서둘러 판단을 내리지만 이번에는 상당히 고민하는 것 같았다.

"저를 수사관으로 고르지 않을 이유를 찾고 계신 건가요?"

드로셀마이어는 아주 불쾌한 표정을 지었다.

"왜 내가 그런 이유를 찾아야 하지?"

"판사님은 빌에게 수사를 맡기셨어요. 마치 수사가 잘 풀리지 않기를 바라는 것처럼요."

"설마!"

카니발을 관람하다가 무슨 일인가 싶어 구경하러 몰려든 사람들이 일제히 드로셀마이어를 쳐다보았다.

드로셀마이어는 호주머니에서 구깃구깃해진 손수건을 꺼내 이마의 땀을 닦았다. "아, 알겠다. 나한테 무슨 죄를 뒤집어씌우려는 수작인가본데."

"그건 어디까지나 판사님이 멋대로 생각하시는 거고요."

"내가 당신을 수사관으로 임명하면 그 의혹은 풀린다고 봐도 되겠지?"

"그건 제가 결정할 일이 아니에요. 하지만 모두가 제 통찰력이 수사관을 맡기에 합당하다고 생각한다면 판사님과 관련된 불필요한 의혹은 풀리겠죠."

"내게 의혹을 품다니, 도저히 믿기지가 않는군. 하지만 여기서 구구절절 변명을 늘어놓기보다 당신을 수사관으로 임명하는 편이 의혹을 해소하는 데 도움이 되겠지. 좋아. 마드무아젤 드 스퀴데리, 당신을 빌의 상담자 겸 수사관으로 임명하겠어."

"감사합니다, 드로셀마이어 판사님."

"그럼, 이만 실례하지. 일이 바빠서 말이야. 이런 사소한 일에 붙들려 있을 시간은 없어." 드로셀마이어는 휭하니 그 자리를 떠났다.

"마드무아젤 드 스퀴데리, 당신은 내 편이야?"

"응, 그렇단다, 빌."

"그럼 가르쳐줘. 난 이제 뭘 하면 돼?"

"클라라가 정말로 살해당했는지 확인하는 게 제일 중요해."

"그러려면 어떻게 해야 하는데?"

"양쪽 세계에서 무슨 일이 일어났는지를 조사해야겠지. 이쪽 세계에서는…… 그렇지. 클라라를 아는 사람들을 일일이 찾아가서 물어보는 수밖에 없겠다."

"알았어. 클라라를 아는 사람한테 물어보면 되는 거구나."

"드로셀마이어 판사님도 포함해서. 그리고 저쪽 세계, 지구에서도 조사를 해야 해."

"뭘 조사하면 되는데?"

"클라라의 시신을 조사할 필요가 있어. 어쩌면 나도 낄 수 있을지도 모르겠네. ……그 꿈이 지구의 꿈이라면."

8

 도대체 무슨 일이 일어난 건지 이해가 되지 않았다. 영락없이 죽은 줄 알았는데 평소처럼 침대에서 깨어났다.

 어제 자신의 행동거지가 어땠느냐고 모두에게 물어보며 돌아다녔지만, 딱히 기묘한 일은 없었던 모양이다.

 이모리는 드로셀마이어 교수를 찾아갔다.

 "빌이 묘한 소리를 하던데, 정말로 글라라가 죽었나?" 드로셀마이어는 이모리의 얼굴을 보자마자 물었다.

 "확실히 글라라 씨가 죽었다는 기억은 있습니다. 하지만 그 후에 저도 죽었을 거예요."

 "사고를 당했지만 구사일생한 것 아닌가? 아니면 전부 꿈이나 환상이었다거나?"

 "저는 분명 함정에 빠졌습니다. 가령 그 상태에서 죽지 않았다고 치더라도 중상을 입었겠죠. 하지만 저는 다친 곳이 한군데도 없습니다. 그렇게 실감이 났는데 전부 꿈이나 환상이었을 리도 없고요. 하지만 일단 현장에 가서 환상이 아니었다는 걸 확인해 볼 생각입니다."

"만약 자네가 정말로 죽었다면 이렇게 생각할 수는 없을까? 즉, 죽었지만 본체인 빌이 멀쩡하게 살아 있기 때문에 자네라는 존재가 죽기 전으로 초기화됐다고."

"'죽어버리다니 한심하구나'* 그거로군요."

"뭔가, 그건?"

"모르시면 됐습니다. 굳이 설명까지 할 이야기는 아니니까요." 이모리가 말을 이었다. "제가 초기화됐다면 과연 어떤 식으로 초기화됐을까요? 제 시체가 소멸되고 제 침대에 살아 있는 제 육체가 재구성됐을 뿐일까요? 아니면 세계 전체가 재구성되어 제가 죽었다는 사실 자체가 무효화된 걸까요?"

"전자가 더 그럴듯하게 들리는군. 하지만 정말로 그럴까? 세계의 무모순성을 고려한다면 후자일지도 모르지."

"무모순성이라니요?"

"즉 자네의 시체가 사라지고 살아 있는 자네가 불쑥 솟아난다면, 그건 초자연현상이지. 하지만 애초에 자네가 죽지 않은 걸로 치면 초자연현상이니 뭐니 따질 것도 없겠지."

"죽은 인간이 되살아난 시점에서 초자연현상일 텐데요."

"그러니까 애초에 죽은 적이 없대도 그러네."

"그럼 지금 뭐가 어떻게 된 상황일까요?"

---

* RPG게임 〈드래곤퀘스트〉에서 용사가 죽으면 성에서 부활하는데, 그때 왕이 하는 대사다.

"그건 모르겠어. 만약 글라라도 자네와 같은 상태, 즉 호프만 우주에 클라라가 살아 있는 상태라면 자네랑 마찬가지로 초기화되어 살아 있을 거야. 만약 호프만 우주의 클라라가 살해당했다면 이 세계의 글라라도 죽었을 테고. 시신, 혹은 글라라가 죽었다는 증거가 현장에서 발견되겠지."

"글라라 씨가 사고를 당했다는 연락은 있었습니까?"

"없었네. 하지만 단순히 연락이 오지 않았을 뿐일지도 모르지. 글라라는 아직 사고 현장에 조용히 누워 있을지도 몰라. 만약 글라라가 죽었다면……." 드로셀마이어는 이모리의 멱살을 잡았다. "자네는 내가 맡긴 일에 실패한 걸세. 어떻게 책임질 건가?"

"책임론을 꺼내서 몰아붙이시다니 그건 이상한데요." 이모리는 딱 잘라 말했다. "저는 글라라 씨를 구하려고 했습니다. 그건 실패로 끝났을지도 모르죠. 그래도 저는 수사를 속행할 겁니다. 범인을 찾아내는 게 제 책임이니까요."

"만약 글라라가 죽었다면 범인을 붙잡은들 무슨 소용인가. 글라라는 되돌아오지 않아."

"그것도 이해합니다. 하지만 반드시 범인을 찾아내겠다고 맹세하겠습니다."

이모리는 교수실을 뒤로하고 함정이 있던 곳으로 향했다.

이모리는 현장 앞에 우두커니 섰다.

현장에 도착하자 함정은 실제로 존재했다.

한 변이 1.5미터 이상이고, 깊이는 3미터가 넘는다. 장난삼아 만들 크기의 함정은 아니다.

요 부근은 대학 부지에 인접한 삼림공원이라 밤에는 사람이 지나다니지 않을 테니까 밤중에 만든 걸까? 그래도 이 정도 구덩이를 파려면 여러 명이 며칠은 작업해야 할 것이다.

이모리는 신중하게 구덩이 가장자리로 다가가서 아래를 내려다보았다.

깊은 데다 어둑어둑해서 잘 보이지는 않았지만, 끝이 뾰족한 말뚝이 수두룩하게 튀어나와 있었다. 그 모양새에서 명백하게 살의가 느껴졌다.

스마트폰을 손전등 삼아 구덩이 속을 비추어 보았다.

말뚝 끝부분에 피가 잔뜩 묻어 있었다. 갈색으로 변색되었지만 그렇게 오래되어 보이지는 않았다.

어제 함정에 떨어진 사람은 글라라와 이모리 두 명이다. 그렇다면 저 피는 두 사람의 피인 셈이다. 하지만 현시점에서 이모리는 다치지 않았다. 다치지 않았는데 피만 남아 있다는 것도 이상한 이야기다. 그렇다면 저건 글라라 혼자의 피일까. 저 말뚝을 경찰에 가져가서 DNA를 분석하면 글라라의 피인지 아닌지 확인할 수 있을지도 모른다.

이모리는 안전하게 구덩이 아래로 내려갈 방법이 없을까 궁리했다.

"이봐, 경찰에게 신고하겠다는 멍청한 생각을 하는 건 아니겠지?"

느닷없이 바로 곁에서 여자 목소리가 들려서 놀란 나머지 이모리는 하마터면 구덩이 속으로 떨어질 뻔했다.

바로 곁에 여자가 팔짱을 낀 채 서 있었다. 나이는 30대 초반쯤일까.

"누구세요?" 이모리가 물었다.

"난 신도 레쓰라고 해." 여자가 대답했다.

"이름을 묻는 게 아닙니다만."

"내 직함을 묻는 거야? 그런 거 없는데."

"그런 것도 아닌데요……."

"그럼, 내 뭐가 알고 싶은데?"

"그렇게 말씀하시니 뭘 알고 싶은지 저도 헷갈리네요."

"그럼, 생각을 정리하고 나서 말해."

"음, 그러니까." 이모리는 생각을 정리하고자 애썼다. "저를 아십니까?"

"응."

"어떻게 아시죠?"

"드로셀마이어한테 들었어."

"선생님을 아십니까?"

"응."

"무슨 관계신데요?"

"좀 알고 지내는 사이야." 레쓰는 담배를 꺼내서 불을 붙였다.

"길가에서 피우시려고요?"

"어디서 피우든 내 마음이지."

"하지만 재떨이가 없는데요."

레쓰는 구덩이에 담뱃재를 떨었다.

"우왓. 무슨 짓입니까?"

"구덩이에 담뱃재가 떨어지면 큰일 나는 사람이라도 있어?"

"하지만 현장 보존은 범죄 수사의 철칙이잖아요."

"이 구덩이는 수사 대상이 아니니까 괜찮아."

"어째서요? 살인이 일어났을지도 모르는데요."

"네가 경찰에게 신고하지 않으면 아무도 눈치채지 못할 테니까."

"왜 제가 신고하지 않을 거라고 생각하시죠?"

"이쪽 세계에서 수사해봤자 아무 의미도 없다는 걸 모르겠어? 범죄는 저쪽 세계에서 발생했어."

"말씀을 들어보니 호프만 우주와 지구의 관계를 이해하시는 거군요."

"드로셀마이어가 그걸 모르는 사람에게 널 도와주라고 의뢰하겠니?"

"드로셀마이어 선생님이 절 도와주라고 당신한테 의뢰하셨습니까?"

"응."

"어째서요? 저는 빌에게 상의할 상대를 붙여달라고 요청했을 뿐인데요."

"너도 영 미덥지 못하다고 판단한 거 아닐까?"

"제가 미덥지 못하다고요?"

"실제로 살해당했잖니."

"그건 사고였습니다."

"그야 모르지. 드로셀마이어가 너도 본질적으로는 빌과 다를 바 없다고 판단한 건 확실해."

"그것참 기운 빠지는군요."

"기운 빠질 여유가 있거든 클라라를 죽인 범인이나 찾지그래?"

"아직 클라라가 살해당했다고 단정하기는 이를 텐데요."

"실제로 살해당했는지의 여부는 별개로 두고, 살해당했다고 치고 수사를 개시해야지. 죽었는지 살았는지 확인하는 건 시간 낭비야. 시간과 노력을 들여서 클라라가 살해당했다는 걸 증명하고 나서 범인을 찾겠다는 거니?"

"하지만 만약 클라라가 살해당하지 않았다면요?"

"그럼 잘됐다고 기뻐하면 그만이지."

"알겠습니다. 그렇다면 함정이 있다는 걸 더더욱 경찰에 신고해야 하지 않을까요?"

"이해력이 영 달리는 모양이네. 왜 그렇게 신고에 목을 매는 거야?"

"만약 클라라가 살해당했다면 지구의 클라라도 죽었을 겁니다."

"그렇지."

"그렇다면 여기에 시신이 있겠죠."

"그렇지."

"즉, 누가 가져갔다는 뜻입니다."

"그렇지."

"가져간 사람은 클라라에 대해 뭔가 알고 있을 가능성이 큽니다."

"그렇지."

"경찰의 협력이 있으면 누가 가져갔는지 알아내기가 쉬워집니다."

"그렇지."

"그러니까 경찰에 신고해야겠습니다."

"안 돼."

"어째서요?"

"경찰에 어떻게 설명하려고?"

"예?"

"클라라가 함정에 빠져서 말뚝에 꽂힌 걸 봤다고 할 거야?"

"뭐, 그렇게 말하는 수밖에……."

"왜 지금까지 방치했는데?"

"그건 저도 같이 빠져서……."

"너도 말뚝에 꽂혔다고 하려고?"

"아니요. 그건 무리가 있죠."

"부자연스럽지 않게 설명할 수 있겠어? 저 피를 분석해서 만약 클라라의 피라고 밝혀지면 제일 유력한 용의자는 너야."

"그건 이상한데요."

"함정에 박힌 말뚝에 클라라의 피가 묻어 있고, 클라라가 함정에 빠지는 걸 봤다는 목격자의 증언은 횡설수설이라 이치에 맞지 않아. 네가 경찰이라면 누구를 의심할래?"

"확실히. 위험하군요."

"위험하지. 난 딱히 상관없지만."

"하지만 제가 신고하지 않아도 누가 여기에 피가 묻어 있다는 걸 알아차리지 않을까요?"

"굳이 여기까지 와서 손전등으로 구덩이를 비추며 혹시 저 빨간 거 피 아닐까 의심하는 사람이 있다고?"

"……없을 것 같군요."

"비가 두세 번 뿌리면 피가 씻겨나가서 위에서는 거의 못 알아볼 거야. 그러니까 다른 사람이 신고하지 않을까 걱정할 필요 없어."

"그럼 이제 어떻게 하죠?"

"물론 글라라의 시신을 가져간 범인을 찾아야지. 경찰은 빼고서."

"즉 저희끼리 찾자는 말씀입니까?"

"아니. 너 혼자 찾아. 난 상담에 응할 뿐이야. 그러기로 약속했거든."

이모리는 어느 틈엔가 아가리가 꽉꽉 죄어드는 덫에 걸린 듯한 기분이었다.

9

"당장에라도 수사를 시작할 줄 알았는데, 마드무아젤." 드로셀마이어가 불만이라는 듯이 말했다.

"예. 이미 시작했어요." 스퀴데리가 대답했다. "그래서 판사님 댁을 찾아온 거예요."

"내게 품은 의혹은 이미 풀린 것 아닌가?"

"의혹이 풀린 건 아니에요, 판사님. 저를 수사관으로 선택하지 않았을 경우보다는 조금 옅어진 정도죠."

"어, 이야기가 다르잖나."

"왜요? 제가 판사님 주변을 탐색하는 게 마음에 안 드세요?"

"물론 그건 아닐세. 그저 나도 할 일이 있다는 거야. 언제 어느 때나 당신 상대를 해줄 수 있는 건 아니라고."

"하지만 지금은 긴급사태예요."

"긴급사태?"

스퀴데리는 드로셀마이어의 눈을 쳐다보았다. "클라라가 행방불명됐는데 긴급사태가 아니라는 말씀이신가요?"

"물론 중대한 사건이기는 하지. 하지만 과연 긴급할까?"

"한 사람의 목숨이 걸렸는데도요?"

"정말인가? 클라라가 목숨을 잃을 위기에 처했다는 확실한 증거라도 있나?"

"호프만 우주 주민과 지구의 주민은 연결되어 있고, 서로의 세계를 꿈이라고 인식한다. 그리고 호프만 우주에서 누가 죽으면 지구에서도 그 인물의 아바타가 죽는다. 이건 틀림없죠?"

"아무렴. 틀림없네."

"한편 도마뱀 빌은 지구에서 클라라의 아바타라인 글라라라는 여성이 사망한 걸 확인했어요. 이것도 틀림없죠?"

"빌의 증언이 올바르다고 가정한다면."

"빌의 증언에 신빙성이 없다는 말씀인가요?"

"아니야. 상황으로 보건대 올바른 증언이겠지. 다만 글라라의 시신은 확인하지 못했어."

"누가 가져갔다고 봐야겠죠."

"분명 글라라를 살해한 인물과 관계가 있겠지."

"만약 클라라가 살해당했다면, 그 결과로 아바타인 글라라가 사망했다고 할 수 있겠죠."

"아니면 글라라가 살해당한 건 지구에 국한된 사건일지도 모르지. 실제로 이모리도 살해당했지만 빌은 쌩쌩해."

"그 점을 확실히 하려면 호프만 우주에서 클라라를 찾아낼 필요가 있어요. 혹은 클라라의 시신을요."

드로셀마이어는 한쪽 눈썹을 움찔했다. "가능하면 살아서 돌아오면 좋겠군."

"그러니 클라라를 급히 찾아내야 마땅하죠."

"아니. 그 의견에는 수긍할 수 없는데."

"어째서요? 클라라의 생사가 걸렸는데도요?"

"클라라의 생사가 불확실한 건 맞지만, 수사에 클라라의 생사가 걸린 건 아니니까."

"뭐가 어떻게 다른데요?"

"가능성은 두 가지일세. 하나는 호프만 우주에서 클라라가 살해당했고, 그 결과 지구에서 글라라가 죽었을 가능성. 다른 하나는 호프만 우주에서 클라라는 살아 있고, 지구에서 글라라 혼자 살해당했을 가능성. 여기까지는 이해하겠나?"

"예. 지금 논의한 참이니까요."

"전자라면 클라라는 이미 죽었어. 따라서 긴급성은 없지. 이의 있나?"

"아니요."

"후자라면 클라라는 죽지 않고 무사하다는 뜻이야. 따라서 이 경우에도 긴급성은 없지. 증명 끝."

"아니요. 그건 말이 안 되죠." 스퀴데리가 말했다.

"어째서?"

"클라라한테 협박장이 왔다면서요."

"응. 틀림없네."

"그리고 판사님이 상담해주었고요."

"판사니까. 전문가잖나."

"협박을 받은 인물이 실종됐을 때, 어떤 가능성을 고려해볼 수 있을까요?"

"살해당했을 가능성을 고려해볼 수 있겠지."

"그 밖의 가능성은?"

"글쎄. 마침 가출했다든가?"

"그럴 가능성도 아예 없지는 않겠지만, 일단은 범인에게 납치당했을 가능성과 범인에게서 달아나기 위해 스스로 몸을 숨겼을 가능성을 염두에 두어야 해요. 어느 쪽이든 클라라의 신변에 위험이 닥쳤다는 뜻이죠."

"클라라가 그런 상황에 빠졌다는 증거가 있나?"

"증거는 필요 없어요. 만약 클라라가 위기에 처했다면 긴급수색을 해야겠죠. 안 그러면 목숨을 잃을 위험성이 커질 테니까요. 한편 위기에 처하지 않았다면 긴급수색을 하더라도 손실은 별로 없겠죠. 논리적으로 보았을 때 긴급하게 수색에 나서는 게 이치에 맞아요."

드로셀마이어는 벌레를 씹은 듯한 표정을 지었다.

"좋아. 그런데 내게 묻고 싶은 건 뭔가?"

"단도직입적으로 여쭐게요. 클라라가 몸을 숨겼다면 어디에 숨어 있을까요?"

"전혀 짐작이 안 가는데. 만약 클라라가 아직 살아 있다면 달아나서 숨기보다는 내게 보호를 요청하겠지."

"만약 클라라가 판사님을 의심했다면 어떨까요?"

"다시 한 번 묻겠네. 뭔가 나를 의심할 이유가 있나?"

"전혀 없는데요. 그리고 의심하지 않을 이유도 없고요."

"의심하지 않을 이유가 없는 사람은 무수히 많을 텐데."

"예. 하지만 전부 다 조사할 수는 없죠. 자연스레 우선순위가 정해져요."

"그건 당신의 선호도에 따라 결정하는 순위인가, 마드무아젤?"

"선호도하고는 조금 다르죠. 감이라고 하면 될까요?"

"감! 당신은 감으로 날 의심하는 건가?"

"처음에는 감에 의지할 수밖에 없으니까요. 감으로 찍은 인물을 순서대로 조사하는 과정에서 진실에 다다르는 증거를 찾아낸다. 그게 바로 수사죠."

"상당히 원시적으로 들리네만……."

그때 문이 힘차게 열리더니 빌이 뛰어들어 왔다.

"큰일이다! 큰일 났어, 마드무아젤 드 스퀴데리! 그리고 드로셀마이어."

드로셀마이어는 혀를 찼다.

"사건이 터졌어. 나타나엘이 죽었다고."

드로셀마이어가 한쪽 눈썹을 추켜세웠다.

"빌, 진정하고 차분히 이야기해보렴. 나타나엘은 어떻게 죽었니?"

"살해당했어, 마드무아젤 드 스퀴데리!"

"이런, 이런. 연쇄살인인가. 골치 아프군." 드로셀마이어가 말했다.

"엇? 연쇄살인이야?"

"아니야, 빌. 드로셀마이어 판사님 말씀은 신경 쓰지 말렴. 나타나엘 말고는 아무도 살해당했다고 결론 난 게 아니니까 이건 연쇄살인이 아니란다."

"아닐세. 연쇄야. 적어도 글라라와 이모리는 살해당했잖은가." 드로셀마이어가 반박했다.

"현재로써는 사고라고 보는 게 맞겠죠. 설령 살인이었다고 해도 살인이 우연히 잇달아 발생한 걸 연쇄살인이라고 지칭하면 쓸데없는 선입관이 생겨요. 두 살인사건은 별개라는 전제하에 수사해야 해요."

"우연히 빌 자신의 아바타라와 그 지인이 잇달아 사고로 죽었다고 주장하는 건가? 어처구니가 없군."

스퀴데리는 드로셀마이어를 무시했다. "그런데 나타나엘이 누구한테 살해당했는지는 아니?"

"물론이지. 나타나엘은 스스로에게 살해당했어, 마드무아젤 드 스퀴데리."

"스스로라면 그 자신, 즉 나타나엘을 말하는 거니, 빌?"

"물론이지. 나타나엘은 나타나엘에게 살해당했어."

"분신이나, 유체이탈이나, 도플갱어 같은 신비한 현상이 일어났다는 거니? 아니면 단순한 자살이라는 뜻?"

"유체이탈이랑 도플갱어는 뭐야?"

"귀찮게 누가 그걸 일일이 설명해주겠냐, 이 도마뱀아." 드로셀마이어가 툴툴댔다.

"빌, 유체이탈이란 영혼이나 마음이 몸에서 빠져나와서 방황하는 현상이야. 도플갱어란 자신과 똑같이 생긴 또 하나의 자신을 말한단다." 스퀴데리가 드로셀마이어 말에는 개의치 않고 설명해 주었다.

"응, 알았어. 실은 잘 모르겠지만." 빌이 말했다.

"그래서, 나타나엘은 어느 쪽이니?"

"나타나엘은 자살했어." 빌이 불쑥 말했다.

"도대체 뭐가 어떻게 된 거니?"

"나타나엘이 시청 앞을 걸어가다가 갑자기 시청 탑에 올라갈 생각이 들었나봐. 마치 누군가랑 이야기라도 하는 듯한 느낌으로 탑에 척척 올라갔어. 그리고 꼭대기에 도착하자 호주머니에서 망원경을 꺼냈어."

"코폴라의 망원경이로군. 놈이 나타나엘에게 강매하는 걸 봤어." 드로셀마이어가 말했다.

"망원경으로 경치를 보는가 싶더니 별안간 펄쩍펄쩍 뛰면서 막 웃었어. 그리고 '나무 인형아 돌아라. 나무 인형아 돌아라' 하고 외쳤지. 그래서 나타나엘을 보고 있던 친구가 허둥지둥 탑에 올라갔어."

"그게 누군데?" 드로셀마이어가 물었다.

"로타르라 그랬던가. 둘이 클라라에 관해서 뭐라고 하는 것 같던데."

"그거 확실하니, 빌?"

"으음. 뭔가 이야기한 것 같은 느낌이 들어."

"빌, 넌 어디 있었는데?"

"탑 아래에. 땅 말이야."

"탑 위에서 말하는 목소리가 거기서도 잘 들렸어?"

"잘 안 들렸지만 가끔 들리는 단어를 바탕으로 상상을 펼쳤지."

"알았어. 이야기를 계속하렴, 빌."

"나타나엘은 '불의 수레바퀴, 돌아라. 불의 수레바퀴, 돌아라'라는 둥, '아름다운 눈알. 아름다운 눈알'이라는 둥 외치더니 그대로 뛰어내렸어. 포장된 길바닥에 부딪친 순간 머리가 박살 났지. 빨간색 조각들이 예쁘게 퍼져나가더라고. 그걸 보고 코펠리우스는 만족스러운 듯이 고개를 끄덕이고 자리를 떠났어."

"잠깐만. 현장에 코펠리우스 씨가 있었니?"

"응. 내가 그렇게 말하지 않았나?"

"말했어, 빌. 하지만 너무 느닷없이 튀어나와서 좀 놀랐단다."

"느닷없이 튀어나온 거 아닌데. 계속 밑에서 보고 있었어. 나타나엘이 탑 위에서 춤을 추듯이 펄쩍펄쩍 뛸 때는 웃음을 터뜨렸지."

"나타나엘도 코펠리우스 씨가 있다는 걸 알았을까?"

"응. 알았을 거야. 코펠리우스랑 눈이 마주친 순간 뛰어내렸으니까."

"빌, 코펠리우스 씨를 당장 여기로 불러오렴. 물어보고 싶은 게 있어." 스퀴데리가 말했다.

"응. 알았어." 빌이 방에서 뛰쳐나가려고 했다.

"잠깐!" 드로셀마이어가 외쳤다. "그건 안 돼."

"어째서요, 판사님?"

"그런 기분 나쁜 녀석을 집 안에 들여놓기는 싫어."

"하지만 기분 나쁜 거로 따지면 당신도 만만치 않아, 드로셀마이어." 빌이 말했다.

"빌, 뭐든지 다 솔직하게 말한다고 좋은 게 아니란다." 스퀴데리가 빌의 귀에 대고 속삭였다.

"다 들려, 마드무아젤." 드로셀마이어가 말했다.

"어머나, 실례."

"저기. 일부러 들리도록 말한 거야?" 빌이 물었다.

"어휴 참, 뭐든지 다 솔직하게 말한다고 좋은 게 아니래도 그러네." 스퀴데리가 나무랐다.

"아무튼 기분 나쁜 녀석은 이 집에 못 들어와. 물론 나는 제외하고."

"알겠어요." 스퀴데리가 말했다. "그럼 저희가 가도록 하죠. 함께 가시겠어요, 판사님?"

"기분 나쁜 변호사와 덜떨어진 도마뱀과 심술궂은 여류작가와 이야기를 하라고? 그런 건 극구 사양하겠네." 드로셀마이어는 못마땅하다는 듯이 입을 삐죽거렸다.

"알겠어요. 빌, 우리 둘이서 코펠리우스 씨 집에 가자꾸나."

약 한 시간쯤 걸려서 코펠리우스의 집에 도착했다.

문을 두드리자 바로 문이 열렸다.

컴컴한 문 안쪽에 덩치 큰 남자의 모습이 희미하게 떠올랐다.

"코펠리우스 씨?" 스퀴데리가 물었다.

덩치 큰 남자의 형체가 고개를 끄덕였다.

"여쭤보고 싶은 게 있는데 밖으로 잠깐 나와주시겠어요?"

"물어보고 싶은 게 있거든 거기서 말해. 일부러 밖에 나가고 싶은 마음 없으니까."

스퀴데리는 생각에 잠겼다.

"왜 그래, 마드무아젤 드 스퀴데리?" 빌이 물었다.

"밝은 밖에서 어두운 집 안을 보니까 코펠리우스 씨 표정이 어떤지 잘 안 보여."

"코펠리우스의 표정이 보고 싶은 거구나. 팬이야?"

"아니란다, 빌. 질문에 대답할 때 표정이 어떤지 중요해서 그래. 대답이 거짓말인지 아닌지, 그리고 그 밖에 중요한 사실을 알고 있는지 표정을 보면 짐작이 가거든."

"그럼 그렇게 말하고 코펠리우스한테 부탁해보면 어때?"

"'당신 말이 거짓말인지 아닌지 판단하기 쉽도록 밖으로 나와주실래요?'라고 말하라고? 그건 안 돼, 빌. 어떤 상황이든 이쪽의 속내를 드러내는 건 별로 현명한 방법이 아니야." 스퀴데리는 코펠리우스 쪽으로 돌아섰다. "코펠리우스 씨, 그럼 저희가 댁으로 들어가서 몇 가지 질문을 드려도 될까요?"

"너희들이? ······알았어. 하지만 은근슬쩍 집 안을 탐색하는 건 금지야. 여기는 내 사적인 공간이니까."

"알겠어요." 스퀴데리는 대답하자마자 집 안으로 들어갔다.

빌도 뒤를 따랐다.

"잠깐만. 그 징그러운 도마뱀도 들어오는 건가?"

"물론이죠, 코펠리우스 씨."

"그건 안 돼."

"어째서요?" 스퀴데리가 물었다.

"도마뱀은 쪼르르 돌아다니다가 좁은 곳에 쏙 들어가서 안 나와. 그리고 먹이도 물도 없이 지내다가 결국 몇 달 후에 말라비틀어진 채 화장실 구석 같은 데서 발견되지. 그런 불쾌한 일은 딱 질색이야."

"빌, 너 이 집을 쪼르르 돌아다니다가 좁은 곳에 쏙 들어가지 않을 거지?"

"응? 쪼르르 돌아다니다가 좁은 곳에 쏙 들어가면 안 돼?"

"역시 들어갈 생각이었군." 코펠리우스가 말했다.

"그런 곳에 들어갔다가는 말라비틀어져. 말라비틀어지면 코펠리우스 씨한테 폐가 되잖니." 스퀴데리가 주의를 시켰다.

"그럼 들어가도 말라비틀어지지만 않으면 돼?"

"글쎄다. 어떠려나?"

"당연히 안 되지!"

"빌, 이번에는 들어가고 싶어도 좀 참아보렴."

"알았어." 빌은 고개를 끄덕였다. "그럼 좁은 곳에 들어가지 않으면 말라비틀어져도 돼?"

"글쎄다. 어떠려나?"

"그것도 안 돼!"

"그것도 안 된대, 빌."

"그렇구나. 그럼 하는 수 없지. 좁은 곳에 들어가지도, 말라비틀어지지도 않을게."

"들어오렴, 빌." 스퀴데리가 말했다.

"응? 난 아직 허락한 게……." 코펠리우스가 당황해서 말했다.

"벌써 들어왔어요, 코펠리우스 씨."

"당장 내보내."

"하지만 제가 나가라고 하면 얘가 토라져서 좁은 곳에 쏙 들어 갈지도 모르는데요."

"그리고 말라비틀어질지도 몰라." 빌이 덧붙여 말했다.

"알았어. 그럼, 빨리 물어보고 돌아가."

"물어만 보고 돌아갈 수는 없죠. 당신 대답을 들어야 해요."

"알았어. 대답할 테니까 빨리 질문해!"

"코펠리우스 씨, 나타나엘의 죽음에 관여했나요?"

"그렇게 애매한 질문에 어떻게 대답하라는 거야?"

"그렇군요." 스퀴데리는 미소를 지었다. "그럼 질문을 바꿀게 요. 코펠리우스 씨, 나타나엘을 죽였나요?"

"잠깐만. ……으으음……. 아니."

"대답에 그렇게 시간이 걸릴 질문이었나요?"

"'죽이다'라는 말의 정의 등등을 정확하게 따져봤을 뿐이야."

"일반적으로는 '어떤 인물을 죽였느냐'라고 물었을 때 죽이지 않았다면 '안 죽였다'라고 바로 대답하지 않을까요?"

"그런 놈들은 결단력이 정말 뛰어나든지, 논리적이지 못하든지 둘 중 하나야."

"다시 한 번 여쭐게요. 잘 생각하지 않으면 자신이 나타나엘을 죽였는지 죽이지 않았는지 모른다는 말씀인가요?"

"보통 그럴 텐데."

"애당초 보통 사람이라면 '나타나엘의 죽음에 관여했나요?'라는 질문에도 즉시 대답했을 거예요. 다소 애매하더라도 자신이 나타나엘의 죽음에 책임이 없다면 '관계없다'고 대답하는 게 인지상정이죠."

"난 논리로 밥을 먹고 사는 변호사야. 일반인과는 다른 방법으로 만사를 파악하는 게 당연하잖아."

"그래서, 나타나엘에게 무슨 짓을 하셨는데요?"

"대단한 일은 아니야."

"클라라와 관계가 있는 거죠?"

코펠리우스의 눈빛이 변했다. "이 할망구, 어디까지 알고 온 거야?"

"아무것도 몰라요. 그냥 추측할 따름이죠."

"그럼 내가 나불나불 지껄일 필요는 없겠군."

"만약 당신이 말하지 않는다면 제가 추측한 내용을 드로셀마이어 판사님께 말씀드리는 수밖에요. 그분한테는 강제로 수사를 진행할 권한이 있으니까 만약 당신이 나쁜 짓을 저질렀다면 전부 만천하에 드러나겠죠."

"드로셀마이어한테 수사할 핑계를 던져주다니, 그건 곤란한데." 코펠리우스는 안절부절못하는 것 같았다. "만약 내가 수사에 협력하면 드로셀마이어한테 고자질하지 않을 건가?"

"예, 물론이죠."

"하지만 문제는 이 녀석이야." 코펠리우스가 빌을 가리켰다.

"이 녀석은 입이 아주 가벼울 게 뻔해."

"그건 걱정 마." 빌이 대답했다. "난 분명 입이 가볍지만, 드로셀마이어가 내 말을 일일이 다 곧이들을 리 없으니까."

"하긴 고작 도마뱀이 하는 말을 곧이들을 놈이 어디 있겠어." 코펠리우스는 안도한 듯 보였다.

"그래서, 나타나엘에게 무슨 짓을 했죠?"

"대단한 일은 아니야. 그냥 좀 놀려주려고 뇌를 만지작거린 게 다야."

"그것보다 대단한 일은 어지간해서는 못 들어볼 것 같은데요." 스퀴데리는 어이없다는 듯이 말했다. "그래서, 구체적으로 어떤 식으로 만지작거리셨죠?"

"망상을 하나 심어줬지."

"망상?" 스퀴데리가 말했다.

"알았다. 올림피아가 진짜 사람이라고 믿게 만든 거야!" 빌이 말했다.

"아쉽지만 그건 내가 꾸민 일이 아니야. 놈이 멋대로 올림피아를 진짜 사람으로 착각하고 사랑하는 거지."

"올림피아는 로봇치고는 귀여워. 그 예쁜 눈알을 당신이 만들었잖아." 빌이 말했다.

"그래. 올림피아의 눈알은 최고 걸작이야."

"변호사인 당신이 장인 흉내를 내어 눈알을 제작하다니 신기하군요."

"하나도 신기할 것 없어. 거기 도마뱀은 알겠지만 난 청우계 행상이기도 하다고."

"그때는 코폴라라고 해. 코펠리우스가 아니라." 빌이 보충 설명했다.

"나타나엘을 놀리기 위해서는 노력을 아끼지 않는군요." 스퀴데리는 한숨을 쉬었다.

"코펠리우스에게는 모래 사나이라는 비밀 이름이 하나 더 있어." 빌이 말했다.

"이 도마뱀 녀석아, 너무 나대다가 험한 꼴 당하는 수가 있다." 코펠리우스가 으름장을 놓았다.

"빌에게 겁주지 말고 질문에 대답이나 하세요." 스퀴데리가 재촉했다.

"나타나엘에게 내가 그의 아버지를 죽였다는 망상을 심어줬지."

"왜 그런 짓을?"

"그러면 나타나엘은 그 비밀을 알고 있으니까 자신도 언젠가 모래 사나이에게 죽을 거라고 무서워하겠지."

"그러니까 왜 그런 짓을?"

"나타나엘처럼 고지식하고 소심한 녀석은 죽음의 공포를 이기지 못하고 정신이 망가질 게 뻔해. 난 인간의 정신이 망가지는 모습을 보는 걸 정말 좋아하거든."

"현장에는 로타르도 있었던 것 같더군요."

"놈에게는 클라라의 오빠라는 역할을 줬어. 가엽게도 소중한 여동생이 나타나엘에게 상처를 입었다는 설정이지. 덧붙여 나타나엘에게 클라라가 연인이라는 기억을 심은 건 내가 아니야. 드로셀마이어야."

"그 결과 그들은 서로 반목하며 괴로워한 거로군요."

"아주 볼만했지만, 나타나엘이 워낙 의기소침한 성격이라서 말이야. 모처럼 내기를 했는데 산통이 다 깨졌어."

"나타나엘이 죽은 건 당신 책임 아닌가요?"

"설마. 놈은 멋대로 자살한 거야. 난 나타나엘이 자살하도록 조정하지는 않았어."

"하려고 하면 할 수는 있었고요?"

"아니. 내가 할 줄 아는 건 망상을 이식하는 것뿐이야. 만약 나타나엘이 자살하지 않겠다는 강한 의지를 품고 있었다면, 그 의지를 꺾기는 불가능해."

"나타나엘이 본인의 의지로 자살을 선택했다고 주장하시는 거로군요."

"당연하지. 남의 의지가 개입했다면 그건 자살이 아니라 타살이야."

스퀴데리는 씁쓸하다는 듯이 고개를 저었다. "안타깝지만 코펠리우스 씨에게 나타나엘이 죽은 책임을 묻기는 어려울 것 같군요. 만약 당신에게 책임을 묻는다면, 자살한 사람의 기분을 울적하게 만든 사람들 모두에게 책임을 물어야 해요."

"안타깝다고? 왜? 무고한 사람이 처벌받지 않는 건 당연하잖아."

"그냥 제가 안타까워서 그래요." 스퀴데리는 그렇게 말했다. "그럼 오늘은 이만 실례할게요."

스퀴데리와 빌은 코펠리우스의 집을 나섰다.

"저기, 마드무아젤 드 스퀴데리. 코펠리우스는 범인이 아니야?" 빌이 물었다.

"모래 사나이가 범인이라고 단정할 수는 없어. 하지만 그에게 품은 의혹이 아직 풀린 건 아니란다." 스퀴데리는 그렇게 대답했다.

10

"역시 경찰의 도움을 받는 편이 낫겠습니다." 이모리는 약한 소리를 내뱉었다. "그러면 방범 카메라 영상을 활용할 수 있을 거예요."

"그 이야기 자꾸 꺼낼래? 경찰에 신고하면 의심받는 건 너라니까." 레쓰는 인상을 찌푸렸다. "그렇게 단순한 이야기도 이해가 안 가?"

"하지만 시신이 없으면 입건은 못 할 텐데요."

"만약 시신이 발견되면 어쩔래? 그럴듯한 변명은 생각해놨어?"

"글라라 씨가 함정에 빠지는 걸 보고 도와주려고 했는데, 뒤에서 누가 때려서 기절했다는 건 어떨까요?"

"얻어맞은 흔적은 어디에 있는데?"

"그럼 신도 씨가 거기 떨어진 나뭇가지로 제 머리를 살짝 때려주시면 안 되겠습니까?"

"살짝 때려서 되겠어? 상처를 보고 기절할 만도 하다는 생각이 들 정도가 아니면 들통날걸. 아니, 들통나는 정도를 넘어서 완전히 의심받을 거야."

"그럼 조금 세게요."

"죽일 작정을 하고 야구방망이 같을 걸로 때리지 않으면 안 돼. 뼈에 금이 가든지, 적어도 피가 나야 믿어줄걸."

"그렇게 세게 때리면 정말로 죽을지도 모르잖습니까."

"그래. 만약 범인이 네가 기절할 만큼 세게 때린다면, 그건 너한테 살의가 있다는 뜻으로 해석할 수 있어."

"뭐, 그렇겠죠."

"그렇다면 왜 마무리를 짓지 않았을까?"

"그건 범인한테 물어봐야……."

"그딴 대답으로 빠져나갈 수 있겠어? 글라라는 공들인 함정을 사용해서 살해했는데, 넌 그렇게 엉성하게 처리하다니 부자연스럽잖아."

"제가 목격할 줄 몰랐다거나."

"글라라는 함정에 빠져서 죽었으니까 넌 범인을 목격한 게 아니야. 범인이 굳이 널 입막음할 이유는 없지 않겠어?"

"범인이 동요했다든가."

"그런 억지를 부려봤자 아무 소용없어. 경찰이 부자연스럽다고 느끼는 순간 넌 용의자야."

"이제 그래도 상관없지 않겠냐는 생각도 드는군요."

"무슨 헛소리야? 네가 경찰에 구속되면 수사는 누가 하고?"

"그러니까 경찰이요."

"경찰은 세세한 사정을 모르잖아."

"숨김없이 전부 이야기할 겁니다. 당신과 드로셀마이어 선생님이 증언을 해주시면 도움이 될 텐데요."

"난 절대로 증언 안 해. 드로셀마이어도 분명 안 할 테고. 그런 번거로운 일에 끼기 싫어. 호프만 우주 이야기를 해봤자 네 개인적인 망상이라고 받아들이겠지."

"그렇다면 저는 어떻게 될까요?"

"글라라를 살해한 범인이라는 의혹이 커질지도 몰라. 뭐, 무죄가 될 가망성도 높아지겠지만."

"심신상실로요?"

"응."

"경찰의 도움을 받을 수 없다면, 이제 속수무책 아닙니까?"

"과연 그럴까? 포기하기는 아직 일러. 목격자를 차근차근 찾아보는 건 어때?"

"하지만 아무 실마리도 없는데요."

"아는 사람 중에 이 부근에 사는 사람 없어?"

"아는 사람…… 앗!"

"왜 그래?"

"아는 사람이 있습니다. 모로보시 하야토라는 사람이에요."

"알아. 글라라가 과외를 하던 학생의 친척이잖아."

"예. 정확하게는 글라라 씨 학생의 형부입니다."

"정확하게 어떤 관계인지는 상관없어. 아무튼 그 사람한테는 이야기를 못 들어."

"왜 못 듣는다고 단정하시죠?"

"너, 몰라?"

"무슨 말씀이신지?"

"잠깐만 있어봐. 오늘 읽은 신문에 실려 있었으니까." 레쓰는 가방에서 신문을 꺼냈다. "이 기사를 읽어봐."

"어? 이거 1024편이 추락했다는 기사잖아요?" 이모리는 눈이 휘둥그레졌다.

"어제, 여객기가 추락했어."

"압니다. 여객기가 구상번개*인지 운석인지랑 충돌하는 바람에 날개가 떨어져 나가서 추락했다면서요."

"모로보시 하야토는 그 비행기에 타고 있었어."

"설마요." 이모리의 입이 떡 벌어졌다.

"그 설마야. 생존자가 한 명도 없는 초대형 참사래."

"그것도 압니다. 하지만 모로보시 씨가 그 비행기에 탔을 리 없어요."

"그럼 내가 거짓말을 한다는 거야? 날 뭐로 보고! 승객명부에도 실려 있었고, 드로셀마이어한테도 확인했어."

"만약 모로보시 씨가 그 비행기에 탔다면 살아 있을 리 없어요."

"그래. 아까 전부터 몇 번이나 말했잖아!"

---

* 뇌우가 심할 때 드물게 나타나는 공 모양의 번개.

"그럼 저 사람은 누굽니까?" 이모리는 떨리는 손가락으로 10미터쯤 떨어진 곳에 있는 인물을 가리켰다.

레쓰는 이모리가 가리키는 방향을 보았다. "누군데?"

"모로보시 씨요."

"이게 누구를 속이려고."

"속이는 거 아닙니다."

"그럼 같이 가자." 레쓰는 모로보시에게 성큼성큼 걸어갔다.

이모리도 부랴부랴 뒤따라갔다.

모로보시가 이모리를 알아보고 고개를 가볍게 숙였다.

"당신이 모로보시 씨야?" 레쓰가 느닷없이 물었다.

"예?" 모로보시는 놀란 것 같았다.

"죄송합니다. 이쪽은 신도 씨에요." 이모리가 황급히 소개했다.

"아시는 분입니까?" 모로보시가 이모리에게 물었다.

"앗, 예. 아는 사이라고 할까, 그…… 드로셀마이어 선생님의 지인이라고 할까……."

"아아. 글라라 씨 이모부와 아시는 사이군요."

"인사는 이만 됐어." 레쓰는 모로보시를 노려보았다. "당신, 왜 살아 있는 거야?"

모로보시는 대답이 궁한 모양이었다. "……그러니까 그건 철학적인 질문입니까?"

"아니. 현실적인 질문이야. 당신 1024편에 탔잖아. 승무원이고 승객이고 전부 다 사망했다고 보도됐어."

"아아. 잘 아시는군요."

"유령으로는 안 보이는데. 어떻게 된 거야?"

"그건 제가 묻고 싶을 정도입니다. 시체로 발견되어 시신안치소에 옮겨졌다는데, 마침 집사람이 왔을 때 소생해서……."

"분명 1만 미터 상공에서 떨어졌어. 기체는 몇 조각으로 부서졌고. 당신은 기체 속에 남아 있었어?"

"추락하는 도중에 밖으로 튕겨 나간 것 같습니다."

"그렇다면 반드시 죽었을 거야."

"살아 있는데요."

레쓰가 느닷없이 모로보시의 가슴에 귀를 댔다.

"우왓!" 모로보시가 주변을 두리번거렸다. "남이 봅니다!"

"괜찮아. 신경 쓸 것 없어."

"아이고. 저는 유부남이란 말입니다."

"심장 뛰는 소리 좀 확인하게 조용히 해."

모로보시는 즐거운 듯하면서도 난감하다는 표정을 지었다.

"살아 있네." 레쓰가 중얼거렸다.

"그야 당연하죠." 모로보시가 말했다.

"당신이 틀림없이 1024편에서 살아 돌아왔다고 증명할 수 있는 사람 있어?"

"예. 집사람뿐만 아니라 경찰 관계자와 마침 그 자리에 있었던 희생자 유족도 목격했습니다."

"이거 어떻게 된 거지?" 레쓰는 생각에 잠겼다.

"뭐, 꼭 지금 여기서 결론을 낼 필요는 없겠죠." 모로보시가 말했다.

"그거 아닐까요?" 이모리가 말했다. "분명 저랑 같은 일이 일어난 겁니다."

"너랑 똑같은 일?"

"저도 일단 죽었지만, 이렇게 살아 있잖습니까."

"엇? 당신도? 이것 참 희한한 우연이로군." 모로보시는 기쁜 듯이 말했다.

"꼭 아니라고는 할 수 없겠지만, 아마 너랑은 다를 거야." 레쓰는 말했다.

"죽은 줄 알았는데 살아 있었다는 건 똑같잖아요."

"이모리, 넌 주관적으로는 죽었지만 그 사실 자체가 사라졌어. 객관적으로는 죽지 않은 셈이지. 그렇지만 모로보시 씨는 객관적으로도 죽었었다고. 한 가지 더, 부활하기 위해서는 호프만 우주의 본체가 죽지 않았다는 사실이 중요한데 모로보시 씨는……."

"앗. 맞다." 이모리가 말했다. "다시 만나면 확인하려고 했습니다. 모로보시 씨, 도마뱀 빌과 만났다고 하셨죠."

"예. 꿈속의 이야기입니다만."

"꿈속에서 당신은 누구였습니까?"

"어느 외국의 대학생이었습니다. 이름은 나타나엘이고요."

레쓰가 입꼬리를 끌어올렸다. 웃음을 지은 모양이다. "최근에 꿈속에서 무슨 말썽이 생기지 않았어?"

"예. 생겼습니다. 정신착란을 일으켜서…… 꿈속에서 정신착란이라니 이상합니다만, 연인을 죽이려다가 연인의 오빠에게 제지당했는데요. 그, 뭐랄까, 괴인과 눈이 마주치고 나서 그대로 탑에서 뛰어내렸습니다."

이모리와 레쓰는 입을 다물었다.

"하하. 이상한 이야기죠. 하지만 꿈이니까요."

"모래 사나이죠?" 이모리가 말했다.

"어?" 모로보시의 눈이 휘둥그레졌다.

"괴인의 이름 말입니다. 모래 사나이죠?"

"그걸 어떻게?"

"우리도 그 세계에 있었으니까." 레쓰가 대답했다.

"설마요."

"믿든 말든 상관없어. 중요한 건 나타나엘이 죽었다는 사실이야."

"앗. 나타나엘은 역시 죽었구나. 그래서."

"그래서, 뭐?"

"나타나엘의 꿈을 더 이상 안 꿉니다."

"과연. 연결이 끊어진 거로군."

"이런 일도 생기나보네요." 이모리가 말했다.

"모로보시 씨는 특별한 경우라고 생각해. 일단은 원리에 따라서 죽었으니까."

"죽은 시점에서는 연결이 끊어지지 않았던 거로군요." 이모리가 말했다.

"분명 호프만 우주와는 다른 원리의 연결 관계가 형성된 거야." 레쓰는 생각에 잠겼다. "모로보시 씨, 당신 최근에 이상한 꿈을 꾸지 않아?"

"꿉니다. 그런데 예전과는 완전히 다른 유형의 꿈이에요. 제가 괴물이랄까 초인으로 변신하는 꿈인데……."

"그렇군. 해결됐다."

"뭐가 해결됐습니까?"

"어, 그러니까 저희에게 수수께끼였던 점이 한 가지 해결됐다는 뜻입니다." 이모리가 보충 설명했다. "죄송합니다만, 모로보시 씨께 새로이 발생했을 수수께끼는 전혀 해결되지 않았어요."

"당신 수수께끼는 당신이 해결해. 우리는 그럴 형편이 아니라서." 레쓰가 말했다.

"흐음. 수수께끼를요?"

"아직 수수께끼라는 인식은 없겠지만, 아마 앞으로 점점 골치 아파질 거야."

"골치가 아프다니, 어떤 식으로 골치가 아픈데요?"

"그것도 모르겠어. 미안하지만 알아서 해."

"말씀과는 다르게, 딱히 아무렇지도 않은데요."

"하지만 다시 기묘한 꿈을 꾸기 시작했잖습니까." 이모리가 말했다.

"꿈을 꾸는 건 정상일 텐데요." 모로보시가 말했다.

"그래. 그렇게 말할 수 있는 지금이 행복한 거야."

"뭐, 지금은 신경 안 쓰셔도 괜찮을 겁니다. 지금 나눈 이야기는 잊어버리세요."

"흐음." 모로보시는 이해가 안 간다는 표정으로 제 갈 길을 갔다.

"모로보시 씨에게 무슨 일이 일어난 걸까요?"

"비행기 추락은 나타나엘의 투신자살과 연동돼서 발생한 일이겠지. 그리고 그 후에 나타나엘은 빼고 모로보시 하야토 혼자 되살아난 거야."

"그렇군요. 나타나엘이 소생하면 모로보시 씨도 소생하지만, 모로보시 씨가 소생한다고 해서 나타나엘도 소생하는 건 아닌 거네요."

"즉, 너랑 모로보시에게 일어난 일은 전혀 달라. 네가 소생한 건 일상적인 일이라고 봐도 되겠지."

"죽었다가 되살아나는 게 일상적이라고요?"

"네 주관으로 따지자면 기묘한 일일지도 모르지만, 너 말고 다른 사람이 보기에 기묘한 일은 발생하지 않았어. 하지만 모로보시의 경우는 다르지. 요컨대 양쪽 다 비일상적이기는 하지만 분명 차원이 다른 거야."

"그러니까 모로보시 씨가 직면한 문제와 저희 문제는 질이 다르다는 뜻인가요?"

"간단히 말하자면 그렇지. 모로보시는 그만 잊어버려. 우리는 글라라의 자취를 쫓는 일에 집중해야 해."

"그럼, 함정을 다시 확인해볼까요? 적어도 거기에 글라라 씨의 시신이 있었다는 건 틀림없는 사실이니까요."

"네 시신도 있었지." 레쓰가 말했다. "미안하지만 내 생각에 그쪽에서 접근하는 건 아무 의미도 없을 것 같아. 혹시 함정을 계속 조사하고 싶다면 난 빠질게. 시간 낭비하기 싫어."

"예. 알겠습니다." 이모리는 퉁명스럽게 말했다. "헛일이라고 생각하신다면 이만 돌아가셔도 됩니다."

"알았어. 간다." 레쓰는 그렇게 말하더니 눈인사도 없이, 뒤도 한 번 돌아보지 않고 쌩하니 가버렸다.

갔군.

이모리는 생각에 잠겼다.

신도 레쓰라는 저 여자, 머리는 좋아 보이지만 성격은 그다지 좋지 않은 것 같아. 그리고 효율을 너무 중시하는 경향이 있어. 얼핏 보기에는 헛일 같아도 실제로 차근차근 조사하다 보면 뭔가 발견할지도 모르는데. 평소 실험을 할 때 그런 일이 흔히 일어난다는 걸 감각적으로 이해하고 있지.

구덩이 주변에 눈에 띄는 발자국은 없었다. 짧은 잡초가 빽빽하게 자라서 발자국이 남기는 힘든 환경이다.

원래 함정 위에 덮어두었던 듯한 담요가 축 늘어져서 구덩이 벽에 달라붙은 것처럼 보였다. 담요 위에는 모래나 흙을 얇게 뿌려 놨었을 것이다. 네발짐승처럼 엎드려 구덩이를 조심스레 내려다보자 역시 수많은 말뚝이 하늘을 향해 튀어나와 있었다. 한복판의 말뚝은 갈색으로 더러워졌다.

피가 변색된 모양이군. 샘플을 채취해서 글라라의 물건에 남아 있는 DNA와 비교하면 뭔가 알아낼 수 있을지도 몰라.

이모리는 구덩이 가장자리에 배를 깔고 엎드려 함정을 들여다보며 아래로 팔을 뻗었다.

어림도 없었다.

어쩌지? 일단 발을 디딜 곳을 찾으면서 천천히 구덩이 아래로 내려가는 건 어떨까? 피가 묻은 말뚝을 몇 개 적당히 골라서 가지고 올라오자. 요즘은 DNA 검사를 하는 민간업체도 있다니까 거기에 의뢰하는 것도 한 가지 방법이야.

이모리는 발을 디딜 만한 곳이 없는지 구덩이를 빙 둘러보았다.

움푹 들어가서 발을 디디기에 적당한 곳이 한군데 있었다.

하지만 거기에만 의지해서 함정 바닥까지 내려가기는 어려울 것 같았다. 이왕이면 더 아래쪽에도 발을 디딜 곳이 필요하다.

이모리는 움푹 파인 부분 아래에 발을 디딜 만한 곳이 없나 싶어 몸을 내밀고 구덩이 속을 관찰했다.

바닥에 떨어진 하얀 뭔가가 눈에 들어왔다.

그때 누군가가 발목을 잡았다.

"하지 마." 누가 장난치는 줄 알고 이모리는 가볍게 받아넘겼다.

하지만 발목을 잡은 손은 다리를 들어 올리더니, 이모리의 몸을 구덩이로 확 떠밀었다.

이모리는 그제야 깨달았다.

여기에 내 발목을 잡고 장난칠 사람은 없다.

그렇게 생각한 순간 구덩이 가장자리에서 손이 떨어졌다.

우아아악!

몸이 앞으로 주르르 미끄러졌다.

또다시 몸이 무중력 공간에 있는 것 같은 감각에 사로잡혔다.

이번에는 말뚝 끝이 턱 아래를 뚫고 이모리의 몸속 깊이 박혔다.

11

"큰일이다! 큰일이다!" 빌은 고래고래 소리치며 거리를 내달렸다.

"이 짐승아, 시끄러워!" 판탈론이 부아가 치민다는 듯이 고함을 질렀다.

"도마뱀 씨, 왜 그렇게 야단법석이야?" 마리가 멈춰 서서 빌을 바라보았다.

"더는 못 참아!" 키가 작고 몸이 근육질인 중년 남자가 집에서 뛰쳐나왔다. "매일매일 시끄러워 못 살겠네! 작살을 내버리겠어!"

"그렇게 흉흉한 소리 하는 거 아니에요, 르네 카르디악 씨." 스퀴데리가 차분하게 말했다.

"어이구, 이거 마드무아젤 아니오." 카르디악이 공손한 태도로 말했다. "하지만 저 쩽쩽거리는 목소리를 더는 못 참겠소."

"그렇다고 해서 폭력을 쓰는 건 현명한 처사가 아니에요."

"그럼 어떻게 해야 한다는 말이오?"

"말로 잘 타일러야죠." 스퀴데리는 그렇게 대답했다. "빌, 좀 진정하렴."

"하지만 진정할 상황이 아닌걸, 마드무아젤 드 스퀴데리."

"무슨 일 있었니?"

"내가 죽었어!"

"멀쩡하게 살아 있잖니. 만약 네가 유령이 아니라면 말이지."

"그게 아니야! 나 말고 또 다른 내가 죽었어."

"아아. 지구에서 이모리가 죽었구나."

"맞아, 맞아."

"하지만 그건 그렇게 심각한 일이 아니란다, 빌."

"어째서, 마드무아젤 드 스퀴데리?"

"전에도 있었던 일이잖니. 죽은 건 네가 아니라 이모리야. 네가 죽지 않았으니 이모리는 부활할 거야."

"그건 알아." 빌이 말했다.

"그럼 왜 그렇게 소란을 떠는 거니?"

"죽었으니까."

"이모리 말이니? 그건 아까 들었어. 그리고 그건 아무 문제도 아니야."

"아니. 엄청난 문제야!"

"어째서 엄청난 문제인데?"

"싫단 말이야. 죽는 건 정말 아프고 굉장히 무서워!"

"불쌍하게도. 아팠구나."

"여기로 푹 들어갔어." 빌은 아래턱 밑 부분을 가리켰다. "그리고 이렇게 비스듬히 위로 밀고 올라가서 목구멍을 찢고 머릿속에 박혔다고 생각한 순간 의식이 뚝 끊겼어."

"그럼 한순간 아니니?"

"아니야. 슬로모션처럼 느릿느릿하게 파고 들어갔다고. 그게 죽을 만큼 아파. 뭐, 죽었지만."

"죽을 만큼 아프고 나서 죽었구나."

"그리고 굉장히 무서워. 한 번 죽어봤으니까 이렇게 해서 또 죽는다는 걸 알잖아. 죽을 때 느끼는 공포는 정말이지 엄청나. 너무 무서워서 아무것도 못 했어. 뭐, 떨어지는 도중이니까 무섭지 않아도 할 수 있는 일은 없겠지만."

"혹시 저번이랑 똑같은 함정에 빠졌니?"

"응. 어떻게 알았어?"

"듣던 것보다 훨씬 얼간이잖아." 카르디악이 눈을 둥그렇게 떴다. "두 번이나 같은 함정에 빠지다니 어처구니가 없군."

"이모리는 구덩이 가장자리에 있을 때 주의하지 않았니?"

"주의는 했지. 하지만 누가 빠뜨렸어."

"범인은 누구였니?"

"무슨 범인?"

"이모리를 죽인 범인 말이야. 범인이 클라라의 실종에 관해 뭔가 알고 있을 가능성이 커."

"어째서?"

"이모리를 왜 죽였는지 생각해보면 알 텐데. 너 함정을 조사하고 있었지?"

"응. 만약 정말로 글라라가 죽었다면 누가 시신을 가져간 거니까 무슨 흔적이 없는지 조사하고 있었어."

"도마뱀치고는 머리가 꽤 잘 돌아가는군." 카르디악이 감탄했다.

"그건 이모리 생각이야. 내 아바타라인데, 머리가 좋은 인간이지. 그런데 머리가 잘 돌아간다는 건 머리로 팽이치기도 할 수 있다는 뜻이야?"

"여기서 문제. 이모리가 뭔가 발견하면 곤란한 사람은 누구일까?"

"그 주변에서 돈을 떨어뜨린 사람?" 빌이 대답했다.

"당연히 글라라의 시신을 가지고 간 사람이지!" 아까 전부터 빌과 스퀴데리의 대화를 듣고 있던 마리가 입이 근질근질해서 더는 못 참겠다는 듯이 끼어들었다.

"그렇구나." 빌은 손뼉을 짝 쳤다. "잘 생각해보니 그러네. 그런 줄 알았으면 누가 떨어뜨렸는지 봐둘 걸 그랬어."

"……못 봤어?" 마리가 외쳤다.

"듣던 것보다 훨씬 얼간이잖아." 카르디악이 아까 전에 한 말을 되풀이했다.

"이제 죽는구나 싶었단 말이야. 누가 날 떨어뜨렸는지 궁금해할 여유는 조금도 없었어." 빌이 입을 삐죽 내밀었다. "하지만 이제 알았으니 다행이야. 다음에 살해당할 때는 확실히 봐둘게."

"빌, 너 또 살해당하려고?" 스퀴데리가 기가 막힌다는 듯이 말했다.

"가능하면 죽고 싶지 않지만. 하지만 그런 말이 있잖아. '두 번 일어난 일은 반드시 다시 일어난다.'"

"그 속담은 진리지. 원래 빈도가 낮은 일이 연달아 일어난다면 우연으로 치부해서는 안 된다는 뜻이야. 주사위를 던졌을 때 같은 눈이 계속 나오면, 그건 우연이 아니라 주사위에 속임수가 있다고 봐야겠지. 마찬가지로 살해당하는 건 좀처럼 경험하기 힘든 일인데도 계속해서 살해당한다면 뭔가 공통적인 원인이 있을 테고, 앞으로도 목숨을 위협당할 개연성이 높다고 봐야 해."

"그렇구나. 그래서 그게 무슨 뜻인데?"

"이모리는 앞으로도 계속 목숨을 위협당할 거라는 뜻. 더 이상 살해당하지 않게 조심하면서 범인의 정체를 규명하는 데 애써주려무나."

"애쓰는 건 내가 아니라 이모리지만. 뭐, 지금 그 말은 나를 통해 이모리한테도 전달되겠지."

"저기, 마드무아젤." 마리가 입을 열었다. "제 추리를 말씀드려도 될까요?"

"응. 물론이지, 마리."

"이쪽 세계의 클라라는 이미 죽은 것 아닐까요?"

"그것참 대담한 추리로구나."

"하지만 그렇게 생각할 수밖에 없어요."

"추리의 근거는?"

"만약 이 세계의 클라라가 살아 있다면 지구의 클라라는 죽어도 되살아나겠죠."

 "응. 어째서인지 그런 규칙이 있는가 보더구나."

 "즉 이 세계의 클라라가 살아 있다면 지구에 글라라의 시신은 존재하지 않는 셈이겠죠."

 "그렇겠지."

 "그렇다면 범인은 왜 함정을 조사하는 걸 싫어할까요? 시신이 소멸되는 것과 동시에 글라라가 함정에 빠졌다는 사실 자체가 소멸할 테니, 원리적으로 따지면 함정에 빠진 것과 관련된 증거도 전부 사라졌을 텐데요."

 "맞는 말이야."

 "그렇다면 낙하사고가 실제로 일어났으며, 글라라의 시신도 존재했다고 결론을 내려야 하지 않을까요?"

 "그건 네 결론이지, 마리."

 "마드무아젤의 결론은 다른가요?"

 "난 보류해뒀단다. 아직 필요한 정보가 전부 갖추어지지 않았거든."

 "저한테는 충분해요. 범인은 글라라의 시신을 포함한 증거를 인멸하려고 했어요. 즉, 글라라의 죽음은 취소되지 않은 거예요. 왜냐하면 클라라가 사망했으니까."

 "고맙구나, 마리. 추리 잘 들었어."

 "어디 구멍이 있나요?"

 "구멍?"

 "제 추리에 구멍이 있느냐고 여쭙는 거예요."

"그렇구나. 구멍이 있는지 없는지 묻는다면 없다고 대답해야겠지."

"그 말씀을 들으니 안심이 되네요."

"안심이 된다고? 왜?"

"저한테도 그럭저럭 추리력이 있다는 걸 알았으니까요."

"마리, 구멍이 없다고 해서 반드시 옳다는 건 아니란다."

"그게 무슨 뜻인가요?"

"내일은 맑을 것 같니?"

"갑자기 무슨 말씀이세요?"

"너한테 설명하기 위해 질문하는 거야. 대답해보렴. 내일은 맑을 것 같니?"

"글쎄요." 마리는 생각에 잠겼다. "뭐, 맑지 않겠어요?"

"이유는?"

"요 한동안 맑은 날씨가 계속됐고, 날씨가 흐려질 낌새도 없으니까요."

"그 추리에 눈에 띄는 구멍은 없구나. 그렇지, 마리?"

"예."

"하지만 실제로 내일 맑을지 흐릴지는 내일이 돼봐야 알겠지. 그렇지 않니?"

"그건 그렇지만 웬만하면 맑겠죠."

"예를 들어 내일 소풍을 갈 예정이라면 내일 날씨가 어떨지 예측할 필요가 있겠지."

"당연하죠."

"하지만 내일 아무 예정도 없는 경우, 왜 날씨를 예측해야 할까?"

"모르겠어요. 호기심 때문일까요?"

"맑을지 흐릴지는 내일이 되면 알 수 있어. 그렇다면 억지로 내일 날씨를 예측하기보다 잠자코 내일이 되기를 기다리는 게 어떻겠니?"

"클라라가 살아 있는지 죽었는지를 추리할 필요는 없다는 말씀인가요?"

"그래. 추리하지 않아도 클라라가 발견되면 알 수 있으니까."

"하지만 찾아내는 데 시간이 걸릴지도 모르잖아요."

"그래. 시간이 걸릴지도 모르겠구나." 스퀴데리는 생각에 잠겼다.

"무슨 생각을 하시나요, 마드무아젤?"

"시간을 들이면 안 되는 이유를 생각했단다. 왜 클라라를 찾아내는 데 시간을 들이면 안 되지?"

"생각해보세요. 클라라가 살해당했다면 살해한 범인이 있을 거예요. 그리고 그 범인은 현재 자유의 몸이고요."

"만약 클라라가 살해당했다면 그렇겠지."

"일단 클라라가 살해당했는지를 따져보고, 살해당하지 않았다고 판단되면 여유 있게 클라라를 찾아도 되겠죠. 하지만 살해당했다고 판단되면 클라라보다는 범인을 먼저 찾아내야 마땅해요. 그리고 제가 추리한 결과 클라라는 이미 살해당했어요."

"그렇구나. 어떻게 생각하니, 빌?"

"미안해. 나, 정신을 딴 데 팔고 있었어." 빌이 사과했다.

"이야기를 하나도 안 들었니?"

"으음. 띄엄띄엄 귀에 들어오기는 했는데, 마드무아젤 드 스퀴데리."

"그럼 기억나는 부분만이라도 괜찮아. 네 솔직한 감상을 듣고 싶구나."

"미안해. 거짓말했어. 실은 하나도 안 들었어."

"빌, 거짓말을 하는 건 나쁜 짓이란다. 하지만 거짓말을 했다고 솔직히 털어놓다니 장하구나. 칭찬해줄게."

"칭찬을 받으니까 어쩐지 쑥스러운걸."

"얼빠진 도마뱀의 의견은 무시해도 되지 않을까요?"

마리가 끼어들었다.

"하지만 빌은 그다지 얼빠지지 않은 인간과 연결되어 있거든." 스퀴데리가 말을 이었다. "빌, 마리가 말하길 클라라는 이미 살해당했으니까 클라라보다는 범인을 먼저 찾아야 한다는구나. 네 생각은 어떠니? 클라라는 살해당했을까?"

"음. 내 생각에도 클라라는 이미 살해당했을 것 같아."

"어째서?"

"살아 있다면 슬슬 나타나도 될 것 같은데 안 나타나니까."

"뭔가 몸을 숨겨야 할 이유가 있을지도 모르잖니."

"듣고 보니 그럴지도 모르겠네."

"도대체 그 이유가 뭔데?" 마리가 신경질적으로 말했다. "알면 말해봐."

"모르니까 말 안 할래." 빌이 대답했다.

"보세요. 빌은 아무것도 모른다고요." 마리가 의기양양하게 말했다.

"하여튼 넌 클라라가 죽었다고 생각하는 거지?"

"응. 맞아."

"그럼 이모리는 어떠니? 이모리도 너랑 같은 생각이야?"

"이모리는 다르게 생각하는 것 같아."

"다르게 생각하다니?"

"이모리는 살인 현장을 좀 더 자세하게 조사해보고 싶어 해."

"어째서?"

"거기에 살인을 저지른 흔적이 있는지 없는지 확인하고 싶어서."

"뭣 때문에?"

"이모리 생각은 잘 모르겠어. 물론 무슨 생각을 했는지는 기억나. 하지만 내 머리로는 이해를 못 하겠어."

"이해 못 해도 괜찮아, 빌. 이모리는 왜 흔적의 유무를 중시하는 걸까? 뭔가 기억나는 거 없니?"

"'만약 클라라가 죽었다면 누군가 시체를 숨긴 것이다. 만약 죽지 않았다면 누군가 살인 현장을 위장한 셈이다. 양쪽 다 부자연스럽기 그지없다.'"

"고마워, 빌."

"천만의 말씀. 그런데 이모리 생각은 무슨 뜻이야?"

"범인의 동기가 불분명하다는 뜻이야. 사건의 전모를 파악하려면 범인의 동기를 알 필요가 있단다."

"동기는 범인을 찾아내면 저절로 밝혀질 거예요." 마리가 말했다. "일단 범행이 가능했던 인물과 불가능했던 인물의 목록을 만들어서……."

"그 목록이 무한하게 길어지지 않으려면 일단 동기를 해명할 필요가 있어. 동기가 있는 인물의 목록을 제일 먼저 만들어야겠지. 그걸 완성하고 나서 범행이 가능한 인물과 불가능한 인물로 구분하면 돼."

"동기 해명은 뒤로 미뤄도 상관없어요. 클라라를 협박한 인물은 클라라의 지인이니까, 클라라의 지인 목록을 만들어보면 어떨까요? 물론 저도 그 목록에 포함되겠지만."

"알았어. 꼭 목록을 만들고 싶다면 네가 목록을 만들어다오, 마리."

"제가요?"

"싫으니?"

"아니요. 그런 건 아니고요. 하지만 제가 아니라 수사관이 만들어야 진짜 아닌가요?"

"진짜, 가짜가 어디 있겠니. 목록은 필요하다고 여기는 사람이 만들면 되는 거란다."

"……알겠어요. 제가 목록을 만들게요." 마리는 몸을 빙글 돌리고 바쁘게 걸어갔다.

"마리, 화났어?"

"성질을 돋우었을지도 모르겠네."

"왜 마리 말을 안 들었어?"

"그게, 아무래도 마음에 걸리는 점이 한 가지 있어서 그랬단다."

스퀴데리는 다시 생각에 잠겼다.

12

"또 살해당했다면서?" 레쓰는 드로셀마이어의 교수실로 들어오자마자 이런 멍청이가 어디 있느냐는 투로 말했다.

"한 번 살해당했으니 조심할 법도 하잖나." 드로셀마이어도 동의를 표하듯이 말했다. "왜 주변에 주의를 기울이지 않았지?"

"제일 처음에는 살해당한 게 아닙니다."

"글라라가 살해당한 사건에 말려들었으니 살해당한 거나 다름없지." 의자에 앉은 드로셀마이어가 몸을 뒤로 젖혔다.

"글라라 씨는 살해당한 게 아닙니다. 어디까지나 사고예요."

"호프만 우주에서 클라라가 살해당한 것과 연동해서 벌어진 일이라면 살해당했다고 받아들여도 무방하겠지."

"말이 나왔으니 말씀드리자면, 아직 클라라가 살해당했다고 확정된 건 아닙니다."

"나도 처음에는 그렇게 생각했네. 하지만 이쪽과 저쪽에서 글라라와 클라라가 행방불명된 지 일주일이나 지났어. 이미 사망했다고 보는 게 자연스러워."

"그게 마음에 걸립니다. 하필이면 양쪽 세계에서 행방불명됐죠. 설령 죽었다고 쳐도 양쪽 세계 어디에서도 시신이 발견되지 않다니요. 이건 우연이 아니겠죠."

"우연이라고 생각하는 사람은 아무도 없을 거야." 레쓰가 불쑥 말했다.

"그럼 왜 행방불명 상태일까요?"

"그야 범인이 시체를 감췄기 때문 아니겠나."

"왜 시체를 감췄을까요?"

"살인을 저질렀다는 사실 자체를 감추고 싶었든지, 살해 방법이나 범인을 알아낼 수 있는 단서가 시체에 남아 있었을 테지. 아니면 시체가 남지 않는 방법으로 죽였다거나."

"그건 호프만 우주의 클라라에게는 들어맞는 이유일지도 모릅니다. 하지만 지구의 글라라 씨는 어디까지나 사고로 죽었어요. 시체를 숨길 필요가 어디 있습니까?"

"수사를 교란할 목적이겠지. 시체가 없으면 글라라는 부활했을 가능성이 생기고, 그럼 클라라도 죽지 않았을 가능성이 생기니까."

"어쩌면 실제로는 클라라와 글라라 씨 둘 다 죽지 않았다는 것을 숨기기 위해서일지도 모르죠."

"죽지 않은 사람을 죽었다고 위장하는 데 무슨 이점이 있기에?"

"예를 들어 죽었다고 해두면 살인범은 더 이상 클라라를 죽이려고 들지 않겠죠. 클라라 본인이 목숨을 지키기 위해 취한 조치일 수도 있습니다."

"왜 클라라는 우리에게 그 계획을 밝히지 않았을까?"

"우리가 의심스러웠는지도 모르죠."

"자네도 우리를 의심하나?" 드로셀마이어가 이모리를 노려보았다.

"그건……." 이모리는 말문이 막혔다.

"클라라가 본인이 살아 있다는 사실을 밝히지 않는 건 단순히 못 미더워서 아니야? 클라라가 살아 있다는 네 가설이 옳다면 말이지만."

"누가 못 미더운데요?"

"너. 정확하게는 빌이 못 미더운 거겠지만."

"그렇군." 드로셀마이어가 말했다. "그 도마뱀이라면 비밀을 나불나불 떠들어대고도 남지."

"확실히 그럴 가능성이 큽니다." 이모리는 인정했다. "이로써 클라라 생존설에 힘이 실리는군요."

"그거랑 이건 이야기가 별개일세." 드로셀마이어가 말했다. "만약 클라라가 살아 있다면 글라라가 사고로 죽은 건 어떻게 설명할 건가? 협박장이 온 상황에서 우연히 비참한 사고가 일어났다고 할 생각인가?"

"우연이 아니라면 어떨까요?"

"사고가 아니라는 건가?"

"글라라 씨가 자살했을 가능성도 있습니다."

"그냥 넘어갈 수 없는 말이로군. 왜 글라라가 자살해야 하는데?"

"물론 이 세계에서 죽어도 부활한다는 사실을 알고 있었기 때문이겠죠. 즉, 일종의 거짓 자살극을 벌인 셈입니다."

"그러니까 거짓 자살극을 벌일 필요가 어디 있느냐는 말일세."

"예를 들어 이런 가설도 성립하지 않겠습니까? 협박장을 받은 시점에서 글라라 씨가 사망하면 관계자들은 글라라 씨가 협박범에게 살해당했다고 생각하겠죠."

"당연하지."

"클라라와 글라라 씨는 그 점을 이용한 겁니다. 살인죄를 뒤집어쓰리라는 것을 알면 협박범이 동요해서 꼬리를 드러낼지도 모르니까요."

"아무래도 납득이 안 되는군." 드로셀마이어는 영 불만스러운 것 같았다.

"전부 네 추측에 불과하잖아." 레쓰가 말했다. "클라라와 글라라가 꼭 살아 있으면 좋겠다. 그냥 그런 심정인 거 아니야?"

"그, 그런 건 아닙니다."

"내가 보기에 넌 클라라와 글라라 생존설에 너무 연연하는 것 같아."

"제가 보기에는 두 분이 클라라와 글라라 씨 사망설에 연연하시는 것 같은데요."

"알았네. 그럼 일단 글라라부터 찾아보도록 하지. 시체가 발견되면 이모리도 납득하겠지."

"살아서 발견되면 두 분은 납득하시겠습니까?"

"뭐라는 거니? 실제로 살아 있다면 우리가 납득하고 말고는 중요하지 않잖아."

"그때는 수사를 끝내도 되는 거겠죠?"

"안 되네. 협박범을 찾아내는 게 자네의 원래 임무야."

"아아. 그랬죠." 이모리는 어깨를 축 늘어뜨렸다. "신도 씨, 일단 조사하러 가실까요?"

"난 조언만 하는 역할이니까 이모리를 따라갈 필요 없지, 드로셀마이어?"

"물론이지." 드로셀마이어가 말했다.

"그러니 혼자 다녀와. 난 쓸데없는 일은 하기 싫어."

"알겠습니다. 만약 뭔가 알아내면 연락드릴 테니……."

이모리가 말하는 도중에 교수실 전화가 울렸다.

드로셀마이어가 전화를 받았다. "여보세요. ……뭐라고요?" 드로셀마이어의 미간에 깊은 주름이 잡혔다. "장소는 어딥니까? 알겠습니다, 금방 가죠. 저랑 한 명 더……. 예. 글라라의 친구입니다."

"무슨 전화입니까?" 이모리가 물었다.

"이모리, 조사하러 갈 필요 없어."

"혹시 글라라 씨가 발견됐습니까?" 이모리의 얼굴이 확 밝아졌다.

레쓰는 팔짱을 낀 채 별 흥미 없다는 듯이 두 사람을 쳐다보았다.

"어디에 있었습니까?"

"근처 강의 교각에 걸려 있었다는군. 자네 추리는 완전히 빗나갔어. 글라라는 시체로 발견됐다고."

이모리는 입이 떡 벌어졌다.

레쓰가 웃음을 터뜨렸다.

글라라의 부모님은 현재 해외에 거주 중이고, 친척 중에 글라라와 가까이 지내는 사람은 드로셀마이어뿐이므로 그에게 연락이 왔다고 한다.

드로셀마이어는 글라라의 친한 친구라는 핑계로 이모리와 함께 가기로 했다. 물론 이모리가 진술을 하다가 괜히 의심을 받을 위험은 있지만, 경찰의 수사상황을 직접 파악함으로써 얻는 이점이 더 크다고 판단했기 때문이다.

"나 혼자 가면 빠뜨리고 넘어가는 게 있을지도 모르니까. 뭐, 일단 이런저런 질문을 하겠지만 쓸데없는 소리만 하지 않으면 의심받지는 않겠지." 드로셀마이어가 말을 이었다. "다행히도 이 세계에서 자네는 빌 같은 얼간이가 아니야."

"뭔가 빠뜨리고 넘어갈까봐 걱정되신다면 신도 씨도 데려가는 편이 좋지 않을까요?"

"뭐라고?" 레쓰가 째려보았다. "왜 내가 그런 귀찮은 일에 끼어야 하는 건데?"

"이 사람은 글라라와 안면이 없어. 따라오면 부자연스럽지."

"글라라 씨와 아는 사이라고 하면 되잖습니까?"

"경찰한테 거짓 진술을 하라고? 좀 모자란 거 아니니? 그러다 이야기에 앞뒤가 안 맞으면 의심받잖아! 그럼 네가 책임질 거야?"

"알겠습니다." 이모리는 바로 물러났다. "지금 이야기는 없었던 걸로 하죠."

경찰서에 도착한 드로셀마이어와 이모리는 진술을 청취하겠다는 요청에 응했다.

일단 거짓말을 가능한 한 하지 않는다는 방침이었으므로 이모리는 호프만 우주와 관련된 이야기만 제외하고, 협박장이 온 것도 포함하여 전부 솔직하게 이야기했다.

검시 결과에 따르면 사인은 질식이라고 한다.

사망한 후 한동안 물에 잠겨 있던 탓에 시신이 퉁퉁 불었다. 목격자는 없지만 며칠 전 큰비가 내렸을 때 강에 빠져서 익사한 것 아니겠느냐는 결론이 난 모양이었다. 떠내려가던 나무와 부딪쳤는지 시신이 심하게 손상됐지만, 옷매무새가 흐트러진 흔적은 없었다고 한다.

"거짓 자살극이라고? 허튼소리에도 정도가 있지." 경찰서에서 돌아오자 드로셀마이어는 못마땅하다는 듯이 이모리를 책망했다. "역시 클라라는 살해당한 거야."

"단언하기는 아직 이릅니다. 만약 클라라가 호프만 우주에 살아 있다면 글라라 씨가 부활할 가능성도 있으니까요."

"죽은 지 벌써 며칠이나 지났어." 드로셀마이어는 노골적으로 신경질을 냈다. "부활할 거면 자네랑 시간 간격이 똑같아야 이치에 맞잖나."

"그래서 어떻게 할 건데? 살인범을 찾을 거지?" 레쓰가 성가시다는 듯이 말했다. "시체도 나왔으니 이제 딴소리하지 마."

이모리는 생각에 잠겼다.

"왜 그래? 아직도 미련이 남았니?"

"잠깐만요. 빌이 들은 말을 생각하는 중입니다."

"그 도마뱀이 하는 말은 아무 도움도 안 돼." 드로셀마이어는 담배를 꺼내고 불을 붙이려고 했다.

"빌이 한 말이 아니라 빌이 들은 말입니다."

"빌이 누구 말을 들었는데?" 레쓰가 물었다.

"마드무아젤 드 스퀴데리."

드로셀마이어가 깜짝 놀라 담배를 떨어뜨렸다.

"그 여자 말이 마음에 들었어?" 레쓰는 미소를 지으며 이모리에게 물었다.

"아니요. 마음에 들었다기보다 그분이 한 말이 마음에 좀 걸려서요."

"이번 일과 관계가 있는 건가?"

"그걸 생각하는 중입니다. 도대체 무슨 의도였나 싶어서요."

"그래서?" 레쓰가 물었다. "결론은 났어?"

"예. 결론은 났습니다. 이제부터 범인을 찾을 생각입니다."

"글라라는 살해당했다. 그 부분은 수긍한 거지?"

"정확하게 말하자면 글라라 씨의 본체인 클라라가 호프만 우주에서 살해당한 겁니다만."

"굳이 그런 것에 연연할 필요는 없을 텐데." 드로셀마이어가 말했다.

"아닙니다, 중요해요. 이쪽 세계에서는 범인이 직접 손을 쓰지 않았으니 증거가 남아 있지 않을 겁니다."

"함정에서 시체를 가져간 흔적은 있잖나."

"그 부분에 관한 견해도 있습니다만, 조금 더 확인하고 나서 설명하겠습니다."

"의욕이 생겼다고 받아들여도 되겠나?" 드로셀마이어가 확인했다.

"글라라 씨가 돌아가셔서 참으로 안됐습니다만, 글라라 씨 시신이 발견된 덕분에 전모가 조금씩 눈에 들어오기 시작했습니다."

"그래서, 이제 어떻게 할 거니?"

"솔직히 말해 지구에서 가능한 수사는 거의 없지 않을까 싶은데요."

"함정은 수사할 수 있지 않겠나?"

"그걸 두고 신도 씨하고도 상의했는데 경찰의 도움 없이 수사하기는 거의 불가능할 것 같습니다."

"그럼 경찰과 협력할 건가?"

"그러려면 지구와 호프만 우주의 관계를 먼저 설명해야 합니다. 경찰이 호프만 우주를 이해해주면 다행이지만, 만약 설명에 실패하면 수상한 인물로 간주될 위험이 있어요."

"그들 중에도 호프만 우주의 꿈을 꾸는 사람이 있지 않을까?"

"그 가능성에 기대하는 건 무모한 짓입니다. 일단 저만 해도 호프만 우주가 아닌 세계에 사는 인물의 아바타라예요. 어쩌면 거기와는 또 다른 세계에 사는 인물의 아바타라가 있을지도 모르죠. 아니면 아바타라가 아닌 순수한 지구인이 다수파일 수도 있고요."

"그럼 수사는 호프만 우주에 있는 빌과 스퀴데리에게 맡기고, 우리는 지구에서 손을 놓고 있자는 이야기인가?"

"아니요. 그건 아닙니다. 실제로 행동에 나설 수는 없겠지만, 수사 계획을 세울 수도 있고 호프만 우주에서 진행한 수사의 결과를 바탕으로 추리를 시도할 수도 있겠죠."

"그럼 지금 당장 계획을 세우도록 하세. 범인을 찾아내려면 뭐가 필요하지?"

"일단 관계자의 증언을 모아야 합니다."

"관계자라고 해봤자 얼마 안 돼. 클라라의 가족과 저쪽 세계에 있는 드로셀마이어와 빌 정도야."

"교우 관계도 알아보면 도움이 되겠죠."

"친한 친구들에게는 알리바이가 있지 않았나?"

이모리는 한쪽 눈썹을 추켜세웠다. "그런 건 상관없습니다. 범인이 아닌 사람의 증언도 유용하니까요. 용의자에 한정해서 조사하는 건 좋은 방법이 아닙니다."

"클라라의 친구는 누구였지?" 레쓰가 물었다.

"세르펜티나, 피를리파트, 마리야." 드로셀마이어가 대답했다.

"그리고 나타나엘과 관련된 사람들의 증언도 있으면 좋고요."

"나타나엘은 관계없잖나."

"사건이 진행하는 과정에서 사망했으니까 관계가 없다고 단정해서는 안 되겠죠. 게다가 그는 클라라를 자신의 약혼자로 믿었습니다."

"그러고 보니 그랬지." 드로셀마이어는 코펠리우스와 내기를 했다는 것이 기억난 듯했다. "하지만 녀석은 죽었어. 나타나엘 본인의 증언을 얻을 수 있으면 좋을 텐데."

"그의 증언이라면 들었습니다. 엄밀하게 말하자면 나타나엘의 아바타라가 증언했습니다만."

"말도 안 돼." 드로셀마이어가 의심스럽다는 눈으로 이모리를 보았다. "본체가 죽으면 아바타라도 죽어."

"이모리 말은 사실이야. 나도 같이 그 사람을 만났거든."

"흠. 정말인가? 그게 사실이라면 대전제가 무너지는데."

"그는 정말로 특수한 사례니까 신경 쓸 필요 없어."

"애당초 그 사람이 나타나엘의 아바타라가 맞긴 맞는 건가?"

"그게 무슨 뜻입니까?"

"나타나엘의 아바타라를 사칭한 것 아니냐는 뜻일세."

"확실히 그럴 가능성도 있겠군요. 지금까지 전혀 염두에 두지 않았습니다." 이모리가 말을 이었다. "하지만 단지 나타나엘의 아바타라를 사칭하기 위해 그렇게 큰 사고를 일으키고, 수많은 사람들 앞에서 부활의 기적을 연출하는 거창한 짓을 할 것 같지는 않은데요."

"사고? 그건 무슨 이야기인가?"

"왜, 1024편이 추락했잖아."

"그 사고도 이번에 클라라가 살해당한 것과 관계가 있나?" 웬일로 드로셀마이어가 놀라움을 드러냈다.

"직접적으로는 없겠지. 나타나엘이 자살한 것과는 직접적인 관계가 있겠지만."

"나타나엘의 자살에 관련된 사람은 그의 스승인 스팔란차니 교수, 그가 연모하던 올림피아, 친구 로타르, 그리고." 이모리는 한숨 돌리고 다시 입을 열었다. "공포의 대상이었던 코펠리우스/코폴라/모래 사나이입니다."

"코펠리우스는 벌써 신문했잖니."

"그렇죠. 더 자세하게 조사하고 싶지만, 그 사람에게서 정보를 더 끌어내기는 어렵겠죠. 빌도 그가 무서워서 신문하기를 내켜하는 것 같지 않고요."

"내키지 않는다는 이유로 조사를 게을리해서야 탐정 간판을 내 걸 수 없을 텐데."

"뭐, 빌은 원래 도마뱀이지 진짜 탐정은 아니니까요."

"모래 사나이는 당신 담당 아니야?" 레쓰가 드로셀마이어를 손가락으로 가리켰다. "친구잖아?"

"내가 놈이랑 친구? 허. 기분 나쁜 소리 하지 말게. 놈은 괴물이야. 나 같은 정상인이 아니라고."

이모리와 레쓰는 얼굴을 마주 보았다.

설마 신도 씨와 의견이 일치할 때가 있을 줄은 몰랐다고 이모리는 생각했다.

"뭐야? 둘 다 내게 무슨 불만이라도 있나?"

"아니야, 드로셀마이어." 레쓰가 냉정하게 대답했다. "그냥 킹콩이 고질라를 봤을 때 무슨 생각을 했을까 상상해보느라고. 괴물이라고 생각했을까, 평범한 생물이라고 생각했을까."

"킹콩과 고질라의 만남은 성사된 적이 없을 텐데. 권리상으로도 문제가 있어."

"아니. 만났어. 당시 저작권 문제를 해결했거든."*

"이모리." 드로셀마이어는 이 화제에는 흥미가 없는 모양이었다. "일단 빌과 스퀴데리는 호프만 우주에서 클라라와 나타나엘의 관계자들을 신문하는 방향으로 수사를 진행하게."

"알겠습니다."

그리고 이모리는 다시 생각에 잠겼다.

레쓰는 이모리를 차가운 눈으로 바라보았다.

---

*1962년 일본에서 제작하여 개봉한 영화 〈킹콩 대 고질라〉를 가리킨다.

13

"마리 말대로 됐네." 빌은 고개를 숙였다.

"네 탓 아니니까 낙담할 필요 없단다." 스퀴데리가 말했다.

"아니야. 그 도마뱀 탓이지. 내가 클라라의 목숨을 지키라고 지시했을 텐데, 빌!" 드로셀마이어가 불호령을 내렸다.

"빌이 판사님 의뢰를 받아들였을 때는 이미 어쩔 방도도 없는 상태였을 가능성이 커요. 호프만 우주에서도 지구에서도 수사할 시간은 거의 없었으니, 빌을 책망하는 건 이치에 맞지 않아요."

"마치 남의 일처럼 말하는데 당신한테도 범인을 밝혀낼 책임이 있어, 마드무아젤. 내가 보기에 진전이 거의 없는 것 같네만?"

"제 할 일이 뭔지는 잘 알아요."

"그런데 마리가 뭐라고 했지?" 드로셀마이어가 물었다.

"클라라는 이미 살해당했다고 했어." 빌이 대답했다. "범인으로 의심되는 사람들의 목록을 만들어서 범인을 찾아야 한다고 했지."

"나도 거의 같은 의견일세." 드로셀마이어가 말했다. "왜 그렇게 하지 않았지, 마드무아젤?"

"그래봤자 아무 의미도 없을 것 같아서요, 드로셀마이어 판사님."

"지금도 그렇게 생각하나?"

"글쎄요. 지금은 전혀 무의미하지는 않을지도 모르겠네요."

"그럼 당장 목록을 만들어야 하지 않겠나?"

"어떤 식으로 만들면 될까요?"

"그야 동기가 있는 인물을 전부 다 목록에 올리면 되겠지."

"동기는 어떻게 한정하죠?"

"음. 당장은 동기보다 교우 관계에 주목하는 게 어떨까? 협박장에는 친구가 보냈다고 적혀 있었어."

"친구가 누구인데요?"

"분명 마리, 피를리파트, 세르펜티나라고 하지 않았던가? 만약 그 아가씨들에게 알리바이가 없다면 가장 유력한 용의자라고 봐도 되겠지. ……앗. 글렀군."

"왜 그러세요, 드로셀마이어 판사님?"

"그 세 명에게는 알리바이가 있어."

"알리바이?"

"그 세 명이 축제 수레에 타는 모습을 클라라 본인이 목격했어. 그렇지, 빌?"

"응. 이모리가 글라라한테 들었어." 빌이 대답했다.

"그리고 세 명은 계속 축제 수레에 타고 있었어. 축제 수레에서 내린 건 클라라가 살해된 뒤야. 즉 그 세 명은 알리바이가 성립하는 셈이지."

"세 명 모두 1초도 자리를 뜨지 않았어?" 빌이 물었다.

"세르펜티나가 말하길 본인과 피클리파트는 화장실에 몇 번 다녀왔다더군. 하지만 그 정도 시간으로는 뭘 어떻게 할 수 없었을 거야." 드로셀마이어가 말했다.

스퀴데리는 묵묵히 생각에 빠졌다.

"왜 그러나? 그 세 명의 혐의는 풀렸다고 봐도 되지 않겠나?"

"그 세 명이 사건에 관련됐을 가능성을 정말로 배제해도 될지 망설여지네요."

"화장실에 다녀오는 데는 고작 몇 분밖에 안 걸려. 그 사이에 뭘 할 수 있다는 건가? 게다가 축제 수레에서 내릴 수조차 없었다고."

"보는 눈이 많았으니 축제 수레에서 빠져나오기는 불가능하겠죠. 하지만……."

"하지만 뭐?"

"뭔가 걸리네요."

"이거야 원. 뭔가 걸린다고 해서 수사를 지체하면 사건은 영원히 해결할 수 없을 걸세."

"그렇죠. 생각만 하고 있어서는 결론이 나지 않겠죠."

"그 세 명을 제외한 용의자 목록을 만들 건가?"

"그 전에 진술부터 듣고요."

"진술을 듣겠다고, 누구한테?"

"사건 관계자들한테요. 빌, 따라오렴."

"도마뱀이 무슨 도움이 되겠나?"

"빌이 보고 들은 내용은 이모리에게 전달돼요. 현재 이모리는 제게 가장 유용한 협력자예요."

"당신이 하는 꼴을 보고 있자니 답답해 죽겠군. 뭐, 됐어. 범인만 밝혀내면 그만이니까. 하지만 만약 밝혀내지 못하면 그에 상응하는 책임을 져야 할 거야."

"물론이죠. 그럴 각오로 수사에 임하고 있어요, 드로셀마이어 판사님."

"자신감이 대단하군. 설마 벌써 점찍어둔 사람이 있는 건 아니겠지, 마드무아젤?"

"설마요. 그 정도까지는 아니에요. 다만 뭘 찾으면 되는지 어렴풋이 보이기는 하네요."

"안녕하세요, 피를리파트 공주님." 스퀴데리가 인사했다.

"안녕. 마드무아젤 드 스퀴데리, 맞죠?" 시녀들이 피를리파트의 머리를 빗겨주고 있었다. "오늘은 무슨 용건으로?"

"공주님과 클라라가 어떤 관계인지 듣고 싶어서요. 요전에 들어 보니 그렇게 친한 느낌은 아닌 것 같던데요."

"그래요. 그 후에 잘 생각해보니 이름이 클라라인 애가 있다는 게 생각나더군요. 뭐, 아는 사람과 친구의 중간 정도랄까요."

"들은 바로는 클라라에게는 약혼자가 있었다고……."

"누구한테 들었는지는 모르겠지만, 그런 사생활을 조사할 권리는 있어요?"

"실례했어요. 드로셀마이어 판사가 저를 정식 수사관으로 임명했답니다."

"수사관? 범죄라도 발생했나요?"

"실은……." 스퀴데리는 목소리를 낮추었다. "시신이 발견됐어요."

"설마 클라라의?"

"조용히." 스퀴데리는 입술 앞에다 집게손가락을 세웠다. "아직 공표하지 않았으니까 공주님만 알고 계세요."

"어디서 발견됐죠?"

"그건 가르쳐드릴 수 없어요."

"알았어요. 그래서 뭐가 알고 싶은데요?"

"클라라의 약혼자에 대해서요. 그리고 가능하면 공주님과 어떤 관계인지도요."

"그는 원래 내 약혼자였어요."

"그가 누구인데요?"

"드로셀마이어요."

"판사 말이야?" 빌이 외쳤다.

"꺅! 징그러운 도마뱀이야."

"엥? 징그러운 도마뱀이 있어? 어디, 어디?"

"도마뱀이 딴청을 부리는데 따끔하게 혼내줄 필요가 있을까요?" 피를리파트가 스퀴데리에게 물었다.

"따끔하게 혼내지 말고 상냥하게 타일러주세요. 만약 귀찮으시면 그냥 무시하셔도 되고요." 스퀴데리는 그렇게 대답했다.

"귀찮으니까 무시할래요." 피를리파트가 말했다. "그런데 아까 내가 말한 드로셀마이어는 물론 판사가 아니라 젊은 드로셀마이어에요."

"아아. 나이를 먹은 드로셀마이어와 젊은 드로셀마이어가 있는 거로군요. 그 두 명은 어떤 관계인가요?"

"숙부와 조카 사이라고 들은 적이 있어요."

"왜 공주님은 젊은 드로셀마이어와 결혼하지 않으셨어요?"

피를리파트는 깔깔 웃었다. "나랑 그 폐물 사이에 무슨 일이 있었는지 모르는 사람이 있을 줄이야."

"무슨 일이 있었는데요?"

"무슨 일이 있었느냐고요? 어디부터 설명하면 되려나……. 일단 내게 무슨 일이 일어났는지부터 설명해야겠군요. 나는 마우제링크스 부인의 저주로 호두까기 인형이 됐어요."

"마우제링크스 부인이 누구야?" 빌이 물었다.

"궁전 부엌에 사는 생쥐 왕비야."

"쥐인데 왕비구나." 빌의 눈이 등잔만 해졌다.

"반대야. 왕비인데 쥐인 거지."

"같은 뜻 아니야?"

"'쥐인데 왕비'라고 하면 '쥐라고 무시하지 마라. 이분은 왕비란 말이다!'라는 어감이잖아?"

"그러고 보니 그런 느낌이네." 빌은 감탄했다.

"반대로 '왕비인데 쥐'라고 하면 '왕비라고 거들먹거리지만 결국은 쥐 주제에'라는 어감이잖니."

"듣고 보니 그런 느낌이야." 빌은 더더욱 감탄했다. "즉, '빌 주제에 도마뱀이다'랑 어감이 같은 거구나."

"너 지금 그걸 비유라고 하는 거니?" 피를리파트는 어이없다는 듯이 말했다.

"빌의 말에 일일이 반응하지 말고 이야기를 계속해주시겠어요?" 스퀴데리는 피를리파트를 재촉했다.

"드로셀마이어, 물론 젊은 쪽 말이에요. 그는 그 저주를 풀 수 있는 조건을 갖춘 유일한 청년이었어요."

"유일한 조건이라고요?"

"지금까지 한 번도 수염을 깎은 적도, 장화를 신은 적도 없는 청년이 이로 깨물어서 깐 크라카툭 호두를 먹어야 하죠."

"크라카툭 호두?"

"세상에서 제일 단단한 호두예요."

"보통 호두도 이로 까기는 힘들 텐데요."

"그럼요. 그러니까 드로셀마이어는 세상에서 이가 제일 튼튼한 사람인 셈이죠. 부왕께서 드로셀마이어가 무사히 저주를 풀어낸다면 나랑 결혼시켜주겠다고 하셨어요."

"아아, 그래서 약혼자였다고 하신 거군요. 그런데 지금 호두까기 인형이 아니신 걸로 보아 저주는 무사히 풀린 모양이군요."

"예. 저주는 풀렸지만 의식을 치르는 도중에 마우제링크스 부인이 방해를 했어요. 그 결과 드로셀마이어가 호두까기 인형으로 변했죠."

"공주님을 위해 희생했다고 할 수도 있겠군요."

"그럴지도 모르죠. 하지만 난 공주잖아요. 그런 못생긴 호두까기 인형이랑 어떻게 결혼을 하겠어요. 아버지가 노발대발하며 드로셀마이어를 궁전에서 쫓아내셨죠."

"드로셀마이어가 무슨 죄를 지었기에요?"

"못생긴 호두까기 인형 주제에 나랑 결혼하겠다는 괘씸한 마음을 먹은 죄죠. 지금 다시 생각만 했는데도 속에서 천불이 나네요."

"드로셀마이어는 그 후에 클라라와 인연을 맺은 거로군요."

"머리가 일곱 개 달린 생쥐 왕과 싸울 때 클라라가 도와준 게 계기였대요. 다시 인간으로 돌아왔다는 소문도 있던데 진짜로 돌아왔으려나? 뭐, 인간으로 돌아왔다고 해도 한 번은 호두까기 인형이 됐었잖아요. 그런 역겨운 사람과 결혼할 마음은 절대로 없어요."

"하지만 피플리파트." 빌이 입을 열었다. "너도 한 번은 호두까기 인형이 됐었잖아?"

"그래서 뭐?"

"한 번 호두까기 인형이 된 드로셀마이어가 역겹다면 너도 역겨운 거 아니야?"

"내가 역겹다고! 뭐야! 겨우 도마뱀 주제에!" 피플리파트는 구두 뒷굽으로 빌을 짓밟으려고 했다.

"으악! 무슨 짓이야? 그러면 죽잖아."

"공주를 모욕한 벌이야."

"모욕한 적 없어."

"아니. 분명 모욕했어. '역겹다'고 했잖아."

"그건 드로셀마이어가 역겹다면 너도 그렇지 않느냐는 뜻이었어."

"이게 또!" 피를리파트가 발을 쳐들었다.

빌은 재빨리 그 자리에서 도망쳤다.

"얘들아! 그 징그러운 도마뱀을 짓밟아 으깨버려라."

시녀들이 일제히 발을 들어 올렸다.

"잠깐만요. 여러분, 진정하세요."

스퀴데리가 모두를 타일렀다. "고작 도마뱀이 한 말에 화를 내다니 고상하신 분들이 그러시면 쓰나요."

"도마뱀이라도 해도 되는 말이 있고, 안 되는 말이 있는 거라고요."

스퀴데리는 빌을 안아 올려 어깨에 얹었다.

시녀들은 빌을 밟으려고 다리를 너무 높게 쳐들다가 모두 벌렁 넘어졌다.

"일단 진정하세요. 이 도마뱀을 짓밟는 데 여러분이 이렇게 꼴사나운 짓을 해야 할 정도의 가치가 있을까요?"

"뭐, 냉정하게 생각해보니 그만한 가치는 없을지도 모르겠네요." 피를리파트가 끌어올린 치마를 내려놓으면서 말했다.

"안녕, 세르펜티나." 스퀴데리가 말했다.

"안녕하세요, 마드무아젤. 오늘은 무슨 용건으로 오셨나요?"

세르펜티나가 품위 있게 대답했다.

"내가 클라라를 찾고 있다는 건 알지?"

"예. 드로셀마이어 판사님의 지시로요."

"실은 사건에 큰 진전이 있었단다."

"클라라가 발견됐나요?"

"응. 정확하게는 지구에 있는 클라라의 시체가."

세르펜티나는 숨을 삼켰다. "범인은 알아내셨나요?"

"아니." 스퀴데리는 고개를 저었다. "지금 조사 중이야."

"저도 신문을 받는 건가요?"

"응. 하지만 의심하는 건 아니고. 단지 범인이 협박장에 자기는 클라라의 친구라고 써놓아서……."

"알겠습니다."

"물론 형식적인 신문이야."

"뭘 말씀드리면 될까요?"

"너랑 클라라 사이에 감정의 골은 없었니?"

"저희 사이에는 없었어요. 있었다면 피를리파트나 올림피아겠지만, 분명 둘 다 범인이 아닐 거예요."

"어째서 그렇게 단정하니?"

"피를리파트는 젊은 드로셀마이어한테 더 이상 미련이 없고, 오토마타인 올림피아에게는 애당초 미움이라는 감정이 없으니까요."

"너랑 피를리파트, 그리고 마리 셋이서 축제 수레를 탔지. 마리에 대해서는 어떻게 생각하니?"

"마리한테는 완벽한 알리바이가 있어요."

"알리바이?"

"저희 세 명이 축제 수레에 타는 모습을 클라라가 목격했다고 들었는데요."

"응, 맞아."

"즉, 클라라는 저희가 축제 수레에 탄 후에 살해당한 거예요."

"그렇지."

"그리고 저희가 축제 수레에서 내렸을 때 클라라는 이미 살해당한 뒤였어요. 그러니 클라라는 저희가 축제 수레에 타고 있는 동안 살해당한 셈이에요."

"세 명이 서로의 시야에서 벗어난 적도 있을 텐데."

"화장실에 갈 때는 그렇죠. 하지만 예외가 한 명 있어요."

"인형인 마리는 화장실에 가지 않았구나."

세르펜티나는 고개를 끄덕였다. "마리는 항상 저나 피를리파트 둘 중 한 명과 같이 있었어요. 그러니까 마리의 알리바이는 완벽해요."

"남은 건 너로구나, 세르펜티나. 너랑 클라라 사이에는 감정의 골이 없었다고 했지. 하지만 너한테도 뭔가 고민은 있었던 것 아니니?"

"클라라와 관계없는 이야기도 포함해서 말씀인가요?"

"응. 말썽이 있었다면 전부 이야기해주렴. 그게 연애와 관련된 일이라면 반드시."

"저는 안젤무스라는 사람과 약혼했어요."

"그거 축하할 일이로구나."

"하지만 안젤무스는 한때 베로니카라는 아가씨와 사랑에 빠졌죠. 하지만 그건 베로니카가 저희 아버지와 적대 관계에 있는 늙은 마녀의 힘을 빌렸기 때문이었어요."

"그런데 너희 아버지는 누구시니?"

"불의 정령 샐러맨더요. 성함은 린트호르스트라고 해요. 정령계의 왕께 오해를 받아서 추방된 몸이셨죠."

"그렇구나. 그렇다면 너도 연애 때문에 생긴 말썽의 관계자인 셈이네."

"하지만 클라라하고는 상관없는걸요."

"하지만 베로니카의 원한을 샀잖니. 베로니카가 네게 죄를 뒤집어씌우기 위해 클라라를 죽였다고는 볼 수 없을까?"

"그건 아니에요." 세르펜티나는 웃음을 지었다. "베로니카의 목적은 안젤무스와 결혼하는 게 아니라 추밀고문관과 결혼하는 거였어요. 베로니카는 헤어브란트라는 추밀고문관과 결혼해서 염원하던 추밀고문관 부인이 되었으니 이제 아무 원한도 없을 거예요."

"알았어. 넌 말썽과는 동떨어져 있는 것 같구나. 이야기해줘서 고마워."

"이런 이야기라도 괜찮으시다면 언제든지 오세요. 그런데 목에 두르고 계신 건 뱀가죽 목도리인가요?"

"아아. 이게 신경 쓰였니? 안심하렴. 네 동족의 가죽을 벗긴 게 아니니까." 스퀴데리는 목도리의 꼬리 언저리를 가볍게 두드렸다. "빌, 그만 일어나렴. 세르펜티나한테 이야기를 다 들었어."

"엇, 그래? 난 깜박하고 못 들었는데."

"나중에 정리해서 들려줄 테니까 안심하렴." 스퀴데리는 그렇게 말했다.

"안녕, 빌." 세르펜티나가 인사했다.

"안녕, 세르펜티나. 우리 둘 다 파충류네."

"응. 하지만 난 인간으로 변할 수 있단다. 넌 어떠니?"

"난 변신마법 같은 거 못 써." 빌은 풀이 죽어서 고개를 숙였다.

"어머나. 그거 안됐구나. 인간이 되는 건 참 근사한 일인데."

"하지만." 빌은 고개를 들었다. "지구에 있는 내 아바타라는 인간이야. 그러니까 인간이 되면 어떤 기분인지는 대충 알아."

"무슨 말인지 잘 모르겠지만 마법은 아닌 거지?"

"나도 잘 모르겠어." 빌은 빙긋 웃으며 대답했다.

"아. 잘 모르는구나."

"나야 뭐든지 대부분 잘 모르니까."

"자, 빌. 다음으로 가자꾸나. 한 명씩 만나서 이야기를 들을 때마다 전체상이 조금씩 눈에 들어오고 있어."

"만나서 반가워, 올림피아." 스퀴데리가 말했다.

"만나서 반갑습니다, 마드무아젤." 올림피아가 기계적으로 말했다.

"올림피아는 로봇이니까 질문해봤자 아무 소용없지 않을까, 마드무아젤 드 스퀴데리?" 빌이 물었다.

"마리, 판탈론, 투르테도 인형이잖니."

"걔들과는 달라. 걔들은 마법으로 생명을 얻은 인형인걸."

"이렇게 말하고 싶은 거로구나. 올림피아는 생명이 없는 오토마타니까 신문해도 의미가 없다."

"뭐, 그런 셈이지. 올림피아가 대답을 하더라도, 그건 톱니바퀴가 돌아가서 말을 하는 것뿐이잖아. 정말로 그렇게 생각하는 게 아니라고."

"올림피아가 정말로 톱니바퀴의 움직임에 맞추어 말과 행동을 한다고 해도, 올리비아의 진술이 무의미하다고 할 수는 없지 않겠니, 빌?"

"하지만 올림피아한테는 마음이 없잖아."

"마음이 없더라도 질문을 듣고 대답을 할 수 있으면 아무 문제도 없어. 무엇보다 마음이란 뭘까?"

"마음은 마음이지. 기쁘다거나 슬프다고 느끼는 바로 그거야."

"올림피아에게 마음이 없다는 걸 어떻게 아니? 울기도 하고 웃기도 하잖아."

"그건 톱니바퀴가 돌아가서 그러는 것뿐이야."

"그럼 톱니바퀴가 분명 올림피아의 마음일 거야."

"아, 그렇구나." 빌은 수긍한 것 같았다.

물론 스퀴데리는 자기 자신의 그런 설명에 수긍하지 않았다.

올림피아는 빌과 스퀴데리의 대화를 가만히 듣고 있었다. 혹은 듣고 있는 것처럼 행동했다. 고개를 덜컥덜컥 좌우로 움직여 두 명의 얼굴을 번갈아 쳐다보았다.

"올림피아, 네게는 마음이 있니?"

톱니바퀴가 끼릭끼릭 돌아가는 소리가 들렸다.

이는 인간이 사고하는 것에 해당하는 움직임일지도 모르겠다고 스퀴데리는 생각했다.

"마음이 있는 듯이 행동하는 것과, 마음이 있는 것은 서로 같을까요?" 올림피아가 대답했다. 입술 움직임과 목소리가 미묘하게 어긋났지만 크게 거슬릴 정도는 아니었다.

"그걸 확인하려고 질문한 거란다. 네게는 마음이 있니, 올림피아?"

톱니바퀴가 끼릭끼릭 돌아가는 소리가 들리더니 올림피아의 머리가 덜컥덜컥 흔들렸다.

"그건 제 아버지시자 설계자인 스팔란차니 교수님도 모르세요."

"설계자의 의견은 상관없어. 난 네 직관을 알고 싶은 거란다. 네게는 마음이 있니?"

"그 질문에는 의미가 없어요. 제가 '제게는 마음이 있다'고 대답하면 믿으실 건가요, 마드무아젤?"

"'마음이 있다'고 대답하도록 톱니바퀴가 짜 맞추어져 있다면, 그건 마음이 없다는 증거겠지. 그래도 난 이 질문에 대한 네 대답을 듣고 싶었단다, 올림피아."

"제게 통상적인 의미의 마음은 없어요. 하지만 톱니바퀴를 마음이라고 부를 수 있다면 제게도 마음이 있을지도 모르죠."

"과연, 그렇겠구나." 스퀴데리가 말을 이었다. "그럼 널 물건이 아니라 마음이 있는 보통 인간으로 보고 진술을 들을게."

"예. 그러세요."

"일단 먼저 말해두겠는데, 시신이 발견돼서 수사가 다음 단계에 접어들었어."

"그렇습니까." 올림피아의 표정에는 변화가 없었다.

"예상했니?"

"아니요."

"별로 안 놀라는 것 같구나."

"예. 별로 안 놀랐어요. 사람은 반드시 죽으니까요."

"그럼 나타나엘이 죽었을 때도 딱히 놀라지는 않았겠네?"

"나타나엘이 죽었나요?"

"너랑 클라라 사이에서 괴로워하다가 자살했어. 그것도 몰랐니?"

"예. 아무도 알려주지 않았거든요."

"왜 아무도 알려주지 않았을까?"

"기계에게 인간이 죽었다는 소식을 알려본들 무슨 소용이냐고 생각했겠죠."

"이제 나타나엘이 죽었다는 걸 알았는데, 뭔가 느껴지는 건 있니?"

올림피아는 고개를 푹 숙이고 톱니바퀴 돌아가는 소리를 냈다.

"예. 아마도 일종의 성취감이 아닐까 싶어요."

"성취감? 사람이 죽었는데?"

"저는 나타나엘이 어떠한 연애행동을 취하는지 확인하기 위해 그의 연인으로서 행동하게끔 설정됐어요. 나타나엘이 사망함으로써 실험은 무사히 종료됐으니 당초의 목적을 달성한 셈이죠. 이상이 성취감을 느끼는 이유입니다."

"너랑 클라라가 사랑을 쟁취하기 위해 다투는 사이로 보였다는 걸 알고 있니?"

"나타나엘은 그렇게 생각했겠죠. 하지만 다른 사람들은 제가 오토마타라는 사실을 알고 있었을 거예요."

"오토마타가 연애에서 인간의 경쟁자가 되지 못할 이유가 있을까?" 스퀴데리가 물었다.

올림피아의 움직임이 정지하더니 톱니바퀴 돌아가는 소리가 한 층 높아졌다.

"이유는 없죠. 오토마타가 사랑을 놓고 인간과 다투어도 놀랄 일은 아닐 거예요." 올림피아가 기계적으로 대답했다.

"클라라에게 온 협박장에는 범인이 클라라의 친구라고 적혀 있었어. 뭔가 짚이는 구석은 없니?"

"없는데요."

"마리와 세르펜티나도 클라라의 친구지만, 남자를 두고 다툰 만큼 너랑 피를리파트 공주가 특히 주목을 받을 거야."

"그건 부정확한 표현이에요. 피를리파트와 클라라는 드로셀마이어를 두고 다툼을 벌인 게 아니에요. 피를리파트가 그를 버린 후, 클라라와 연인이 된 거죠."

"넌 어떠니, 올림피아?"

"절 의심하시는 건가요?"

"만약 네게 마음이 있다면 나타나엘의 사랑을 얻은 클라라를 질투했을지도 모르잖니."

"저는 나타나엘을 사랑한 적 없어요. 클라라를 미워하지도 않았고요."

"넌 범인이 아니다?"

"예, 마드무아젤."

"그럼 누가 범인일 것 같아, 올림피아?" 빌이 물었다.

올림피아의 몸속에서 톱니바퀴가 돌아가는 소리가 났다.

"추리할 근거가 부족해서 추리를 못 하겠어, 도마뱀."

"내가 생각하기에는 마리가 수상해."

"어째서?" 스퀴데리가 물었다.

"마리는 클라라가 죽었다고 몇 번이나 말했는걸."

"논리적으로 따졌을 때 마리는 범인이 아니야." 올림피아가 말했다. "피해자니까."

"그럼 세르펜티나일까? 같은 파충류니까 두둔하고 싶지만, 마법을 쓸 줄 아는 게 수상해."

"마법을 사용하면 마법사끼리는 반드시 탐지가 가능해. 세르펜티나가 최근에 마법을 쓴 낌새는 없대." 스퀴데리가 말했다.

"하지만 마법을 사용하지 않고 죽였을 가능성은 있지." 올림피아가 말했다.

"세르펜티나가 범인이라는 뜻이야?"

"세르펜티나가 범인이라도 모순은 없다는 뜻이야, 도마뱀. 물론 너랑 마드무아젤이 죽였을 가능성도 있지."

"그거, 무슨 근거가 있어서 하는 말이니?" 스퀴데리가 물었다.

"아니요, 마드무아젤. 그냥 논리적인 가능성의 문제예요."

"즉, 나랑 빌이 범인이 아니라는 증거가 없다는 것을 지적했을 뿐, 딱히 범인 취급한 것은 아니라는 뜻이야?"

"예."

"네 말은 논리적으로는 옳을지도 모르지만, 오해를 불러일으킬 소지가 많을 것 같구나."

"어째서요? 논리적이면 논리적일수록 오해를 낳을 요소는 배제될 텐데요."

"말은 논리만으로 구성되는 게 아니란다, 올림피아. 넌 수사학(修辭學) 공부도 해야겠어. 아니면 스팔란차니 선생님께 톱니바퀴를 수사학적으로 조정해달라고 하는 편이 빠르려나?"

"그럼 아버지께 부탁드려볼게요."

"올림피아, 묻고 싶은 게 하나 더 있어." 빌이 입을 열었다.

"뭔데, 도마뱀?"

"왜 마드무아젤 드 스퀴데리한테는 정중한 말투를 쓰면서 나한테는 무례하게 굴어?"

"네가 도마뱀이니까. 예의는 사람에게 차리는 법이라고 톱니바퀴에 설정되어 있어."

"그럼 세르펜티나한테도 그런 말투를 써?"

"세르펜티나하고 이야기해본 적 없는데."

"만약 이야기한다면 어떻게 할 거야?"

"세르펜티나가 뱀 형상이라면 이런 말투를 쓰겠지."

"사람 모습이라면?"

톱니바퀴가 움직이는 소리가 잠시 이어졌다.

"시각적으로 관찰해서 뱀으로서의 특징과 인간으로서의 특징을 비교해보고 결정할 거야."

"상당히 철저하구나."

"이제 물어볼 게 없네. 빌, 가자." 스퀴데리가 말했다. 그리고 떠나려다가 뒤를 돌아보았다. "올림피아, 네 논리성은 제법 쓸모가 있을지도 모르겠다."

"만나서 반가워요, 로타르 씨." 스퀴데리가 인사했다.

"처음 뵙겠습니다……. 마드무아젤 드 스퀴데리시죠?" 로타르가 쭈뼛거리며 말했다.

"잘 아시는군요."

"소문이 자자하니까요. 그러니까……." 로타르는 근심스러운 표정으로 말을 이었다. "당신이 클라라 실종 사건의 수사를 맡았다는 소문요."

"지금 근심스러워 보였는데, 왜 그래?" 빌이 물었다.

"그야 여동생이 실종됐으니까 걱정되는 게 당연하지."

"여동생?" 빌이 스퀴데리의 얼굴을 보았다.

스퀴데리는 말없이 고개를 끄덕였다.

쓸데없는 소리 하지 말렴, 빌.

그렇다고 입 밖에 꺼내서 주의를 시켰다가는 긁어 부스럼이 될 게 불 보듯 뻔했다.

로타르의 이마 주름은 한복판을 기준으로 좌우가 어긋나 있었다. 이것은 드로셀마이어나 모래 사나이가 기억을 조작했다는 증거다. 반대로 말하자면 이러한 특징이 없는 사람은 올바르게 기억하는 셈이다.

"클라라에게 오빠가 있었다니, 처음 듣는 소리인걸." 빌이 말했다.

"너도 코펠리우스 씨한테 들어서 알고 있을 텐데. 벌써 싹 다 잊어버린 모양이지만."

"우리는 단둘뿐인 오누이야." 로타르가 말했다.

"이상한데. 클라라는 슈탈바움 씨의……."

"실은 상황이 달라져서 수사 방침도 바뀌었어요." 스퀴데리가 끼어들어서 빌의 말을 막았다.

지금 기억이 조작됐다는 사실을 알면 로타르가 혼란에 빠져서 진술청취고 뭐고 다 물 건너갈 것이다.

"상황이 달라졌다니 무슨 말씀입니까?"

"마음 단단히 먹고 들으세요. 시신이 발견됐어요."

그 순간 로타르는 비통한 표정을 짓더니 제자리에 쓰러질 듯이 무릎을 꿇었다.

스퀴데리는 로타르를 냉정하게 관찰했다.

"클라라는 고통스러웠을까요?"

"죄송해요. 수사관계상 시신의 상태에 대해서는 자세하게 말씀드릴 수 없어요."

"엇? 그랬어?" 빌이 놀란 듯이 물었다.

"범인은 누구입니까?" 로타르의 눈빛이 증오심으로 활활 타올랐다.

"그건 몰라요."

"알았다! 나타나엘 그놈이로군! 놈은 클라라를 죽이려고 한 적이 있습니다."

"엥? 그래? 그럼 범인은 나타나엘로 확정이네." 빌은 기쁜 듯이 말했다.

"나타나엘이 언제 클라라를 죽이려고 했었죠?" 스퀴데리는 냉정하게 질문을 계속했다.

"확실히 기억합니다. 놈이 자살하기 직전이었어요."

"뭘 하기 직전이었다고요?"

"자살요. 확실히 기억합니다. 그런 걸 어떻게 잊겠어요?"

"그때는 미수에 그친 거로군요." 스퀴데리가 확인했다.

"예. 클라라는 제가 구했습니다."

"그렇구나. 나타나엘은 자살하고 나서 클라라를 죽인 거구나." 빌이 고개를 끄덕였다.

"어?" 로타르가 입을 떡 벌렸다.

아아. 알아차렸구나. 하지만 이미 그의 반응을 봤으니 문제는 없어.

"어째서? 왜 사라진 클라라가 거기에 있었지?" 로타르는 생각에 잠겼다.

"엇? 나타나엘은 클라라가 사라진 후에 자살했어?" 빌이 놀란 듯이 물었다.

빌은 자기가 나타나엘이 자살하는 현장에 있었다는 사실을 까맣게 잊어버린 모양이었다.

"잠깐만. 시간 순서가 엉망진창이야. 앞뒤가 안 맞아." 로타르는 머리를 끌어안았다.

스퀴데리가 기억의 모순을 지적해줄까 말까 망설이고 있는데, 로타르의 어긋난 이마 주름이 위아래로 왔다 갔다 하기 시작했다.

이제 한계가 온 듯했다.

로타르는 느닷없이 절규하더니 정신을 잃었다.

"로타르는 어떻게 됐어?" 빌이 물었다.

스퀴데리는 로타르의 이마를 확인했다. "걱정 마. 어긋난 주름이 맞추어졌어. 깨어나면 클라라가 여동생이었다는 기억을 꿈이라고 여길 거야."

스퀴데리는 로타르를 그대로 놓아두고 자리를 떴다.

"이렇게 여러 사람에게 이야기를 들었지만, 결국 아무것도 못 알아냈네." 빌이 실망했다는 듯이 말했다.

"천만에. 오늘 큰 수확을 올렸단다. 이제 어떤 형태로 사태를 마무리 짓느냐, 그게 문제야."

14

"큰 수확이라니 도대체 그게 뭔가?" 드로셀마이어가 언짢다는 듯이 말했다.

"그러니까 그건 마드무아젤 드 스퀴데리가 하신 말씀이라서요. 저도 잘 모르겠습니다."

"빌이 흘려들은 건 아니고?"

"진술을 청취하는 도중에 졸기는 했습니다만, 스퀴데리가 보충 설명을 해줬으니까 크게 빠뜨린 부분은 없을 겁니다."

"수사가 진전되고 있다고 받아들여도 되겠나?" 드로셀마이어가 확인하듯이 말했다.

"아마도요. 마드무아젤 드 스퀴데리의 머릿속에는 이미 사건을 해결로 이끄는 과정이 그려진 것 같았습니다."

"만약 정말로 그렇다면, 빌에게 가르쳐줘도 되지 않겠나?"

"빌에게 가르쳐주는 건 시기상조 아닐까?" 레쓰가 말했다. "빌의 입에 자물쇠를 채우기는 불가능하다는 걸 잊은 거야, 드로셀마이어?"

"그렇군. 그 방정맞은 주둥이에서 범인이 알면 안 되는 사항까지 새어나갈 우려가 있어."

"그런데 이쪽에서는 뭘 어쩔 생각이니, 이모리? 수사 계획을 세우느니 추리를 한다느니 했는데."

"지금 그걸 생각하는 중입니다."

"무슨 소리야? 그야말로 아무 계획도 없다는 뜻?"

"그게 아닙니다. 제 말은 수사를 하든지 추리를 하든지 호프만 우주 쪽의 중심인물은 마드무아젤 드 스퀴데리라는 뜻이에요."

"그건 객관적인 사실이지." 드로셀마이어가 말했다.

"그런데 지구에서 그 사람을 빼고 회의를 진행하는 건 몹시 비효율적입니다."

"자네가 연락책으로서 소임을 다한다면 아무 문제없을 테지."

"단언하건대 빌에게 연락책은 무거운 짐입니다."

"당신이 하면 되잖아, 드로셀마이어?"

"아니. 사양하겠네."

"이유가 뭡니까?" 이모리가 물었다.

"그 여자는 영 거북해서. 가능하면 1분, 아니 1초도 같이 있기 싫어."

레쓰는 드로셀마이어에게서 고개를 돌리고 웃음을 지었다.

"제안이 있습니다만." 이모리가 말했다. "마드무아젤 드 스퀴데리의 아바타라를 찾는 건 어떨까요? 그 사람도 지구의 꿈을 꾸는 것 같다고……."

"말했나?" 드로셀마이어가 놀란 표정으로 물었다.

"말한 것도 같고, 말하지 않은 것도 같고."

"어느 쪽이야?" 레쓰가 마치 콩트라도 하는 것처럼 휘청하면서 쏘아붙였다.

"아무튼 어떻게 찾을 생각인가?"

"이런저런 방법을 써봐야겠죠. 벽보를 붙인다든가, 무가지에 광고를 싣는다든가, 인터넷을 활용한다든가." 이모리는 그렇게 대답했다.

"만약 그 여자의 아바타라가 지구에 있고 우리와 합류하고 싶다면, 벌써 여기로 찾아오지 않았겠나? 현재 여기 없는 것으로 보건대 아무래도 찾기는 힘들지 않을까 싶은데."

"저희가 어디 있는지 못 알아냈을 수도 있죠."

"그 잘난 스퀴데리가? 그럴 리는 없네."

"지구에 있는 마드무아젤 드 스퀴데리의 아바타라가 본체만큼 우수하다는 보장은 없습니다."

"그건 그렇군. 자네와 빌도 명청한 정도가 하늘과 땅 차이니까."

"저도 멍청하다는 말씀이시군요."

"멍청하지 않다면 두 번이나 죽임을 당하겠나."

"그걸 지적하시니 할 말이 없군요." 이모리는 머리를 긁적였다. "일단 이쪽 세계의 마드무아젤 드 스퀴데리는 그다지 우수하지 않다는 전제하에 찾아보는 게 어떨까요?"

"너, 바보 아니니?"

"예?"

"스퀘데리가 왜 필요하지? 똑똑한 머리 때문이잖아. 멍청한 스퀘데리는 찾아내봤자 아무 도움도 안 돼."

"아니죠. 적어도 지구와 호프만 우주의 연락 경로가 하나 더 늘어나니까요."

"네가 제대로 잘하면 될 일이잖아."

"그러니까 몇 번이나 말씀드렸다시피 제가 아니라 빌이 문제라고요."

"아까부터 이야기가 제자리걸음을 하는군."

"두 분이 자꾸 제 의견을 깔아뭉개니까 그런 것 아닙니까."

"그럼 이제 깔아뭉개지 않을 테니 결론만 말하게. 어떻게 사건을 해결할 생각인가?"

"범행 현장 부근을 조사할 겁니다."

"그건 아무 의미 없다고 결론을 내렸잖아. 그렇지 않니?"

"보통 범죄 수사는 의미가 없다는 거였죠."

"보통이 아닌 범죄 수사는 뭔데?"

"사람 찾기입니다."

"사람 찾기는 보통이 아니라는 뜻? 그럼 사람 찾기는 뭐가 어떻게 특별한지 설명해줄래?"

"생각해보세요. 범행 현장에 찾아오는 사람이 있다면, 그건 누구일까요?"

"범인?"

"그렇습니다. 범인은 범행 현장에 돌아온다고 하잖아요. 뭔가 빠뜨린 게 없나, 수사가 얼마나 진전됐나, 걱정되기 때문입니다."

"사건은 호프만 우주에서 발생했으니 지구에서 감시해봤자 별 소용없을 것 같은데?"

"아니요. 지구에서도 사건은 발생했습니다. 저, 이모리 겐 살해 사건요."

"그건 네가 주관적으로 판단할 때나 그렇겠지."

"그렇습니다. 하지만 다른 사건도 함께 일어났죠. 글라라 씨의 시체가 유기됐어요."

"그래. 함정에 빠진 시신을 옮겨서 유기한 건 지구에서 일어난 일이야." 드로셀어이어가 말했다. "확실히 그 행위는 지구에서도 범죄로 인정되지."

"제가 떨어진 함정과 글라라 씨의 시신이 발견된 교각이 범행 현장 후보입니다."

"교각은 글쎄? 상류에서 유기한 시체가 그리로 흘러갔는지도 모르잖니."

"그럼 조사 범위를 상류까지 넓히면 그만이죠."

"뜬구름 잡는 이야기로군." 드로셀마이어가 기가 찬다는 투로 말했다. "그런 식으로 범인을 찾다니 너무 비효율적이잖나."

"물론 범인을 찾는 데는 그다지 효율적이지 못하겠죠. 하지만 목적은 그뿐만이 아닙니다."

"내가 결론만 말하라고 했을 텐데!"

"결론만 말씀드리자면 마드무아젤 드 스퀴데리의 아바타라를 찾는 것이 목적입니다."

"어째서 그 여자가 범행 현장에 나타난다는 건가? 설마 그 여자가 범인은 아닐 테지?"

"범인만 범행 현장을 보러 오는 건 아닙니다. 오히려 범인보다 자주 현장을 방문하는 사람이 있죠. 예, 바로 탐정입니다."

"그렇군. 스퀴데리의 아바타라가 현장을 조사하러 올 테니 그때 접촉하자는 건가?"

"으음. 내 말 좀 들어볼래?" 레쓰가 끼어들었다.

"제 작전의 결점을 지적하실 생각이시군요."

"그래."

이모리는 손바닥을 내밀어 레쓰를 제지한 후 눈을 감고 잠시 심호흡을 했다.

"자. 말씀하시죠."

"스퀴데리의 아바타라가 본체와 마찬가지로 똑똑한 사람인지, 빌 같은 얼간이인지는 몰라. 그러니까 양쪽 가능성을 다 검토해 볼게. 앗. 애당초 지구에 스퀴데리의 아바타라가 존재하지 않을 가능성도 있지만, 그쪽은 검토를 생략해도 되겠지. 그럴 경우는 네 노력이 헛수고로 끝난다는 결론밖에 나오지 않을 테니."

"예. 알겠습니다."

"일단 똑똑한 사람일 경우. 여기에 나타나지 않는다는 건 우리랑 합류할 마음이 없다는 뜻이야. 이해가 가니?"

"예. 계속하시죠."

"그런 사람을 네가 쉽사리 찾아낼 수 있을까?"

"무리겠죠."

"다음으로 그 사람이 그다지 똑똑하지 못한 빌 같은 존재라고 치자. 그런 사람을 같은 편으로 삼는 게 이득일까?"

"아니겠죠."

"무엇보다 조사를 하려면 네가 범행 현장을 돌아다녀야 해. 그건 알고 있니?"

"예."

"범행 현장을 보러오는 건 범인과 탐정뿐만이 아니야. 경찰도 보러온다고. 네가 범행 현장에서 얼쩡거리는 모습을 보면 경찰은 과연 어떻게 생각할까?"

"사건 관계자라고 생각하겠죠. ……실제로 관계자고요."

"도대체 무슨 이유로 범행 현장에서 얼쩡거리느냐고 물으면?"

"한시라도 빨리 범인을 붙잡고 싶어서 그런다고 대답하겠습니다."

"그 말을 믿을지 말지는 상대방 마음 아닐까?"

"그렇겠죠. 그런데 가령 제가 의심받는다고 치고, 그럼 무슨 지장이라도 있습니까?"

"야, 그러다 체포되면 어쩌려고 그래?"

"설령 의심받는다고 해도 체포되기야 하겠습니까. 정말로 죽이지 않았으니 증거가 없는걸요. 만약 제가 체포된다면 누가 의도적으로 제게 누명을 씌운 겁니다."

"범인은 그럴 작정일지도 몰라."

"만약 범인이 그럴 작정이라면 제가 어떻게 행동하든지 누명을 씌우겠죠." 이모리는 단언했다. "그리고 이 세계에 있는 마드무아젤 드 스퀴데리의 아바타라가 똑똑한 사람인지, 빌만큼 얼간이인지를 검토했는데요. 사람들은 대부분 그 둘 사이의 어딘가에 위치합니다. 양극단이 아니라면, 저희가 그 사람을 못 찾아낼 리 없을 테고 그 사람이 저희 발목을 붙잡지도 않겠죠."

"스퀴데리의 아바타라가 상식적인 인간이라고 단언할 수 있어?"

"단언은 못 합니다. 하지만 단언할 수 없다고 해서 죄다 의심하면 밥을 먹거나 숨을 쉴 수도 없을 거예요. 밥에 독이 들지 않았는지, 혹은 공기 중에 독가스가 섞여 있지 않은지를 어떻게 확인하겠습니까?"

"네가 체포될 확률과 스퀴데리의 아바타라가 얼간이일 확률을 제시할 수 없어서 안타깝다. 하지만 내 감이 맞을걸."

"감을 믿으라는 말씀이십니까? 하지만 그거야말로 아무 근거도 없는데요."

"조사하고 싶다는데 그냥 놔두지 그러나?" 드로셀마이어가 말했다. "이모리가 조사한다고 해서 상황이 더 악화되지는 않겠지."

"그러게. 이모리가 문제에 휘말리면 귀찮으니까 말렸지만, 자기가 책임을 지겠다면야 뭐. 대신에 문제가 발생해도 나는 절대 관여하지 않겠어. 알았지?"

"그러시든가요." 이모리는 툭 내뱉듯이 말했다.

큰소리치고 나왔지만 과연 어떻게 찾으면 될까.
이모리는 다리 위에서 수면을 멍하니 바라보았다.

글라라의 시신이 교각에 걸려 있었다면 여기서 내던졌을 가능성도 있지만, 강 상류에서 던져 넣었을 가능성도 있다. 지도에 따르면 이 강은 여기서부터 위쪽으로 20킬로미터나 뻗어 있다. 수원지 부근은 시신이 떠내려갈 만큼 수량이 많지 않겠지만, 그래도 시신이 떠내려갈 정도로 수량이 풍부한 범위를 따져보면 그 거리가 제법 될 것이다. 점찍어둔 곳도 없이 어슬렁어슬렁 강을 거슬러 올라간다고 뭔가 찾아낼 수 있을까?

이모리는 고개를 설레설레 흔들었다.

생각만 한다고 일이 해결되지는 않는다. 일단 행동에 나서자.

이모리는 둑 위를 천천히 걸어 상류로 향했다.

강기슭은 그다지 넓지 않았다. 양쪽 다 5미터 정도에 불과했지만, 산책하거나 자전거를 탈 수 있도록 잘 포장해놓았다. 다만 강이 제법 깊어서 아이들이 물놀이하기에는 적합하지 않을 듯했다.

1백 미터쯤 나아가자 다른 강과 합쳐지는 지점에 다다랐다. 강이 합쳐지는 지점에 설치된 수문은 열려 있었다. 아마 본류에서 지류로 강물이 역류할 우려가 있을 때는 이 수문을 닫아서 홍수를 방지하는 것이리라.

그리고 이모리는 깨달았다.

글라라의 시신이 본류를 타고 떠내려왔다는 보장은 없다. 본류만 조사해서는 의미가 없을지도 모른다. 이런 지류도 전부 조사 대상에 포함해야 한다.

이모리는 지도를 다시 확인했다.

지도를 보니 글라라가 발견된 지점보다 위쪽에서 본류에 합쳐지는 지류가 여덟 개나 되었다. 그리고 그 지류도 각각 두세 개의 물줄기가 합쳐져서 만들어졌다.

이모리는 정신이 아득해졌다.

아무튼 차분히 생각하자.

이모리는 둑 가장자리에 앉았다.

하지만 좋은 생각이 나지 않았다. 한동안 멍하니 풍경을 바라보고 있는데, 갑자기 뒤에서 시선이 느껴졌다.

돌아보자 뒤에 늙은 남자가 서 있었다. 머리숱이 얼마 없고 술독이 오른 것처럼 살빛이 벌겠지만, 눈빛은 날카로웠다.

"저어. 저한테 무슨 볼일이라도 있으세요?" 이모리는 머뭇머뭇 물었다.

노인은 웃었다. 앞니가 거의 없었다. "아니. 자네가 무슨 생각에 골몰한 것 같아서. 걱정돼서 보고 있었지."

아아. 혹시나 내가 강에 몸을 던지는 게 아닌가 싶어서 그랬구나.

"걱정하실 것 없습니다. 이 강은 물살이 약해서 뛰어들어도 죽지는 못할 거예요."

"뭐야. 몸을 던질 곳을 찾고 있었나? 탐정이 추리를 하다가 막혀서 고민하는 줄 알았더니만."

이 영감님, 꽤나 예리한걸.

"확실히 지금은 물살이 약하지만, 요전에 큰비가 내렸을 때는 출렁출렁하는 것이 기세가 아주 대단했다네."

아아. 이 근처에 사는 영감님인가? 그럼 밑져야 본전이니 한번 물어볼까.

"죄송합니다만, 뭐 좀 여쭤봐도 될까요?"

"암. 뭐든지 물어보게."

"이 근처에 사십니까?"

"응. 얼마 전에 이사 왔지. 전에는 산 쪽에 살았는데, 딸아이가 가까이에 살라고 하도 잔소리를 해서 말이야. 덧붙여 내 이름은 오카자키 도쿠사부로일세. '도쿠 씨'라고 부르게."

"요즘 이 부근에 수상한 일은 없었습니까?"

"수상한 일?"

"사소한 일이라도 상관없습니다."

"자네 정말 탐정인가?"

"뭐, 탐정이라고 할까, 탐정 역할이라고 할까."

"수상한 일이 있었던가?" 도쿠 씨는 팔짱을 끼고 생각에 잠겼다. "딱히 없었는데."

역시 허사인가.

"앗!" 도쿠 씨가 손뼉을 짝 쳤다. "그러고 보니!"

"뭔가 생각나셨습니까?"

"얼마 전에 사건이 일어났어!"

"어떤 사건인데요?"

이렇게 빨리 실마리를 잡을 수 있을 줄이야.

"여기서 백 미터쯤 하류에서."

"예, 예."

"젊은 여자의 시신이 발견됐다네."

그건 안다.

"그랬죠. 그것 말고 다른 사건은 없었습니까?"

"그것 말고라니, 시체가 발견되는 것보다 더 큰 사건이 있는가?"

"그건 그렇지만요. 실은 시신으로 발견된 그 젊은 여자에게 무슨 일이 있었는지 조사하는 중입니다."

"어이쿠, 정말로 살인사건을 조사하는 탐정님이었나!"

"어쩌다 보니 그렇게 됐습니다."

"하지만 이렇게 조사하면 비효율적일 터인데."

"역시 그렇게 생각하십니까?"

"만약 그 여자가 살해당했다면 시체가 걸려 있던 다리나, 거기보다 상류에서 유기된 셈일세. 그런데 이 강은 본류만 해도 여기서부터 위쪽으로 20킬로미터는 되고, 지류도 20~30줄기쯤 있을 걸세. 강가에 멍하니 앉아 있다가 눈에 띄는 사람에게 이야기를 듣는 식으로 수사해서는 몇 년이 걸릴지 몰라."

"그렇겠죠. 제가 너무 만만하게 봤습니다."

"무엇보다 그런 수사는 경찰이 해주는 거 아닌가?"

"뭐, 그렇겠지만 사정이 좀 있어서……."

"경찰 귀에 들어가면 곤란한 이야기인가?"

"곤란하지는 않습니다. 아니지, 곤란할지도 모르지만 아마 도쿠 씨가 생각하시는 식으로 곤란해지지는 않을 거예요."

"무슨 소리인지 통 모르겠구먼."

"그러니까, 솔직하게 이야기하면 제정신인지 의심받을 만한 이야기입니다."

"오호." 도쿠 씨가 눈을 반짝였다. "재미있겠구먼. 자세하게 이야기해주지 않겠나? 내가 힘이 되어줄 수 있을지도 모르잖는가."

"그냥 잊어버리세요. 제 이야기를 들으면 분명 무슨 헛소리인가 싶으실 겁니다."

"에잉, 섭섭하구먼. 모처럼 재미있는 이야기를 들을 수 있을 줄 알았는데."

이모리와 도쿠 씨는 그대로 입을 다물었다.

막다른 길에 다다른 것처럼 생각에 진전이 없자 이모리는 가끔 강에 돌멩이를 던졌다.

"자네 말은 그 사건에 경찰이 모르는 일면이 있다는 뜻인가?" 도쿠 씨가 불쑥 말을 꺼냈다.

"어?" 이모리는 놀라서 고개를 돌렸다. "아직도 계셨어요? 아무 기척도 없어서 가신 줄 알았습니다."

도쿠 씨는 무표정한 얼굴로 이모리를 빤히 쳐다보았다.

"제정신인지 의심받기 싫어서 경찰에게 하지 않은 이야기가 있다고 했지?"

"예, 뭐."

"즉, 그게 경찰이 모르는 일면이겠구먼."

"그런 셈이죠."

"그렇다면 그 부분에 관해서는 경찰이 수사를 진행하지 않겠군."

"맞습니다."

"여기서 발견된 시체에 관해서는 경찰이 이미 수사를 진행하고 있다네. 즉 상류는 경찰이 수사해줄 테니 자네는 수사할 필요가 없다고 봐도 되겠지."

"하지만 저는 경찰과는 다른 방법으로 수사가 가능합니다."

"'다른 방법'이라니, 구체적으로 어떤 방법인가?"

"구체적으로는……."

이번 사건에 관련된 호프만 우주 주민의 아바타라와 접촉하는 것이다. 잠깐. 그런데 사건 관계자의 아바타라라는 걸 어떻게 확인하지?

이모리는 방법이 없다는 것을 깨달았다.

주변을 둘러보니 대충 열 명이 넘는 사람이 있었지만, 그중 누군가가 호프만 우주 주민의 아바타라라는 증거는 없다. 그리고 그렇지 않다는 증거도 없다.

여기서 조사를 해봤자 아무 의미도 없다는 뜻이다.

하지만 큰소리를 떵떵 치고 나온 만큼, 빈손으로 드로셀마이어와 레쓰에게 돌아갈 수는 없다.

"왜 그러는가? 설마 구체적인 방법이 없는 건 아니겠지?"

"그 설마입니다."

"그렇군. 하지만 어디를 찾아봐야 할지는 뻔할 것 같네만."

"어디인데요?"

"이 사건에는 경찰도 모르는 측면이 있지?"

"예."

"그렇다면 여기 말고, 경찰이 모르는 현장도 있을 것 아닌가."

그렇다. 존재하는지도 모르는 곳에 경찰이 수사의 손길을 뻗을 가능성은 없다.

"있습니다."

"그럼 일단 거기를 조사해야겠지."

경찰이 모르는 현장. ……함정이다.

"감사합니다. 덕분에 뭘 해야 할지 알았습니다."

"그런다고 뭔가 해결될지는 모르겠네만."

"여기서 멍하니 있는 것보다는 훨씬 낫겠죠."

이모리는 도쿠 씨에게 인사하고 함정으로 향했다.

함정은 예전과 똑같은 모습이었다. 조사한 흔적도 없었다. 여기는 경찰이 모르니까 당연하다.

하지만 여기에는 틀림없이 클라라의 시신이 있었다. 누군가가 여기에서 클라라의 시신을 꺼내서 강에 유기했다.

이유가 뭘까?

클라라가 죽었다는 사실을 숨기기 위해서일까. 하지만 클라라의 시신은 쉽사리 발견됐다. 이상하지 않은가.

가능성은 세 가지다.

첫 번째는 무슨 일이 원인이 되어 숨겨둔 클라라의 시신이 드러났을 가능성이다. 요전에 큰비가 내렸을 때 땅에 파묻은 클라라의 시신이 유출되어 강으로 떠내려갔을 가능성은 충분하다. 그렇다면 쉽게 유출될 만한 곳에 클라라의 시신을 묻었다는 뜻이므로, 범인은 상당히 부주의하게 행동한 셈이다.

두 번째는 처음부터 클라라가 죽었다는 사실을 감출 의도가 없었을 가능성이다. 즉, 은폐 말고 다른 이유로 글라라의 시신을 가져갔다는 뜻이다. 하지만 호프만 우주에서 클라라가 살해당한 결과 글라라도 죽은 것이므로 글라라의 시신에는 살인의 흔적이 남지 않는다. 그렇다면 범인이 위험을 감수하면서까지 글라라의 시신을 옮길 이유가 없다.

세 번째는 처음에는 은폐하기 위해 시신을 가져갔지만, 어느 시점에서 은폐할 필요성이 없어졌을 가능성이다. 예를 들어 호프만 우주에서 클라라의 시신이 발견됐다면 은폐할 필요성은 없어진다. 하지만 클라라의 시신은 아직 발견되지 않았다.

생각하면 생각할수록 난관에 부딪치는 것 같았다.

이모리는 주변을 신중하게 확인하고 나서 구덩이 아래로 내려갈 방법을 찾았다.

요전에 내린 비로 함정의 모서리 하나가 무너졌는데, 거기만 비교적 경사가 완만했다.

발끝으로 눌러보자 어느 정도 단단했다.

여기로 바닥까지 내려갈 수 있으리라. 올라올 때 조금 고생할 것 같았지만 정 안 될 것 같으면 드로셀마이어나 레쓰에게 도움을 청하면 된다. 싫은 티를 팍팍 내겠지만 그냥 내버려두지는 않을 것이다. 최악의 경우에는 119에 신고하는 방법도 있다. 왜 그런데 빠졌느냐고 물으면 산책하다가 우연히 구덩이를 발견하고 들여다보다가 떨어졌다고 둘러대면 된다.

이모리는 말뚝 위로 떨어지지 않도록 조심해서 밑으로 내려갔다.

몇몇 말뚝 끝에 변색된 피 같은 것이 잔뜩 묻어 있었다.

글라라가 죽은 것이 확실해지기 전이었다면 혈액 샘플을 채취해서 돌아가겠지만, 이제는 별 의미가 없다.

발치를 보자 하얀 것이 눈에 들어왔다.

주워들자 종잇조각이었다. 뭔가 적혀 있었지만 비에 젖어 번진 데다 구덩이 아래에는 빛이 들지 않아서 알아보기 힘들었다.

그 밖에는 아무것도 없는 듯해서 이모리는 종잇조각을 호주머니에 넣고 경사면을 올라갔다. 한 발짝 내디딜 때마다 흙이 주르르 미끄러져 내려서 고생했지만, 30분 정도 애쓴 끝에 겨우 구덩이 가장자리에 도착했다.

주변은 이미 어스름해졌다.

이모리는 가로등 밑에서 종잇조각을 펼쳐서 내용을 읽었다. 잉크가 거의 다 씻겨나갔지만, 겨우 다음과 같은 문장이 눈에 들어왔다.

……만약 제가 정말로 죽으면 클라라를 찾으세요. 마리에게는 관심을 가질 필요 없어요……

이 편지는 글라라가 쓴 걸까? 돌아가서 드로셀마이어에게 보여주면 글씨체로 판단할 수 있을지도 모른다.

"컥……."

갑자기 숨이 막혔다.

목에 손을 대자 끈 같은 것이 만져졌다.

아무래도 누가 목을 조르고 있는 듯했다.

역시 이 편지는 중요한 증거인 모양이다.

이모리는 끈을 벗겨내려고 애쓰면서 범인의 얼굴을 확인하려고 했지만 둘 다 여의치 않았다. 숨이 막히는 것은 물론이거니와 경동맥을 압박당해 뇌에 혈액이 공급되지 않는 것이 문제였다.

온몸에서 힘이 쭉 빠지고 시야가 컴컴해졌다.

15

"그 편지는 어떻게 됐니?" 스퀴데리가 물었다.

"모르겠어. 정신을 잃었거든. 그러고 보니 나, 처음으로 기절해 봤어." 빌이 말했다.

"분명 너…… 이모리는 기절한 게 아닐 거야."

"엇. 그럼 그냥 잠든 거야?"

"아니. 죽었겠지."

"앗!" 빌이 소리를 질렀다.

"왜 그러니?"

"이걸로 세 번째야."

"세 번째구나."

"어쩐지 네 번째인 것 같은 기분도 들지만."

"이 도마뱀은 자기가 몇 번 죽었는지도 모르는 건가?"

드로셀마이어가 잔뜩 찌푸린 얼굴로 말했다.

"드로셀마이어는 지금까지 몇 번 죽었는지 기억해?"

"난 한 번도 죽은 적이 없다."

"기억이 안 난다는 뜻이야?"

"기억이 안 나는 게 아니라, 죽은 사실이 없다고."

"정말로 그럴까요?" 스퀴데리가 말했다.

"무슨 소린가?"

"의외로 빌의 말이 진실과 맞닿아 있을지도 모를 일이죠."

"당신까지 얼간이가 된 건 아니겠지, 마드무아젤?"

"그럼요. 제 말은 '죽지 않은 것'과 '죽었다는 사실을 기억하지 못하는 것'을 구별하기는 불가능하지 않겠느냐는 거예요."

"그게 무슨 터무니없는 소리인가. 아무리 그래도 죽었다는 건 기억하겠지."

"상식적인 이야기를 하자면, 죽었다는 사실을 기억하는 사람은 없어요. 뇌 기능이 정지되니까 기억할 수가 없죠."

"아무렴. 보통은 그렇겠지. 하지만 지금은 아바타라가 죽었을 때 이야기를 하는 거잖나."

"아바타라도 마찬가지예요. 죽으면 뇌 기능이 정지되죠. 그런데 어째서 기억하고 있는 걸까요?"

"그걸 내가 어떻게 알겠나?"

"어쩌면 기억하는 사람은 별로 없고, 대부분은 잊어버리는지도 몰라요."

"그렇다고 그게 내 아바타라가 죽은 적이 있다는 증거는 아니야."

"그렇죠. 하지만 죽은 적이 있을지도 모른다고 생각하며 살면 그 반대의 경우와는 삶의 방식이 달라지지 않을까요?"

"그딴 건 궁금하지도 않고, 앞으로도 궁금할 일은 없을 걸세. 그보다 범인이 누구인지는 알아냈나?"

"진상의 윤곽이 희미하게 드러났어요. 빌의 보고를 듣고 나서 그 형태가 더 명확해졌고요."

"그래서, 뭐가 어떻게 된 건데?"

"아직 말씀드릴 수 없어요. 그 전에 확인할 게 있어서요."

"이제 와서 새삼 뭘 확인하려고?"

"마리가 어디 있는지요."

"마리가 범인인가?" 드로셀마이어가 물었다.

"그것까지는 단언할 수 없지만, 마리가 이 사건에 깊이 관여한 건 틀림없어요."

"하지만 편지에는 '마리에게는 관심을 가질 필요 없어요'라고 적혀 있었는데." 빌이 끼어들었다.

"그걸 곧이곧대로 받아들이라고? 애당초 그 편지를 누가 썼는지도 모르지 않느냐."

"아마 글라라일 거예요. 글라라의 글씨체는 알아볼 수 있으시겠죠, 드로셀마이어 판사님?"

"실물이 있다면야."

"그게 그러니까." 빌이 드로셀마이어의 테이블에 있는 펜을 집었다. "이런 느낌의 글씨였어." 빌은 양탄자에다 편지에 적혀 있던 문장을 흉내 내어 적었다. "어때? 이거 글라라 글씨야?"

"틀림없이 네 글씨다, 이 녀석아." 드로셀마이어는 분노에 몸을 떨면서 말했다.

"이야. 글라라 글씨는 내 글씨랑 비슷하구나."

"전부터 마리에게는 의문을 느꼈어요. 그리고 마리가 언급된 편지를 이모리가 본 덕분에 의문은 확신으로 바뀌었죠."

"마리에게 수상한 점이 있었다는 뜻인가?"

"마리는 제게 '클라라보다는 범인을 먼저 찾아내야 마땅해요'라고 했어요. 친구가 행방불명된 사람이 그렇게 말하다니 아무래도 부자연스럽죠."

"확실히 부자연스럽기는 하네만, 그것만 가지고 범인 취급할 수야 없지."

"마리는 왜 범인을 먼저 찾아야 한다고 했을까요? 범인은 협박장에다 자기가 클라라의 친구라고 밝혔어요. 그렇다면 마리를 포함한 친구들이 제일 먼저 의심받겠죠."

"그 점에 관해서는 이의 없네."

"용의선상에 오르면 생활에 이런저런 지장이 생긴다는 것쯤은 상상하기가 어렵지 않겠죠. 그런데 왜 마리는 스스로를 용의자 입장에 몰아넣으면서까지 그런 제안을 했을까요?"

"자신의 알리바이가 성립한다는 사실을 알고 있었기 때문 아니겠나?"

스퀴데리가 고개를 끄덕였다. "마리는 자신에게 철통같은 알리바이가 있다는 걸 잘 알고 있었어요. 그리고 제가 그 사실에 주목하게끔 굳이 범인 찾기를 제안했겠죠."

"하지만 알리바이가 있다는 건 알고 있었잖아, 마드무아젤 드 스퀴데리." 빌이 말했다.

"물론이지. 하지만 일부러 무시했어."

"왜?"

"마리에게 너무나 유리한 알리바이였거든. 그래서 처음부터 그 알리바이는 중요하게 여기지 않았단다."

"대단하다, 마드무아젤 드 스퀴데리. 그런데 뭐가 알리바이인데?"

"클라라가 이모리에게 마리 일행이 축제 수레에 타는 모습을 봤다고 말했잖니."

"맞아, 마드무아젤 드 스퀴데리."

"그리고 마리 일행이 축제 수레에 있을 때 클라라는 살해당했지. 마리 일행은 그 후에 축제 수레에서 내렸어. 즉 축제 수레에 타고 있던 마리 일행은 클라라를 죽일 수 없었던 셈이야."

"진짜다! 굉장해, 마드무아젤 드 스퀴데리."

"마리는 자신에게 알리바이가 있다는 걸 내가 인정해주길 원했어. 그래서 굳이 범인을 먼저 찾아야 한다고 주장한 거야."

"의혹을 벗으려고 하는 건 자연스러운 행동 아닌가?"

"이미 의심받고 있다면 그렇겠죠. 하지만 마리는 아직 공공연하게 의심받는 입장은 아니었어요."

"일단 의심을 받더라도 자신에게 알리바이가 있다는 사실을 확실히 해두고 싶었다는 건가. 확실히 부자연스럽군." 드로셀마이어가 끙, 하고 앓는 듯한 소리를 냈다.

"게다가 이 알리바이 자체가 부자연스러워요. 마리에게 너무 유리하다고요. 축제 수레는 1년에 딱 한 번, 카니발이 열렸을 때만 돌아다녀요. 그 축제 수레에 타기를 기다렸다는 듯이 살인사건이 발생하다니, 축제 수레에 탑승한 사람의 알리바이를 확보하기 위해 그랬다고 볼 수밖에요."

"당신 아까 마리를 범인으로 단언할 수는 없다고 했지. 결정적인 문제가 뭔지 가르쳐주겠나, 마드무아젤?"

"바로 이 알리바이에요. 알리바이를 성립시키기 위해 무슨 트릭을 썼는지 모르겠어요."

"알리바이를 무너뜨리지 못했는데 마리를 범인 취급할 수는 없겠지." 드로셀마이어는 스퀴데리를 업신여기는 듯한 웃음을 지었다.

"맞아요. 하지만 지금 빌의 증언 덕분에 마리가 사건에 관련됐다는 추측이 보강됐어요."

"물적 증거는 없네. 게다가 증인은 빌이야. 신빙성이 한없이 낮아."

"그러니까 마리를 체포하지는 않을 거예요. 마리가 어디 있는지 확인하고 임의동행을 요청해서 신문할 생각이에요."

"그렇군. 그래서, 마리는 어디에 있는데?"

"그게, 어제부터 행방이 묘연해요."

"달아났나? 그렇다면 자백한 거나 마찬가지 아닌가."

"판사님, 마리를 중요참고인으로서 지명수배해주실 수 있으세요?"

"큰일 났어요! 숙부님, 큰일이에요!" 나무 인형이 요란하게 달

칵거리며 방으로 뛰어들어 왔다.

"인형이 말을 한다!" 빌이 소리쳤다.

"이 도마뱀아, 그게 네가 할 소리냐?" 드로셀마이어가 혀를 찼다.

"빌. 이쪽은 드로셀마이어 판사님의 조카, 정확하게 말하자면 종질인 드로셀마이어 씨란다."

"이야, 드로셀마이어랑 이름이 똑같구나. 우연인가?"

"우연이 아닙니다." 젊은 드로셀마이어가 대답했다. "한집안 사람이라서 성이 같은 거죠."

"그 도마뱀한테 설명해봤자 시간 낭비야." 드로셀마이어가 말했다. "두 번 다시 설명하지 마."

"예, 숙부님." 젊은 드로셀마이어가 순순히 대답했다.

"그런데 뭐가 큰일인데?" 빌이 물었다.

"시끄러워, 이 도마뱀아! 넌 입 닥쳐!" 젊은 드로셀마이어가 빌에게 호통쳤다.

"아주 말을 잘 듣는 청년이로군요." 스퀴데리가 말했다. "하지만 빌도 엄연한 수사관이에요. 저랑 함께 피클리파트 공주님과 올림피아 등 클라라의 지인들에게 진술도 들으러 갔었다고요. 그나저나 큰일이라니 도대체 무슨 일인가요?"

젊은 드로셀마이어는 난감하다는 듯이 드로셀마이어를 보았다.

"뭐냐? 왜?" 드로셀마이어가 물었다.

"이분의 질문에는 대답해도 되나요?" 젊은 드로셀마이어가 작은 목소리로 물었다.

"네 눈에는 이 사람이 도마뱀으로 보이느냐?"

"아니요."

"그럼 왜 대답을 안 해?"

"숙부님 눈에는 도마뱀으로 보일지도 몰라서요."

"있지, 있지. 왜 인형이야?" 빌이 물었다.

"닥쳐, 도마뱀!" 젊은 드로셀마이어가 고함을 쳤다.

"이 사람은 생쥐 왕비의 저주에 걸려서 호두까기 인형이 된 거란다." 스퀴데리가 설명했다. "그건 그렇고 한 번 더 묻겠는데, 도대체 뭐가 큰일인가요?"

젊은 드로셀마이어는 드로셀마이어의 얼굴을 보았다.

"이 사람의 질문에는 대답해." 드로셀마이어가 말했다.

"마리가 발견됐습니다."

"뭐라고요?" 이번에는 스퀴데리도 놀라서 목소리를 높였다. "판사님, 마리를 찾으라고 벌써 지시하신 건가요?"

"아니. 그런 적 없는데. 어떻게 된 거냐?" 드로셀마이어가 청년에게 따지듯이 물었다.

"그러니까, 말씀드린 그대롭니다. 마리가 발견됐어요."

"누가 찾으라고 명령했지?"

"아무도 찾으라고 하지 않았을걸요."

"그럼 왜 찾았어?"

"딱히 찾지는 않았는데요."

"아까 마리가 발견됐다고 했을 텐데?"

"예. 발견됐습니다."

"아무도 찾지 않았는데 발견되다니, 그게 무슨 소리냐?"

"아마 우연히 발견됐겠죠."

"도무지 종잡을 수가 없는 이야기로군. 도대체 누가 발견했는데?"

"시민이 발견했다고 제보했습니다."

"형리가 아니라 일반 시민이 발견했다고?"

"예. 그런 모양이에요."

"어째서 그 시민은 우리가 마리를 찾고 있다고 생각했지?"

"그런 생각을 했다고요?"

"그런 생각이 없었다면 신고를 하지 않았겠지."

"그럴까요?"

"예를 들어 네가 길거리를 걷다가 이 도마뱀을 봤다고 치자. 당국에 신고할 테냐?"

"도마뱀이 무슨 범죄를 저질렀다는 전제하에서요?"

"아니. 그냥 걸어가고 있을 뿐이다."

"그럼 신고하지 않겠죠."

"그럼 마리는 범죄를 저질렀느냐?"

"설마요. 그건 불가능합니다."

"왜 불가능하다고 단언하지?"

"왜냐하면 마리는 죽었거든요."

방 안이 잠시 침묵에 감싸였다.

"제가 뭔가 해서는 안 될 말을 했습니까?"

"마리의 시신이 발견된 건가요?" 스퀴데리가 입을 열었다.

"예. 배수로 속에서 시체로 발견됐습니다. 시민이 발견하고 바로 신고했어요."

"죽었으면, 그걸 제일 먼저 말해야 할 것 아니야!" 드로셀마이어가 고함을 질렀다.

"처음에 그렇게 말씀드렸잖아요?" 청년이 말했다.

"아니. 말 안 했어." 드로셀마이어가 딱 잘라 말했다.

"그랬나? 말한 것 같기도 한데." 빌이 말을 꺼냈다.

빌이 도와주자 젊은 드로셀마이어는 어떻게 대응해야 할지 조금 망설여지는 모양이었다.

"고마워." 그는 거의 들리지 않을 만큼 작은 목소리로 빌에게 감사를 표했다.

"천만의 말씀." 빌은 힘찬 목소리로 답했다.

"닥쳐, 도마뱀!" 젊은 드로셀마이어가 불호령을 내렸다.

"시신은 지금 어디에 있나요?"

"관청으로 옮겼습니다." 젊은 드로셀마이어가 대답했다.

"당장 관청으로 가죠. 그리고 빌, 지금 바로 슈탈바움 선생님 댁에 가서 관청으로 오시라고 전하렴."

"질식사로군요." 슈탈바움은 부검을 하면서 말했다. "구정물이 폐까지 들어찼어요. 옷도 멀쩡하고, 몸싸움을 벌인 흔적도 없습니다. 방심했을 때 느닷없이 물속에 처박은 모양입니다."

"인형인데도 질식으로 죽나요?" 스퀴데리가 물었다.

"마리는 오토마타가 아니라 마법의 힘으로 움직이는 인형이니까 인간과 다를 바 없이 호흡을 합니다. 어쩌면 원래 인간이었을지도 모르겠군요. 그러고 보니 개조된 듯한 흔적도 있네요."

"이리하여 사건은 원점으로 되돌아갔군, 마드무아젤." 드로셀마이어가 말했다.

"왜 그렇게 생각하시죠, 판사님?" 스퀴데리가 물었다.

"아까 전에 당신은 분명 마리가 범인이라고 단언했어."

"아니요. 정확하게 말하자면, 그것까지는 단언할 수 없다고 했죠."

"그건 핑계에 지나지 않아. 당신은 마리를 한없이 흑색에 가까운 회색으로 여겼어. 아닌가?"

"마리는 색깔이 그렇게 까맣지 않은데." 빌이 중얼거렸다.

"그렇지." 스퀴데리가 중얼거렸다. "마리는 흑색이 아니었어. ……그렇다고 결백한 것도 아니지."

"그게 무슨 소린가, 마드무아젤?" 드로셀마이어가 물었다.

"잠깐만 기다려주세요. 지금 생각을 정리하는 중이에요." 스퀴데리가 대답했다.

"당신은 완전히 틀렸어. 패배를 인정하게."

스퀴데리는 아무 대답 없이 눈을 감았다.

"이보게. 생각하는 척 그만해." 드로셀마이어가 스퀴데리의 어깨를 흔들었다.

스퀴데리는 눈을 떴다. "해답은 단순해. 사람을 착각한 거야."

"아니요. 이건 틀림없이 마리의 시신인데요." 슈탈바움이 말했다.

"그렇게 단순한 이야기가 아니라 좀 더 복잡하게 착각한 거예요." 스퀴데리가 빌에게 말했다. "빌, 네게 부탁이 있단다. 지금부터 내가 하는 말을 잘 기억하렴. 무슨 뜻인지 이해하지 못해도 괜찮아. 이모리에게 전달되면 그는 이해할 거야."

"알았어." 빌이 해맑게 대답했다.

스퀴데리가 빌에게 귓속말했다.

16

"클라라뿐만 아니라 마리까지 살해당했어. 게다가 마리는 클라라 살해사건의 중요참고인이었는데." 드로셀마이어가 말했다. "자네, 도대체 어떻게 책임을 질 텐가?"

"제 책임이라고요?" 이모리는 어안이 벙벙해졌다.

"내가 자네에게 사건을 해결해달라고 의뢰하고 나서 두 명이나 살해당했어."

"저도 세 번이나 살해당했습니다."

"죽는다고 해서 면죄되는 건 아니야."

"범인이 클라라와 마리를 죽였으니, 책임도 범인이 져야 마땅하겠죠."

"범인이 누군지 전혀 모르겠으니까 골치가 아픈 거 아닌가. 자네에게 명령할 테니 잘 듣게. 앞으로 24시간 이내에 범인을 찾아내. 찾아내지 못하면 빌을 범인으로 체포하겠네."

"예? 그게 무슨 말도 안 되는 소리세요? 왜 빌이 범인이라는 겁니까?"

"빌이 호프만 우주에 나타난 이후에 살인사건이 잇달아 발생했어. 어떻게 생각해봐도 빌이 범인이야."

"근거가 너무 약합니다."

"약하든 말든 알 게 뭐야. 누구든지 사형을 당하면 주민들은 납득하겠지."

"지금 사형이라고 하셨습니까?"

"그래. 분명 그렇게 말했네."

"왜 제가 사형을 당해야 하는데요?"

"지금 말했을 텐데. 누구든지 사형을 당하면 그만이라고."

"진범은 어떻게 하고요?"

"정체를 모르니까 내버려두는 수밖에."

"진범을 방치해도 됩니까?"

"물론 안 되지. 그래서는 판사로서 내 위엄이 땅에 떨어질 테니까."

"그럼 어떻게 하시려고요?"

"그러니까 도마뱀 빌을 범인으로 붙잡아서 사형에 처하겠다는 걸세. 그러면 만사가 다 원만하게 수습돼."

"빌한테는 전혀 원만하지 않은데요."

"원만하든 말든 빌은 사형당할 거니까 아무 불평도 못 할 거야."

"빌이 죽으면 저도 죽습니다."

"그것참 안됐군." 드로셀마이어는 딱하다는 듯이 말했다.

"하지만 좋은 소식도 있어. 자네는 죽음에 익숙하니까 비교적 편하게 갈 수 있지 않겠나?"

"지금 누구 놀리십니까? 재판을 하면 빌이 무고하다는 사실이 밝혀질 겁니다."

"내가 판사니까 판결은 내 마음대로 내릴 수 있지."

"그런 짓을 했다간 마드무아젤 드 스퀴데리가 잠자코 있지 않을 겁니다."

"스퀴데리가 뭐가 그리 대단해서? 그 여자는 마리를 범인으로 지목했어. 하지만 마리는 살해당했지. 엄청난 실수를 저질렀다고! 스퀴데리가 내게 거역할 권리가 있겠나?"

"잠깐만. 말이 너무 심하네." 레쓰가 교수실로 들어왔다. "스퀴데리도 자기 나름대로 열심히 했잖아."

"명탐정이랍시고 거들먹거리니까 이렇게 창피를 당하는 거야." 드로셀마이어는 계속해서 스퀴데리를 헐뜯었다.

"그렇게 남을 헐뜯을 시간에 진범이나 찾지그래?" 레쓰는 짜증 난다는 듯이 말했다. "당신도 죄 없는 도마뱀을 사형시키기보다는 진범을 붙잡고 싶지?"

"진범이 누구인지 안다면. 하지만 스퀴데리가 단서라고 생각한 건 단서고 뭐고 아무것도 아니었어. 솔직히 말해 이제 손을 쓸 방법이 없잖나."

"정말로 그럴까? 이모리, 마리가 죽었다는 사실을 알고 나서 스퀴데리의 태도는 어땠니?"

"그게, 제법 여유가 있어 보였습니다."

"허세겠지." 드로셀마이어가 말했다.

"스퀴데리는 허세를 부리는 타입이야?"

"아니요. 따지자면 원래부터 자신감이 넘치는 타입이죠."

"실패하면 어떻게 될까?"

"실패는 안 하지 않겠습니까?"

"이번에는 실패했을 텐데?" 드로셀마이어가 말했다.

"본인한테는 실패했다는 생각이 없는 것 아닐까요?" 이모리가 그렇게 대답했다.

드로셀마이어는 입을 다물었다.

레쓰가 히죽히죽 웃었다.

"어째서?" 드로셀마이어는 겨우 목소리를 짜냈다. "범인으로 추정한 사람이 살해당했어. 추리가 완전히 빗나간 거라고."

"잘은 모르겠지만, 마드무아젤 드 스퀴데리는 사람을 착각했다고 했습니다."

"그건 그렇지. 하지만 범인을 잘못 지목해놓고 '착각했습니다'라는 말로 넘어갈 수 있겠나."

"정말로 그럴까?" 레쓰가 말했다. "스퀴데리는 '범인을 잘못 지목했다'는 뜻으로 '사람을 착각했다'고 말했을까?"

"그것 말고 또 뭐가 있겠나?"

"어떤 요소가 빠진 탓에 스퀴데리의 추리가 빗나간 듯 보이는 거라면? 그리고 그 요소가 '사람을 착각한 것'이라면?"

"무슨 이야기인지 도통 모르겠군. 이모리, 자네는 이해가 되나?"

"신도 씨 이야기를 듣고 나니 조금 납득이 가는군요. 마리의 시신이 발견되기 직전에 마드무아젤 드 스퀴데리는 사건의 수수께끼가 풀렸다고 생각했던 것 같습니다."

"하지만 마리의 시신이 발견돼서 추리는 원점으로 돌아갔지." 드로셀마이어가 말했다.

"그렇지 않다면? 추리가 원점으로 돌아간 게 아니라 새로운 요소가 더해졌을 뿐이라면?"

"즉, 마리의 시신이 발견됐다는 새로운 요소를 더하면 추리가 완성된다는 건가? 뭐가 뭔지 정말 종잡을 수가 없군그래."

"일단 스퀴데리의 추리를 따라가보는 게 어떨까?" 레쓰가 제안했다. "이 세계의 스퀴데리를 찾을 수 없다면 우리끼리 그 사람이 사고한 과정을 짚어보자고."

"그 여자가 진실에 다다랐다는 확실한 증거는 없을 텐데." 드로셀마이어가 불만스럽다는 듯이 말했다.

"증거는 없지만 스퀴데리가 수수께끼를 풀었다고 가정하고 스퀴데리가 어떻게 추리했을지 추정해보는 건 헛수고가 아니겠지. 혹시 그 방법으로 범인을 알아낸다면 횡재고, 알아내지 못해도 정보를 정리할 수 있으니까 절대 헛된 노력은 아니야."

"알겠네. 오늘은 한가하니까 협력해주지. 하지만 잊지 말게, 이모리. 24시간 안에 사건을 해결하지 못하면 빌은 사형이야."

"그거 농담 아니셨습니까?"

"난 농담 안 좋아해."

이모리는 한숨을 쉬었다.

"마리의 시신이 발견되기 전까지 스퀴데리는 마리가 범인이라고 생각했어. 이건 틀림없지?"

"단정은 하지 않았지만 거의 백퍼센트 범인이라고 생각했을 겁니다." 이모리가 대답했다.

"스퀴데리가 그렇게 생각한 이유는?"

"마리의 알리바이가 너무나 그럴듯했거든요."

"스퀴데리는 마리의 알리바이를 가짜라고 여긴 거구나."

"하지만 실제로는 마리가 범인이 아니었으니 알리바이는 진짜였겠지." 드로셀마이어가 말했다.

"왜 그렇게 생각해?" 레쓰가 물었다.

"왜라니. 범인이 아닌데 알리바이를 꾸며내본들 무슨 의미가 있겠나."

"알리바이의 진위를 따지자는 게 아니야. 그게 아니라 왜 마리가 범인이 아니라고 생각하는 건데?"

"마리는 살해당했으니까."

"응. 그렇지. 하지만 그거랑 마리가 살인범이냐 아니냐는 상관없는 문제야."

"마리를 죽인 녀석이 살인범이다."

"응. 맞아."

"마리가 교묘한 수단을 써서 자살을 타살로 위장한 것이 아닌 한, 마리를 죽인 사람은 마리 본인이 아니다."

"동의해."

"따라서 마리는 살인범이 아니다. 증명 종료."

"아니지. 살인범이 두 명일 수도 있잖아."

"살인범이 두 명? 도대체 어떤 우연이 겹쳐야 살인범이 두 명이나 생기는 건가?"

"우연이 아니야. 살인은 비일상적으로 발생하는 비정상적인 사건이지."

"암. 그러니까 그런 일이 연달아 몇 번이나 일어난다고 보기는 힘들어."

"그 반대야. 비일상적인 일이 하나 발생하면, 그로 인해 비일상적인 일이 계속해서 발생하리라는 건 쉽사리 예측할 수 있어. 예를 들어 누군가가 사람을 죽였다고 치자. 그 장면을 목격한 사람이 있다면 살인범은 목격자를 제거하려고 할지도 몰라. 아니면 목격자가 격분해서 살인범을 죽이려고 할지도 모르고. 혹은 정당방위로 죽일 수도 있겠지."

"마리가 살인하는 장면을 목격한 누군가가 마리를 죽였다는 건가?"

"지금 이야기는 예시야. 실제로 무슨 일이 일어났는지는 모르겠지만, 마리가 살인을 저지른 후에 다른 사람에게 살해당했을 가능성은 충분하지."

"그래서, 그 다른 사람이 누군데?"

"구체적으로 누군지는 모르겠어."

"그렇다면 완전히 탁상공론이로군."

"그렇지는 않아. 만약 마리가 클라라를 죽인 범인이라면 알리바이를 만들기 위해 트릭을 썼을 거야. 무슨 트릭을 썼는지 알아내면 사건의 전모가 밝혀지지 않을까?"

"그렇다 하더라도 왜 우리가 그런 귀찮은 짓을 해야 하는 건가? 다음에 호프만 우주에 갔을 때 스퀴데리에게 물어보면 될 일이야."

"분명 스퀴데리는 아직 추리 내용을 공개할 생각이 없을 거야. 이야기를 들어보니 아무래도 그 사람은 신경질적으로 느껴질 만큼 일을 신중하게 진행하는 성격 같으니까, 백퍼센트 확증을 얻기 전에는 안 가르쳐줄걸."

"그럼 그 여자가 백퍼센트 확증을 얻을 때까지 기다리는 게 어떻겠나?"

"그 말씀을 마드무아젤 드 스퀴데리가 백퍼센트 확증을 얻을 때까지 빌을 처형하지 않겠다는 뜻으로 받아들여도 되겠습니까?" 이모리가 물었다.

"그거랑 이건 별개지. 24시간 안에 범인을 찾아내지 못하면 자네는 사형일세."

"별개라고요!" 이모리는 깜짝 놀랐다. "그렇다면 역시 작은 단서라도 잘 활용해서 범인을 추리하는 수밖에 없잖습니까."

"그래야겠지. 하지만 그건 내가 할 일이 아닐세."

"압니다." 이모리는 퉁명스럽게 말했다.

"자. 머리를 쥐어짜봐. 네 목숨이 걸린 문제잖아. 마리는 과연 어떤 트릭을 썼을까?"

"정보가 너무 모자라는데 머리만 쥐어짠다고 답이 나오겠습니까?"

"스퀴데리는 알아낸 모양이던데? 그 사람은 네가 모르는 정보를 알고 있을까?"

"아니요. 그건 아닐 겁니다. 빌은 대부분 마드무아젤 드 스퀴데리와 함께 행동했어요. 그분이 보고 들은 건 빌도 전부 보고 들었습니다."

"그렇다면 추리하기 위한 재료는 이미 다 갖추어진 셈이네."

"그렇지만 아무 생각도 안 납니다. ……앗. 그렇구나."

"뭔가 생각났니?"

"왜 저는 세 번이나 살해당했을까요?"

"얼간이니까." 드로셀마이어가 말했다.

"그게 아니라 살해한 쪽의 이유 말입니다."

"첫 번째는 살해당한 게 아니라 사건에 말려들었을 뿐이잖니."

"그럼 그건 제외하겠습니다. 두 번째는 함정을 들여다보던 때였습니다."

"다른 이유가 있을지도 모르지만, 일단은 네가 뭔가 발견할까봐 겁이 났겠지."

"세 번째는 함정에서 주운 편지를 읽고 있을 때였고요."

"범인은 네가 그 편지를 읽지 않기를 바랐을 공산이 크네."

"편지에 뭐라고 적혀 있었는지 다시 말해주지 않겠나?" 드로셀마이어도 궁금증이 발동한 것 같았다.

……만약 제가 정말로 죽으면 클라라를 찾으세요. 마리에게는 관심을 가질 필요 없어요……

"그거 누가 썼을까?"

"글라라 씨 아니겠습니까?"

"죽은 후에 자기를 찾으라고?"

"시체를 가리키는 걸까요?"

"애당초 죽었다고 짐작하던 상황이었고, 시체도 이미 발견됐어."

"앗. 그렇구나. '글라라'가 아니라 '클라라'예요. 즉, 이건 호프만 우주에 있는 클라라의 시신을 찾으라는 뜻입니다."

"과연. 그렇다면 이건 호프만 우주에 대해 아는 사람에게 쓴 셈인데." 드로셀마이어가 말했다.

"그야 당연하지. 마리도 언급했으니까."

"마리라는 이름은 흔해빠졌어. 어디서든 찾을 수 있을 걸세."

"일본에서도?"

"최근에는 다양한 이름을 붙이는 게 유행이니까. 뿐만 아니라 예명, 기명, 필명, 인터넷 닉네임 등 이런저런 가능성이 있겠지."

"억지 부리지 마. 아무튼 그 편지는 이모리나 드로셀마이어 둘 중 한 명에게 썼다고 봐도 되겠지? 그 밖에 짐작 가는 사람 있어?"

드로셀마이어와 이모리는 고개를 저었다.

"음. 그런데 클라라의 시체에는 무슨 특징이 있었지?"

"클라라의 시신은 발견되지 않았습니다." 이모리가 대답했다.

"정말로?"

"정말일세." 드로셀마이어도 거들어주었다.

"그럼 바로 찾아내야겠네."

"여기서는 손쓸 방법이 없는데요."

"물론 호프만 우주에서 찾아야지."

"마리의 시신이라면 발견됐습디다만."

"마리에게는 관심을 가질 필요 없다고 적혀 있었지?"

"예. 하지만 왜 굳이 그런 내용을 적었을까요?"

"앞뒤 문장에 이유가 적혀 있었던 거 아닐까?"

"그렇겠죠." 이모리는 생각에 잠겼다. "하지만 묘한 지시네요. 일부러 마리를 언급해놓고, 관심을 가질 필요 없다고 적다니. 정말로 관심을 가지지 않아도 된다면, 처음부터 마리를 언급하지 않으면 될 것 가지고."

"'마리에게 관심을 가져라'라는 속뜻이 담긴 걸까?"

"어쩐지 리액션이 주특기인 개그맨의 대사 같네요."

"뭐야, 그게?"

"모르세요? 예를 들어 '밀지 마!'라고 하면 실제로는 리액션을 하기 위해 밀라는 뜻이죠."

"별 개그가 다 있구나."

"아니면 마리가 편지를 볼 거라고 가정했거나, 마리에게 협박당해서 썼을 수도 있겠지." 드로셀마이어가 말했다.

"전자라면 글라라가 마리를 아주 얕본 거로군요. 후자라면 마리는 정말로 머리가 나쁜 거고요."

"어느 쪽이든 지구에 마리의 아바타라가 있다는 뜻이야." 레쓰가 말했다. "그 인물과 글라라의 접점을 찾으면 뭔가 알아낼 수 있을 것 같은데."

"이모리, 마리의 아바타라에 해당하는 인물을 찾아내게."

"뜬구름 잡는 이야기로군요."

"아니지. 최근에 변사를 당한 사람 중 하나일 걸세."

"찾아내고 싶은 마음은 굴뚝같지만, 시간이 별로 없어서요."

"24시간이나 있는데도?"

"실은 마드무아젤 드 스퀴데리에게 부탁을 받았습니다."

"도대체 무슨 부탁인데?"

"함정에 남은 혈액을 채취해서 DNA 검사를 해달라고 하더군요."

"이제 와서 그딴 일에 무슨 의미가 있단 말인가? 그건 글라라의 피겠지."

"마드무아젤 드 스퀴데리는 의미가 있다고 생각하는 것 같았습니다."

"DNA 검사를 한다고 해도 자네가 직접 하는 것도 아니잖나. 말뚝 끝부분을 긁어내서 전문 업체에 보내는 게 다일 텐데."

"뭐 그건 그렇습니다만, 함정에 내려갔다가 올라와야 하고 업체 사람과 협의도 해야 하니까요. 결국 온종일 걸릴 것 같네요."

"아무리 생각해도 마리의 아바타라를 먼저 찾아내야 할 것 같네만."

"그럼 DNA 검사를 신도 씨께 부탁드려도 되겠습니까?"

"내가 왜? 난 조사는 하지 않고 상담에만 응하면 된다는 조건으로 일하는 거야."

"미안하네. 이번만 이모리의 부탁을 들어주게. 추가보수는 지급하겠네."

"뭐, 그렇다면야 대신 해줄게. 어느 업체에 맡기기로 했어?"

이모리는 업체의 연락처를 적은 메모지를 레쓰에게 주었다.

"그럼 지금 다녀올게." 레쓰는 방에서 나갔다.

"자. 자네도 마리의 아바타라를 찾으러 다녀오게."

"예. 하지만 그 전에 마드무아젤 드 스퀴데리가 부탁하신 일에 답변을 주시기 바랍니다."

"글라라의 혈액으로 DNA 검사를 하는 것 말인가? 방금 신도가 가지 않았나."

"그거 말고 마드무아젤 드 스퀴데리가 선생님께 직접 부탁드린 일 말씀입니다."

"아아. 그거."

이모리는 고개를 끄덕였다. "예. 글라라 씨가 휠체어를 타고 다닐 때 갔던 곳을 전부 확인해서 일람표로 만들어달라고 부탁하셨잖습니까."

"아직 완성하지 못했네. 오늘 중에는 줄 수 있을 것 같네만." 드로셀마이어는 하품을 참으면서 말했다. "그런데 스퀴데리는 도대체 무슨 생각을 하는 건가? DNA 검사도 그렇고, 글라라가 갔던 곳도 그렇고, 사건 해결에는 아무 도움도 안 될 것 같네만?"

"본인의 추리를 구성하는 중요한 요소라고 하셨습니다."

"그저 시간을 벌려고 그러는 거 아닌가? 그 여자한테 사건 해결에 기한이 있다고 똑똑히 전하게. 23시간 이내에 범인을 붙잡지 못하면 빌을 사형에 처할 거라고 말이야."

"아까는 24시간이라고 하시지 않으셨습니까?"

"벌써 한 시간 지났어."

"설마요, 기껏해야 30분입니다."

"반올림하면 한 시간일세."

"혹시 사람은 다그치면 뭐든지 다 할 수 있다고 생각하시는 것 아닙니까?"

드로셀마이어는 아무 대답 없이 그저 씩 웃었다.

17

"빌, 네게 부탁한 일을 이모리가 제대로 실행했니?" 스퀴데리가 충직한 도마뱀에게 물어보았다.

"물론이지, 마드무아젤 드 스퀴데리. 이모리는 시킨 대로 했어."

스퀴데리는 만족스러운 미소를 지었다.

한편 드로셀마이어는 마음이 편찮다는 듯이 인상을 찌푸렸다.

"내가 왜 이런 옹색한 곳에 끌려와야 하나?"

"판사님 댁에서 상의하기 싫어하신 건 판사님 본인이시잖아요."

"분명 그렇지만 그렇다고 내가 이런 곳에 끌려와야 할 이유를 모르겠네만, 마드무아젤."

"이유는 설명할게요. 그 전에 이 집 사람들부터 소개해드릴게요. 일단 이 젊은이는 제 양녀의 큰아들인 올리비에 브뤼송이에요."

"처음 뵙겠습니다." 올리비에가 드로셀마이어에게 공손히 손을 내밀었다.

하지만 드로셀마이어는 코웃음을 칠 뿐 악수를 받아주지 않았다.

"그리고 이쪽 아가씨는 올리비에의 약혼자인 마들롱 카르디악이고요."

마들롱이 사랑스러운 모습으로 인사했지만, 드로셀마이어의 마음은 꿈쩍도 하지 않는 것 같았다.

"마지막으로 마들롱의 아버지인 르네 카르디악이에요."

"오오. 당신이 그 유명한 금세공사 르네 카르디악인가!" 드로셀마이어는 어째서인지 카르디악에게는 마음을 연 것 같았다.

카르디악은 드로셀마이어를 매섭게 노려보았다.

"기묘한 가발을 쓴 것 같은데."

"이 유리 가발 말인가?"

"유리로 된 가발이라니 궁상맞군. 나라면 금으로 가발을 만들어 줄 수 있는데. 어때? 만들어보겠소?"

"흠. 취미로 만들어주겠다는 건가?"

"턱도 없는 소리. 이건 내 생업이오. 일을 하면 그에 상응하는 대가를 받아야지."

드로셀마이어는 손을 흔들어 뿌리치는 듯한 시늉을 했다. "그렇다면 됐네. 난 이 유리 세공품이 마음에 들거든."

"아무래도 인사는 대충 끝난 것 같네요." 스퀴데리가 말했다.

"도대체 여기서 뭘 하자는 건가, 마드무아젤?" 드로셀마이어가 물었다.

"늘 하던 거요. 살인범을 찾아내기 위해 회의를 할 거랍니다."

"이 자들은 관계자가 아니야." 드로셀마이어는 불쾌감을 노골적으로 드러내며 말했다.

"그렇죠."

"왜 이 자들에게 수사상 비밀을 알려줘야 한단 말인가."

"벌써 희생자도 나왔으니 비밀리에 수사할 단계는 이미 지나갔다고 해도 될 텐데요."

"수사를 시작하고 나서 희생자가 두 명이나 나왔어. 책임을 통감하게나."

"제가 수사를 시작하고 나서 사망한 사람은 한 명이에요." 스퀴데리가 말했다.

"설마 한 명이니까 책임이 없다는 건 아니겠지, 마드무아젤?"

"물론 그런 건 아니에요, 판사님."

"거기 짐승에게는 이미 말해놓았네만……." 드로셀마이어가 말했다.

"짐승이라면 이 도마뱀 말이오?" 카르디악이 물었다.

"이 집에서 짐승 같아 보이는 건 그 녀석뿐일 텐데?"

"이 녀석은 짐승이 아닌데."

빌은 기쁜 듯이 고개를 들었다. "엇? 날 짐승 취급하지 않는 거야?"

"이 녀석은 짐승이 아니야." 카르디악은 빌을 보고 인상을 썼다. "이 녀석은 벌레야."

"벌레?" 드로셀마이어가 빌을 빤히 바라보았다.

"난 벌레 아닌데. 벌레는 다리가 여섯 개잖아."

"그건 곤충이지. 네가 곤충이 아니라는 건 알아." 카르디악이 말했다.

"하지만 벌레란 곤충을 가리키는 말이잖아?"

"벌레란 본래 사람, 짐승, 새, 물고기, 조개 이외의 동물을 가리키는 말이다. 곤충은 벌레의 일부에 불과하지. 사람이란 인류, 짐승은 인류 이외의 포유류를 뜻해. 새, 물고기, 조개는 알지? 이 분류에 따르면 조개 이외의 연체동물은 전부 벌레야."

"난 무슨 벌레야?"

"생각해보면 금방 알 텐데. 넌 파충이다."

"그렇구나!"

"뱀을 장충이라고도 부른다는 건 알겠지. 애당초 도마뱀이라는 글자는 부수가 벌레 훼(虫) 자잖아."*

"아하. 공부가 됐어. 난 짐승이 아니라 벌레구나."

"알았으면 입 좀 다물어, 이 버러지야!" 카르디악이 욕을 퍼부었다.

"아버지, 말씀이 너무 심하세요." 마들롱이 말했다. "이 도마뱀 씨는 사람 말을 알아들으니까 짐승이니 버러지니 하는 모욕적인 말은 삼가시는 게 좋겠어요."

"모욕은 무슨. 버러지니까 버러지라는 올바른 명칭으로 불렀을

---

* 일본어로 도마뱀은 '도카게'이며 한자로는 '蜥蜴(석척)'이라고 쓴다.

뿐이야. 인간을 사람이라고 부르는 것과 아무런 차이도 없어."

"하지만 '버러지'라는 말에는 모멸적인 뜻이 담겨 있는걸요."

"이제 그만하자, 마들롱." 올리비에가 입을 열었다. "아버님은 이치상 옳은지 그른지만 따지시는 거야. 우리가 빌을 친구로 생각하면 그만이지."

"버러지가 친구라고? 바보 같은 소리 좀 작작해라!" 카르디악이 지팡이로 올리비에를 때리려고 했다.

"그러지 말아요, 카르디악!" 스퀴데리가 날카롭게 말했다. "올리비에는 제 가족이고, 마들롱도 우리 집안사람이나 마찬가지예요. 그리고 빌은 제 소중한 친구고요."

"도마뱀이 마드무아젤의 친구? 실례지만 농담도 정도껏 하셔야지." 카르디악은 코웃음을 쳤.

"카르디악, 저는 지금 살인사건을 수사하느라 정신없이 바빠요."

"그런 것 같소만."

"이 사건이 마무리되면 요 부근에서 발생한 강도 살인사건의 수사에 착수할지도 몰라요."

"마음대로 하시구려. 왜 굳이 나한테 그런 말을 하는 거요?"

"별 의미 없어요. 그냥 당신에게 알려주고 싶었을 뿐이에요."

"도대체 이 저급한 자들과 언제까지 같이 있어야 하는 건가?" 드로셀마이어가 진절머리가 난다는 듯이 말했다.

"제 설명이 끝날 때까지는 이 사람들과 여기 같이 계셔야 해요."

"왜 그래야 하지?"

"이 사람들은 증인이니까요."

"무슨 증인인데?"

"제가 지금부터 증명할 내용의 증인요."

"당신이 증명할 수 있는데 굳이 증인이 필요하겠나, 마드무아젤?"

"증명할 내용의 성질상, 한 번밖에 증명이 불가능해요. 이 증인들은 딱 한 번의 증명에 입회해서 제가 틀림없이 증명했다는 사실을 보증해줄 거예요."

"아주 신중하군그래."

"이번 사건에는 트릭과 착각이 예상보다 복잡하게 중첩되어 있어요. 얽히고설킨 가느다란 실을 풀려면 아주 섬세한 손놀림이 필요하다는 데는 동의하시죠?"

"그 말에는 동의하네. 하지만 그건 단순한 비유에 불과해. 사건은 헝클어진 실이 아니라고."

"물론 비유와 현실은 전혀 달라요. 하지만 핵심을 찌르는 비유는 현실을 이해하는 데 도움이 되죠."

"설교는 그만 됐으니까 증명인지 뭔지나 빨리 끝내게."

"물론이에요." 스퀴데리가 말했다. "빌, 내가 부탁한 일을 이모리가 제대로 실행했다고 했지?"

"아까 그랬어."

"판사님, 빌의 말이 사실인가요?"

"함정에 남은 혈액을 분석하는 것 말인가? 그거라면 해놨네."

"그것뿐인가요?"

"뭐라고?"

"이모리가 판사님께 그거 하나만 부탁드렸나요?"

드로셀마이어는 대답을 하지 않았다. 그저 말없이 스퀴데리를 쳐다보았다.

"왜 그러세요, 판사님? 제 질문이 무슨 뜻인지 모르시겠어요?"

"뭘 꾸미는 거지?" 드로셀마이어가 말했다.

"꾸미다니 그게 무슨 뜻인가요?"

"당신은 분명 이제부터 내게 질문을 퍼부을 거야. 그리고 한 번이라도 잘못된 대답을 하면 마치 내가 중대한 범죄라도 저지른 것처럼 요란을 떨겠지."

"왜 그런 생각을 하시는 거죠?"

"당신은 궁지에 몰렸어, 마드무아젤."

"그렇게 생각하시나요?"

"사건 해결이 불가능하니, 범인을 날조하는 수밖에 방법이 없겠지. 안 그런가?"

"판사님 본인 이야기세요? 24시간 안에 범인을 찾아내지 못하면 빌을 범인으로 간주하겠다고 선언하신 모양이던데요."

"그건 날조가 아니야. 빌을 범인으로 보면 앞뒤가 맞으니까 그렇지."

"합리적인 이유도 없이 빌이 범인이라고요?"

"난 판사야. 내가 합리적이라고 판단했다는 게 바로 합리적인 이유야."

"궁지에 몰린 건 판사님 같은데요? 한 가지 약속드리죠. 저는 판사님을 범인이라고 생각지 않으니까 판사님이 어떻게 대답하시든 꼬투리를 잡아서 범인으로 몰지는 않겠어요. 지금 여기 있는 네 명이 제 말의 증인이에요."

"세 명일세. 벌레는 증인이 못 돼." 드로셀마이어가 말했다.

"저기, 마드무아젤 드 스퀴데리. 그럼 벌레는 증인이 아니라 '증충'이라고 하는 거야?" 빌이 물었다.

"알겠어요. 빌은 제외하도록 하죠." 스퀴데리는 말을 이었다. "그럼 방금 전 질문을 한 번 더 드릴게요. 이모리가 판사님께 함정에 남은 혈액을 분석해달라는 부탁만 드렸나요?"

"아마 그럴 거야. 그 밖에 자질구레한 일을 부탁했는지도 모르겠지만, 중요한 부탁은 그것뿐이었네."

스퀴데리는 고개를 끄덕였다. "드로셀마이어 판사님, 판사님은 참 잘 해내셨어요. 그래서 저도 최근까지 눈치채지 못한 거겠죠. 하지만 문득 의혹이 생겼어요. 그래서 제 생각이 맞는지 확인하고자 빌에게 부탁했죠. 지금 하신 말씀을 들으니 알겠네요. 제 생각이 맞았어요. 빌, 내가 이모리에게 전달되도록 잘 기억해두라고 한 말이 뭐였는지 여기 있는 사람들에게 알려주렴."

"마드무아젤 드 스퀴데리는 내게 이렇게 말했어. '호프만 우주에서 드로셀마이어 판사님께 글라라가 휠체어를 타고 다닐 때 갔던 곳을 전부 확인해서 일람표로 만들어달라고 부탁했으니까 아무도 없을 때 다 만들었는지 드로셀마이어한테 확인해보렴'."

"이 도마뱀이 지금 무슨 소리를 하는 건가?" 드로셀마이어가 말했다.

"아주 쉬운 내용인데 모르시겠어요?"

"무슨 뜻인지는 알아. 하지만 이 버러지의 말은 거짓말이야."

"어디가 거짓말인데요?"

"'스퀴데리가 드로셀마이어 판사에게 글라라가 휠체어를 타고 다닐 때 갔던 곳을 전부 확인해서 일람표로 만들어달라고 부탁했다'는 부분. 난 그런 부탁을 받은 기억이 없어."

"맞아요. 거짓말이에요." 스퀴데리는 미소를 지었다. "하지만 빌이 거짓말을 한 게 아니라 제가 거짓말을 한 거예요. 빌은 그저 제 거짓말을 믿었을 뿐이죠. 아무래도 이모리는 그 거짓말의 진의를 꿰뚫어 본 모양이지만."

"마드무아젤, 당신이 설마 사람을 속일 줄이야!"

"저도 거짓말 정도는 한답니다. 정의를 위해 필요하다면요."

"이게 정의라고? 그냥 사람에게 사기를 치고 좋아하는 것뿐이잖나."

"마드무아젤, 도대체 어떻게 된 겁니까?" 올리비에는 곤혹스러운 것 같았다. "당신이 빌을 속였다고요?"

"응. 그렇단다. 빌, 미안하구나."

"괜찮아. 이모리는 바로 거짓말이라는 걸 알아차렸으니까."

"어째서 바로 들통날 거짓말을 하신 거예요?" 마들롱이 물었다.

"이모리가 내 계획에 맞추어 행동하기 위해서는 거짓말이 바로 들통날 필요가 있었어."

"그렇다면 애초에 빌에게 진실을 알려주지 그러셨어요?"

"빌에게 진실을 알려줄 수는 없었어. 왜냐하면 기본적으로 빌은 거짓말을 못 하거든. 빌은 거짓말인 줄 모르고, 이모리는 거짓말인 줄 알도록 미묘하게 거짓말을 할 필요가 있었단다."

"완전히 촌극이로군." 카르디악이 말했다. "나잇살이나 먹은 양반이 시시한 거짓말이나 하고 놀다니 어처구니가 없는 데도 정도가 있지."

"이번에는 나도 이 건방진 금세공사의 말에 동감일세. 도마뱀을 속이는 데 그렇게 큰 의미가 있을 것 같지는 않네만."

"빌을 속인 건 어디까지나 수단이지 목적이 아니에요."

"그럼 묻겠는데, 그 목적인지 뭔지는 달성했나?"

"물론이죠. 빌, 이모리가 드로셀마이어에게 글라라가 휠체어를 타고 다닐 때 갔던 곳을 전부 확인해서 일람표로 만드는 일에 관해서 물었을 때, 지구의 드로셀마이어가 뭐라고 대답했니?"

"드로셀마이어는 이렇게 대답했어. '아직 완성하지 못했네. 오늘 중에는 줄 수 있을 것 같네만'이라고."

모두가 드로셀마이어를 보았다.

"판사님, 다시 한 번 여쭐게요." 스퀴데리는 조용히 말했다. "저한테 그런 부탁은 받은 적이 없다고 하셨죠?"

드로셀마이어는 겸연쩍은 듯 아무 말도 없이 고개를 끄덕였다.

"하지만 이모리에게는 마치 제게 부탁을 받은 것처럼 대답하셨어요. 어떻게 된 건가요?"

"그건. 그러니까……." 웬일로 드로셀마이어의 눈동자가 이리저리 흔들렸다. "왜 빌처럼 멍청한 도마뱀의 말을 곧이듣는 건 가?"

"빌은 거짓말을 할 만큼 영악하지 못하니까요."

"거짓말은 하지 않았을지도 모르지만 착각했을지도 모르잖나."

"그건 조사해보면 알겠죠."

드로셀마이어는 재빨리 스퀴데리에게 다가가려고 했다.

하지만 한발 먼저 올리비에와 카르디악이 앞뒤에서 드로셀마이어를 감쌌다.

앞길을 가로막힌 드로셀마이어가 손을 뻗었지만 손가락은 빌의 머리에 닿는 것이 고작이었다.

빌의 머리가 귤껍질을 까듯이 쩍 벌어졌다.

"증거는 없앨 수 있어."

"이제 빌의 기억을 지워봤자 아무 소용없어요. 빌의 증언은 판사님께 의혹을 품게 만드는 계기에 지나지 않아요. 처음에는 제 마음속에 희미하게 의혹이 싹텄죠. 그 의혹을 확인하기 위해 빌을 통해 이모리에게 말을 전했고요. 그 결과 제가 품은 의혹은 진실미를 띠게 됐죠. 그리고 그 의혹은 여기 있는 모든 사람의 마음으로 옮아갔어요. 분명 내일쯤에는 호프만 우주 구석구석까지 의혹이 퍼져나가겠죠. 그러면 판사님의 비밀은 백일하에 드러날 거예요."

"아무리 당신이라도 이렇게 많은 사람의 기억을 동시에 고칠 수는 없겠지." 카르디악이 단검을 꺼냈다.

"아무렴. 그러니 얌전히 있도록 하겠네. 목숨을 내던지면서까지 지켜야 할 정도의 비밀은 아니니까."

"자, 빌을 원래대로 되돌려주세요."

"그 전에 이 남자에게 단검을 치우라고 하게. 칼끝으로 겨누고 있으니 정신이 사나워서 작업을 못 하겠어."

"카르디악, 칼 치워요." 스퀴데리가 말했다.

카르디악은 움직이지 않았다.

"이 작자가 마드무아젤을 죽이려고 했다고 하면 그만이오." 카르디악이 입을 열었다. "그러면 정당방위가 성립해."

"진심인가?" 드로셀마이어가 몸을 움찔움찔했다. "판사가 없어지길 바라는 이유라도 있나?"

"카르디악, 칼 치우라고 했어요."

올리비에도 카르디악 쪽으로 몸을 돌리고 만일에 사태에 대비했다.

"뭘 그렇게 심각하게 그러시나. 그냥 농담이었소." 카르디악은 재빨리 칼을 집어넣었다.

"심장에 안 좋은 농담은 하지 말게." 드로셀마이어는 손가락을 솜씨 좋게 놀려서 빌의 머리를 원래대로 만들었다.

"왁! 지금 무슨 일이 있었던 거야? 나 죽었나?"

"죽었는데 그렇게 나불거릴 수 있겠냐." 카르디악이 부아가 치민다는 듯이 말했다. "이 버러지야!"

"죽은 벌레는 말이 없다, 그거구나."

"빌, 스스로를 벌레로 여길 필요 없어." 마들롱이 상냥하게 말했다.

"어째서?"

"어째서라니, 네가 그런 생각을 하면 슬프니까 그렇지."

"하지만 난 마들롱이 스스로를 인간으로 여겨도 딱히 슬프지 않은데."

"그야 난 사람이니까."

"나도 엄연한 파충이야." 빌은 가슴을 폈다.

"자자, 원래 이야기로 돌아가죠." 스퀴데리가 말했다. "왜 지구의 드로셀마이어는 듣지도 않은 제 부탁을 들었다고 했을까요? 대답은 간단해요. 호프만 우주의 드로셀마이어가 부탁을 받았는지 받지 않았는지 몰랐기 때문이죠. 즉, 호프만 우주의 드로셀마이어와 지구의 드로셀마이어는 기억을 공유하지 않는다는 뜻이에요. 바꿔 말하면 지구의 드로셀마이어는 여기 계신 드로셀마이어 판사님의 아바타가 아니라는 뜻입니다. 아주 공들인 책략이었어요."

"재미있는 장난이었는데 딱 걸렸군."

"장난이라고요?"

"장난이지. 따지고 보면 빌의 착각이 원인이야. 그래서 놀려줬을 뿐일세. 다른 뜻은 없었네."

"정말로 그냥 장난이었다고 주장하시는 거군요."

"사실이 그런데 어쩌겠나."

"알겠어요." 스퀴데리가 말했다. "장난이라면 더 이상 감출 필요 없겠죠. 지구의 드로셀마이어는 도대체 누구의 아바타라인가요?"

18

"신도 씨, 드릴 말씀이 있는데요." 이모리는 교수실로 향하는 레쓰를 불러 세웠다.

"깜짝이야. 숨어서 기다렸니?" 레쓰가 말했다. "하지만 난 연하는 별로인데."

"그런 이야기가 아닙니다."

"내 반응을 보고 할 말을 바꾼 거 아니야?"

"아니요. 정말로 그런 이야기가 아니에요."

"어쨌거나 너랑 사적인 이야기를 할 생각은 없어."

"사적인 이야기 아닙니다."

"그럼 사건에 관한 이야기?"

"예." 이모리가 고개를 끄덕였다.

"그럼 드로셀마이어 앞에서 이야기하자." 레쓰는 그대로 걸어가려고 했다.

"잠깐만요. 실은 드로셀마이어 선생님은 모르셨으면 하는 이야기에요."

"그건 안 되지. 난 드로셀마이어에게 고용돼서 이 사건을 맡은 거야. 고용주의 의사도 확인하지 않고 마음대로 행동에 나설 수는 없어."

"신도 씨는 드로셀마이어 선생님께 이용당하고 있을 뿐인지도 몰라요."

"물론 그렇겠지. 돈을 치르고 고용했으니 자기에게 이득이 되도록 써먹는 게 당연하잖아."

"알겠습니다. 확실히 말씀드릴게요. 드로셀마이어 선생님은 글라라 씨의 죽음에 관여했을 가능성이 큽니다."

"드로셀마이어가 범인이라는 거니?"

"아니요. 그건 아닐 겁니다."

"그야 그렇겠지. 범인이 자기가 지은 죄를 밝히기 위해 사람을 고용하다니, 너무 부자연스럽잖아. 그래서, 그가 뭘 어쨌는데?"

"이야기를 들어주시는 거군요."

"이번만은 예외 중의 예외야. 이야기를 들어보고 역시 드로셀마이어한테 보고해야 될 것 같으면 보고할 건데, 괜찮겠어?"

이모리는 망설였다. 레쓰의 속마음을 파악하기가 힘들었다.

만약 레쓰가 드로셀마이어에게 보고한다면 사태가 얼마나 악화될까? 애당초 이쪽 의도가 이미 전해졌을 수도 있으니까 그 정도 위험은 감수해야 할지도 모른다.

"알겠습니다. 신도 씨의 판단에 맡기겠습니다."

"그럼 말해봐."

"저는 드로셀마이어 선생님께 '마드무아젤 드 스퀴데리가 클라라 씨가 휠체어를 타고 다닐 때 갔던 곳의 일람표를 만들어달라고 부탁했는데 다 만드셨느냐'라고 물었습니다."

"도대체 그런 게 왜 필요한데?"

"필요 없습니다. 그냥 드로셀마이어 선생님의 반응을 살피기 위해 물어본 거예요. 사실 마드무아젤은 그런 부탁을 하지 않았거든요."

"거짓말로 드로셀마이어를 떠보려고 했다?"

"예. 아니나 다를까, 드로셀마이어 선생님은 '아직 완성하지 못했네. 오늘 중에는 줄 수 있을 것 같네만'이라며 제 이야기에 맞추듯이 적당히 말을 지어냈습니다."

"아아. 지구의 드로셀마이어는 스퀴데리와 호프만 우주의 드로셀마이어가 무슨 이야기를 했는지 몰랐던 거로구나."

"예. 만약 드로셀마이어 선생님이 드로셀마이어 판사의 아바타라라면 두 사람의 기억은 일치할 겁니다. 그런데 기억을 못 한다는 건……."

"지구의 드로셀마이어와 호프만 우주의 드로셀마이어는 동일인이 아니라는 뜻이네." 레쓰는 담담하게 말했다.

"혹시 알고 계셨습니까?"

"뭘?"

"지구의 드로셀마이어와 호프만 우주의 드로셀마이어가 동일인이 아니라는 사실을요."

"지금 막 알았는데."

"별로 안 놀라시는 것 같아서요."

"예상은 못 했지만, 그런 일이 일어날 가능성이 작지는 않으니까 놀랄 건 없지."

"그래서 상의 드리는 겁니다. 앞으로 드로셀마이어 선생님을 어떻게 대해야 할까요?"

"네가 비밀을 알아차렸다는 걸 지구의 드로셀마이어가 알고 있을 가능성은 있어?"

"호프만 우주의 드로셀마이어와 지구의 드로셀마이어는 동일인이 아니니까 어디서 접촉해야만 정보가 전달될 겁니다. 마드무아젤 드 스퀴데리는 자기 집안사람에게만 비밀을 밝히고 드로셀마이어를 감시하는 중이니까 호프만 우주에서 정보가 새어나가지는 않을 거예요."

"드로셀마이어를 감시하는 인물 중에 지구의 드로셀마이어의 본체가 있을지도 모르잖아."

"뭐 가능성이 아예 없지는 않겠지만, 감시인은 마드무아젤 드 스퀴데리가 선택한 인물이니까 크게 신경 쓰지 않아도 될 겁니다. 다만 드로셀마이어의 진짜 아바타라가 지구에 존재하고, 그 인물이 이미 드로셀마이어 선생님과 접촉해서 정보를 전달하지 않았을까 걱정이죠."

"그럴 가능성은 고려하지 않아도 돼."

"어째서요?"

"지구에 진짜 아바타라가 존재한다면 고생해서 가짜 아바타라를 만들어낼 필요가 어디 있겠니? 아무 이점도 없어."

"드로셀마이어는 지구에 아바타라가 없기 때문에 가짜 아바타라를 썼다는 말씀입니까?"

"분명 그렇겠지."

"하지만 왜 그런 짓을 할 필요가 있었을까요?"

"자기가 지구와 호프만 우주를 잇는 연결고리 중 하나임을 인정받고 싶었던 것 아닐까?"

"왜 그런 인정을 받고 싶었던 걸까요?"

"정확한 건 본인에게 물어봐야 알겠지만, 드로셀마이어는 지구와 호프만 우주가 연결되어 있다고 주장한다면서?"

"예."

"그렇다면 자기 아바타라도 지구에 있다고 해야 신빙성이 높아지겠지."

"즉, 드로셀마이어의 개인적 문제일 뿐, 클라라가 살해당한 것과는 관계없다는 말씀이십니까?"

"반드시 그렇다고 단언할 만큼 자신감이 있는 건 아니야. 더 이상 추리하기에는 재료가 너무 모자라."

"어떻게 해야 할까요?"

"호프만 우주의 드로셀마이어에게 자백을 받는 게 제일 낫겠지."

"그게, 묵비권을 행사하고 있습니다. 입을 꾹 다문 건 아닌데, 지구에 있는 드로셀마이어의 본체가 누구인지 모르겠다고 주장해요."

"정체를 모르는데 어떻게 접촉했다는 거야?"

"연락을 취하는 비밀 수단이 있답니다."

"비밀 수단? 그게 뭔데?"

"비밀이니까 말 못한답니다."

"좀 혼내주면 불겠지."

"호프만 우주에도 법률이 있으니까요."

"저쪽의 드로셀마이어가 불지 않는다면 이쪽의 가짜 아바타라에게 이야기를 듣는 수밖에 없겠네."

"그게 가능할까요?"

"나랑 네가 협력한다면."

"어떻게 하시려고요?"

"네가 요전에 쓴 방법이랑 똑같은 방법을 쓸 거야. 상대를 감쪽같이 속여서 정보를 빼내야지."

"그러니까 구체적으로 어떻게요?"

"그거야 임기응변에 맡겨야지. 자, 가자." 레쓰는 교수실로 걸어갔다.

이모리는 허둥지둥 그 뒤를 따랐다.

과연 레쓰를 믿어도 될지 이모리는 여전히 망설여졌다. 레쓰는 머리가 아주 좋지만 목적이 뭔지 모르겠다는 점이 마음에 걸렸다. 아마도 돈이 목적이 아닐까 싶었지만, 그렇다면 느닷없이 수사를 내팽개칠 가능성도 없지는 않다.

교수실로 들어가자 드로셀마이어는 책상에 앉아 컴퓨터를 조작하고 있었다.

"뭔가? 둘이 함께 오다니 별일이로군."

"오다가 우연히 마주쳤습니다." 이모리가 말했다.

"우연히?" 드로셀마이어는 의심스럽다는 표정을 지었다.

"이모리가 숨어서 기다리고 있었어." 레쓰가 말했다.

"예?" 이모리는 눈이 휘둥그레졌다.

"신도를 숨어서 기다릴 이유가 있었나?"

"예. 좀 상의할 게 있어서……."

"신도에게 상의를 한다고? 그것참 별난 이야기로군."

"그런가요?"

"교환조건은 뭔가? 신도는 무보수로 도와주는 사람이 아니야."

"아닙니다. 신도 씨는 아주 좋으신 분인걸요."

"그럼. 나한테 좋은 점이 얼마나 많은데." 레쓰가 말했다. "하지만 절대 무보수로는 안 도와줘."

아아. 왜 이런 말을 하는 걸까? 뭔가 계획이 있겠지만 전혀 모르겠다. 자꾸 이러면 나는 뚱딴지같은 소리만 늘어놓는 얼뜨기 꼴이 될 텐데. 아아, 그렇구나. 그게 목적일지도 모르겠다. 내 어수룩한 면을 보여줘서 드로셀마이어 교수를 방심시키려는 거야.

"그런데 이모리가 숨어서 기다린 이유는 뭔가? 숨어서 기다렸다는 사실을 굳이 밝혔으니 내게 가르쳐주고 싶다는 뜻이겠지?"

큰일이다. 어쩌지. 신도 씨, 부탁합니다.

이모리는 레쓰를 보았다.

"응. 있잖아, 당신이 드로셀마이어의 아바타라가 아니라는 사실을 스퀴데리한테 들켰어."

"아……." 이모리는 아연실색했다.

"과연. 그런 거였나?"

"신도 씨, 왜 알려주신 겁니까?"

"이르든 늦든 알게 될 테니까. 지구에 있는 드로셀마이어의 본체는 호프만 우주에서 호프만 우주의 드로셀마이어와 긴밀하게 연락을 취하는 사이였어. 그런데 연락이 두절되면 당연히 무슨 일이 생겼다고 생각하겠지."

"그래. 안 그래도 어쩐지 연락이 뜸하다 싶더라고." 드로셀마이어가 말했다.

"당신 본체는 누구야?" 레쓰가 물었다.

"말할 필요가 있나?"

"말하지 않으면 의심받을 겁니다." 이모리가 충고했다.

"뭘 어떻게 의심받는다는 건가?"

"클라라를 죽인 범인이 아니겠느냐고요."

"내가 클라라를 죽였다는 건가?"

"그런 말은 아니지만, 자꾸 숨기면 의심받을 수도 있다는 겁니다."

"의심받는 것뿐이라면 대수도 아니지. 아니면 내가 범인이라는 증거라도 있나?"

"증거는 없습니다만, 혐의를 벗고 싶다면 솔직하게 말씀하셔야 합니다. 그렇죠, 신도 씨?" 이모리는 신도에게 동의를 요청했다.

"어째서? 나라면 절대로 본체의 정체를 밝히지 않을 거야. 무고할 경우에는 잘못도 없는데 괜히 신문을 받아야 하고, 범인일 경우에는 더더욱 신문을 받기 싫을 테니까."

그 말을 듣고 이모리는 깨달았다.

"앗! 신도 씨, 혹시 드로셀마이어 선생님과 한편이 된 것 아닙니까?"

"당연하지. 내가 뭐가 아쉬워서 네 편을 들겠니?"

아차. 신도 씨에게 가르쳐주는 게 아니었는데.

하지만 일을 그르친 후에 후회해봤자 아무 소용도 없다.

"알겠습니다. 제가 작전에 실패했군요."

"아무튼 너 혼자서는 드로셀마이어와 맞겨룰 수 없을 거야."

"선생님, 호프만 우주의 드로셀마이어와는 어디서 안면을 트셨습니까?"

"그걸 말하면 내 정체를 밝혀낼 힌트를 주는 셈이잖나."

"저…… 그러니까 빌이 아는 인물인가요?"

"답변을 거부하겠네."

"그럼 클라라를 살해한 진범을 찾아내는 일은 백지화됐다고 받아들여도 되겠습니까?"

"자네가 하기 싫다면 그만둬도 상관없네." 드로셀마이어는 그렇게 대답했다.

"그렇다면 빌은 사형을 당하겠지만." 레쓰가 중얼거렸다.

"어째서요? 호프만 우주에서 드로셀마이어가 체포됐습니다."

"드로셀마이어는 범죄자가 아니야. 체포된 게 아니라 스스로 원해서 스퀴데리 곁에 머무르는 것뿐이겠지. 마음만 먹으면 관청에 가서 사형집행 서류에 서명하는 것쯤은 식은 죽 먹기야."

"드로셀마이어가 빌을 죽일 이유는 없을 텐데요."

"이유는 있어. 복수야."

"빌은 드로셀마이어한테 나쁜 짓을 한 적이 없습니다."

"스퀴데리와 함께 두 명의 드로셀마이어가 사용한 트릭을 폭로했잖아."

"빌은 마드무아젤 드 스퀴데리가 시키는 대로 행동했을 뿐이에요."

"나한테 변명한들 무슨 소용이 있겠니."

"그럼 저는 어떻게 해야 할까요?"

"진범을 찾아내면 되겠지?"

"그게 그렇게 쉬우면 이 고생을 하겠습니까."

"하지만 스퀴데리는 알잖아?"

"그것도 좀 긴가민가합니다. 드로셀마이어를 범인이라고 생각했는지도 모르겠어요."

"근거는?"

"자기 아바타라가 아닌 인물을 아바타라로 위장하는 트릭을 사용했으니까요."

"분명 드로셀마이어는 트릭을 사용했지만, 그 트릭은 클라라가 살해된 것과는 전혀 관계없을걸."

"그렇다면 수사는 원점으로 되돌아간 셈입니다." 이모리는 머리를 끌어안았다.

"빌은 스퀴데리가 여러 사람의 진술을 청취할 때 따라다녔지? 각각의 진술을 대조하면 뭔가 알아낼 수 있지 않을까?"

"드로셀마이어와 코펠리우스는 남의 기억에 손을 댈 수 있으니까 진술을 무턱대고 믿을 수는 없습니다."

"기억을 조작한 흔적이 있는 인물의 증언은 무시하면 되잖나."

"그렇군요. 어디 보자, 이마 주름이 어긋난 사람은…… 슈탈바움, 마리, 프리츠, 투르테, 판탈론, 피를리파트, 나타나엘, 로타르, 스팔란차니, 젊은 드로셀마이어. 관계자 중에서는 이 정도입니다."

"마리에게도 기억에 손을 댄 흔적이 있었나?"

"예."

"그렇다면 애당초 용의자 취급한 게 잘못이군. 처음부터 드로셀마이어의 영향 아래 있었다면 살인을 저지를 리 없어."

이모리는 생각에 잠겼다. "만약 드로셀마이어가 범인이 아니라면 기억을 조작당해 그에게 조종당하는 인물 또한 범인이 아니다. 또한 드로셀마이어가 범인이라면 진범은 드로셀마이어 본인이므로 그들은 기껏해야 도구로 사용된 것에 불과하다. 과연, 이 열 명은 증인이 될 수 없지만 진범도 아니라는 뜻이군요."

"그것도 그렇지만 자네는 중요한 걸 간과했네." 드로셀마이어가 말했다. "범행 현장에 그렇게 많이 갔으면서 아무것도 보지 못했나?"

"함정 말씀이십니까?"

"스스로 알아차릴 때까지 내버려두려고 했지만, 특별히 가르쳐주지. 같이 가세."

"나는 안 가도 되지?" 레쓰가 말했다.

"가도 되고 안 가도 돼. 마음대로 하게."

이모리와 드로셀마이어는 함정 앞까지 왔다.

"말뚝에 피가 묻었다는 건 알겠지?"

"예. 혈액 분석 결과는 어땠습니까?" 이모리가 물었다.

"DNA 검사 결과, 틀림없이 글라라의 피였네. 이게 검사 결과야." 지구의 드로셀마이어는 이모리에게 검사 보고서를 보여주었다.

"그렇다면 역시 글라라 씨의 시신은 여기서 옮겨진 거군요."

"뭐, 그야 당연하지."

이모리는 말뚝을 가만히 내려다보았다.

"뭐 좀 알겠나?"

"피가 묻은 자국이 이상하군요. 만약 여기서 떨어져서 말뚝에 꽂혔다면, 함정 바닥에 피가 잔뜩 고였을 겁니다. 그렇다면 흙에 묻은 피는 잘 보이지 않겠지만 말뚝 밑동에는 핏자국이 더 많이 남아 있어야겠죠. 하지만 핏자국은 말뚝 윗부분에서 흘러내린 것처럼 부분적으로 퍼져 있을 뿐입니다. 마치 위에서 뿌린 듯이요."

이모리는 고개를 돌렸다.

거기에는 아무도 없었다.

젠장, 달아났다.

이모리는 후회했지만 이미 늦었다. 붙잡기는 아주 힘들 것이다.

하지만 분통을 터뜨린다고 뾰족한 수가 나는 것도 아니다. 일단 함정 바닥을 다시 한 번 조사하기로 하자.

이모리는 함정 가장자리에서 몸을 내밀었다.

뒤에서 기척이 느껴졌다.

평소와 똑같은 패턴이라고 생각한 순간 목에 통증이 느껴졌다.

간신히 몸을 돌리자 검은 옷을 입은 사람이 뛰어서 달아나는 참이었다.

이모리는 목을 만졌다. 피가 분수처럼 뿜어져 나왔다.

경동맥이 잘린 모양이군.

그렇게 생각한 다음 순간, 의식의 공백이 찾아왔다.

19

"어휴, 가엾게도." 스퀴데리는 빌을 위로했다.

"이 녀석의 아바타라는 머리가 멀쩡한 것 맞소? 같은 곳에서 몇 번이나 살해당해야 직성이 풀리려는 건지 원." 카르디악이 말했다.

"이모리는 우수해요. 뭐, 주의력이 다소 부족한 것 같긴 하지만요."

"상대가 너무 재빠른 거야." 빌이 말했다.

"어쨌거나 범인이 이모리를 죽인 건 궁지에서 벗어나기 위한 마지막 발악에 불과해요. 다양한 수수께끼를 설명할 답은 이미 찾아두었답니다. 빌, 관계자를 광장에 모아주렴."

"응. 알겠어." 빌은 가만히 있었다.

"빌, 방금 알겠다고 하지 않았니?" 스퀴데리가 물었다.

"응. 그랬지."

"뭘 알겠는데?"

"'관계자를 광장에 모아주렴'이라는 말이 무슨 뜻인지 알겠어."

"그럼 왜 모으러 가지 않니?"

"누가 관계자인데?"

"보자. 여기 있는 드로셀마이어 판사님과 카르디악, 올리비에, 마들롱과는 별도로, 슈탈바움, 프리츠, 젊은 드로셀마이어, 투르테, 판탈론, 피클리파트, 로타르, 스팔란차니, 올림피아, 안젤무스, 세르펜티나 정도겠구나. 그 밖에 또 생각나는 사람이 있으면 데려오렴."

"한 명 생각났어."

"누군데?"

"신도 레쓰."

"그 사람은 지구에 있잖니."

"응."

"지구에서 이 세계로 데려올 수는 없단다."

"진짜? 그건 몰랐네."

"새로운 지식이 늘었구나. 자, 모두 불러오렴."

빌은 달려갔다.

드로셀마이어는 웃었다. "어이쿠, 지금까지 그런 기본적인 규칙도 몰랐다니! 그런 녀석을 조수로 쓰다니 제정신이 아니로군, 마드무아젤."

"빌은 큰 도움이 됐어요. 범인의 정체를 해명한 공적의 절반 이상은 빌의 몫이에요."

"지금 뭐라고 했나?"

"공적의 절반 이상은 빌의 몫이에요."

"그거 말고 그 전에 한 말."

"빌은 큰 도움이 됐어요."

"일부러 그러는 건가? 범인의 정체를 해명했다고 했잖은가."

"네. 범인은 거의 처음부터 알고 있었어요. 도중에 뜻밖에도 마리가 살해당해서 추리가 삐끗할 뻔했지만 즉시 바로잡았죠."

"정말인가? 의심스러운데."

"정말이고말고요."

"정말이라면 여기서 당장 범인의 이름을 말해보게."

"범인의 이름은 관계자들이 모인 후에 밝히겠어요. 증거를 은닉하거나 도주하는 걸 막으려면 그러는 편이 제일 나아요."

광장에 사람들이 구름같이 모여들었다. 직접적인 관계자뿐만 아니라 구경꾼들도 모여들어서 광장은 마치 축제라도 열린 것처럼 시끌벅적했다. 장사꾼들은 이때가 기회라는 듯이 가판대를 설치하고 장사를 시작했다.

스퀴데리는 광장 한복판으로 나아갔다.

사람들은 스퀴데리를 위해 길을 터주었다. 스퀴데리가 한복판에 도착하자 무대처럼 사람이 없는 원형 공간이 마련되었다.

스퀴데리는 주변을 둘러보고 헛기침을 했다.

청중이 조용해졌다.

"호프만 우주의 여러분 안녕하세요? 호프만 우주란 드로셀마이어 판사님이 우리가 사는 세계에 붙인 명칭이에요. 요 며칠간 살인사건 때문에 마음이 뒤숭숭하셨을 거예요. 제가 의뢰를 받고 수사에 나섰는데도 희생자가 나오다니 참으로 안타깝기 그지없습니다. 하지만 드디어 사건의 범인이 판명됐다는 사실을 여러분께 알려드리고자 오늘 이 자리에 섰어요."

범인이 판명됐다, 라는 부분에서 사람들이 웅성웅성하기 시작했다.

"조용히." 스퀴데리가 말했다.

"범인을 아신다면 빨리 가르쳐주세요." 세르펜티나가 말했다.

"서둘지 말렴, 세르펜티나. 지금부터 순서대로 설명할게."

"설명하는 데 오래 걸려요?" 피를리파트가 물었다. "아무래도 지루할 것 같은데 집에 가도 될까요?"

"아니요, 피를리파트 공주님. 끝까지 설명을 들어주세요. 모든 관계자 앞에서 추리를 검증하면서 한 걸음씩 나아갈 필요가 있답니다."

"실례지만 한마디 해도 되겠소?" 카르디악이 입을 열었다. "이미 마드무아젤의 머릿속에서는 추리가 마무리됐고, 범인도 판명된 거요?"

"네."

"그렇다면 이건 단순한 의식인 셈인데."

"네. 그렇게 볼 수도 있겠네요."

"의식에 무슨 의미가 있소?"

"의식은 중요해요. 성인식이나 결혼식은 인생의 새로운 출발점에 섰음을 일깨워주죠. 장례식이나 법사는 돌아가신 분을 기리고, 남은 사람들이 마음을 정리하기 위해 필요하고요."

"그럼 이번 의식에는 어떤 의미가 있는 거요?"

"만약 제가 갑자기 범인의 이름을 밝히면 사람들의 가슴속에는 강한 감정의 소용돌이가 일겠죠. 감정에 지배당한 사람들의 행동은 예측이 불가능해요. 한편 이성적인 사람들은 스스로를 억제하며 합리적으로 행동해요. 일정한 약속하에 범인의 윤곽을 차근차근 명확하게 그려나간다면 사람들은 이성적으로 행동할 수 있을 거예요."

"그 말은 사람들이 범인에게 사적으로 제재를 가할까봐 겁난다는 거요?"

"사적 제재뿐만이 아니에요. 범인을 동정하는 마음이 폭주해서 범인을 풀어주려는 사람들이 나올 수도 있고, 공감이 폭주해서 모방범이 나올 수도 있겠죠."

카르디악은 어깨를 으쓱했다. "아무래도 지나친 생각인 것 같지만, 꼭 의식을 거행하고 싶다면 난 말리지 않겠소. 빨리 끝내주시오."

"고마워요, 카르디악." 스퀴데리는 감사를 표했다.

"일단 여기 계신 여러분께 현재 상황이 어떤지 설명할게요. 제일 먼저 호프만 우주와 지구의 관계를 알아야 하는데요. 요 며칠 여기저기서 두 세계의 관계에 대한 논의가 벌어진 만큼 새삼 설명할 필요는 없을 것 같네요. 혹시 잘 모르겠다는 분이 계시면 손을 들어주세요."

광장에서 손을 드는 사람은 아무도 없었다.

"그럼 두 세계의 관계에 대한 설명은 생략할게요." 스퀴데리는 이야기를 계속했다. "예를 들어 여기 있는 빌은 지구의 이모리 겐이라는 아바타라와 연결되어 있어요. 마찬가지로 여기 계시는 드로셀마이어 판사님은 지구의 드로셀마이어 교수와 연결되어 있다고 여겨졌죠. 하지만 실제로는 그렇지 않아요. 저랑 빌 그리고 이모리가 협력해서 드로셀마이어 판사님과 드로셀마이어 교수가 기억을 공유하지 않는다는 사실을 증명했어요. 즉, 두 사람은 본체와 아바타라가 아니라 전혀 다른 사람이라는 뜻이에요. 그런데 드로셀마이어 교수가 드로셀마이어 판사님의 아바타라라고 빌이 착각하도록 만든 거죠."

"그건 인정하지." 드로셀마이어가 입을 열었다. "하지만 그냥 장난이었어. 범죄를 저지른 건 아닐세."

"다른 사람을 자신의 아바타라라고 속이는 게 범죄는 아니겠죠. 그렇지만 그냥 장난으로 치부하고 넘어가도 될까요? 따지고 보면 두 사람은 빌 한 명을 속인 것에 지나지 않아요. 하지만 단지 빌 하나를 놀리기 위해 치밀한 협의를 거치고, 판사님과 똑같이 보이도록 지구의 드로셀마이어에게 특수 분장까지 시키는 건 너무나 부자연스러워요."

"무슨 말을 하고 싶은 건가?"

"뭔가 다른 목적을 위해 위장 공작을 벌였다는 말이에요. 단순히 장난을 치고 싶었던 게 아니라, 이 정도로 시간과 수고를 들이면서까지 달성해야 하는 절박한 목적이 있었던 거죠."

"흠. 더 이상 숨긴다고 될 일이 아니겠군. ……그럼 솔직하게 말하겠네. 내 아바타라 이론을 증명하기 위해 위장 공작을 펼친 걸세."

"좀 더 자세하게 말씀해주시겠어요?"

"이건 빌의 아바타라가 지구에 존재한다는 사실을 알기 전부터 준비한 계획이었네."

"어떤 이유로 뭘 계획하신 건가요?"

"범죄자와 범죄 피해자를 수사하는 사이에 신비한 현상이 일어나고 있다는 걸 알아차렸지. 그들 중 몇몇은 꿈의 세계에서 서로 알고 지내는 사이라는 거야. 처음에는 단순한 착각이나 망상일 거라고 생각했네만, 착각이나 망상이라는 말로는 설명이 불가능한 사례가 점차 늘어났지. 이 세계에서 접촉한 적이 없는데도 한 사람에게서 다른 사람에게 정보가 전달된 걸세. 즉, 그들은 다른 세계에서 접촉해서 정보를 교환한 거야. 이 세계 주민과 다른 세계 주민 사이에 특수한 관계가 형성되는 경우가 있다는 뜻이지. 나는 이 현상을 연구한 결과, 두 세계가 연결되어 있다는 확신을 얻었네. 그리고 이 사실을 발표해서 높은 평판을 얻고자 했지. 다만 한 가지 문제가 있었어. 나 자신에게는 아바타라가 없다는 것일세."

"그게 사실이라면 어쩔 수 없는 일이죠. 그런데 왜 아바타라가 없는 게 문제인가요?"

"설득력이 없거든. 스스로 그 현상을 체험해본 적도 없는데 다른 사람에게 믿어달라고 하면 믿겠나?"

"하지만 판사님은 체험자가 아닌데도 믿으셨잖아요?"

"나 말고 다른 사람에게 나 정도의 통찰력을 기대하기는 무리지."

"수긍하기 어려운 설명이지만, 알겠어요. 이야기를 계속하세요."

"그래서 작전을 하나 세웠지. 지구에 나의 가짜 아바타라를 만들어서 다른 사람의 아바타라와 접촉시키면 내 이론을 증명하기가 쉬워질 것 아닌가. 구체적인 방법은 이렇다네. 지구에 아바타라가 있는 사람 중에서 아바타라의 외모가 나랑 닮은 사람을 골라서 협력을 요청해. 그리고 아바타라가 나와 더욱 비슷해 보이도록 변장을 시키는 거지."

"그런 사람을 찾아내기가 쉬웠나요?"

"물론 쉽지는 않았지. 하지만 끈기 있게 노력한 결과, 마침내 찾아냈어!"

"그 사람은 누구인가요?"

"말 못 하네."

"어째서요?"

"그 이유도 말할 수 없네."

"살인사건이 발생했어요. 답변을 거부하는 게 능사는 아닐 텐데요."

"아무리 그래도 대답은 못 해. 애당초 이 일은 살인사건하고는 아무 관계도 없다고."

"관계가 없다는 건 판사님 주장이시고요."

"만약 관계가 있다면 증거를 내놓게."

"판사님 행동에는 이해가 가지 않는 점이 몇 가지 있어요."

"그런 게 있었나?"

"판사님은 자신과 닮은 인물을 대역으로 골랐다고 하셨죠."

"대역이니까 당연히 닮아야지."

"이 세계에서 쓸 대역이라면 그렇겠죠. 하지만 판사님은 지구에서 활동할 아바타라를 원하신 거잖아요. 어째서 닮을 필요가 있나요?"

"본체와 아바타라는 서로 닮았다고 추측했다네."

"하지만 빌을 보세요. 빌이 이모리와 닮았나요?"

"확실히 이 녀석은 이모리와 하나도 안 닮았어. 하지만 그러한 사례가 있다는 걸 나중에 알아서……."

"키가 2미터도 넘는 남자가 이렇게 작은 도마뱀의 아바타라일 줄은 모르셨다는 말씀이군요."

"누구 이야기를 하는 건가?" 드로셀마이어는 코웃음을 쳤다. "이모리는 키가 180센티미터도 안 돼. 기껏해야 170센티미터를 좀 넘을걸."

"그렇죠. 제가 보기에는 174, 5센티미터쯤 되는 것 같던데요."

"제가 보기에는?"

"예. 제가 보기에는요."

"그렇다면 당신 아바타라도 지구에 있는 건가?"

"예. 말씀드리지 않았던가요?"

"못 들었는데." 빌이 말했다.

"미안해, 빌. 이 정보는 숨겨둘 필요가 있었단다. ……그런데 판사님, 제 아바타라가 지구에 있다고 판단하신 것 같은데, 그 근거는 뭔가요?"

"무슨 소린가? 만약 당신 아바타라가 지구에 없다면 이모리의 키가 얼마인지 알 턱이 있겠나."

스퀴데리는 미소를 지었다. "맞아요. 마찬가지로 만약 판사님 아바타라가 지구에 없다면 이모리의 키가 얼마인지 알 턱이 없겠죠."

드로셀마이어의 안색이 변했다. "아니야. 난 내 가짜 아바타라의 본체에게 이모리의 특징을 들었다네."

"그 인물이 판사님께 어떻게 이야기했나요? 사람의 키를 말할 때는 수치로 말하는 법이에요. 예를 들어 '175센티미터 정도'나 '170 몇 센티미터쯤'이라는 식으로요. 그런데 판사님은 '이모리는 키가 180센티미터도 안 돼. 기껏해야 170센티미터를 좀 넘을걸'이라고 말씀하셨어요. 이건 수치가 머릿속에 없고, 이모리의 모습을 머릿속에 그리면서 답했다는 뜻이에요. 즉, 판사님은 이모리를 직접 보신 적이 있는 셈이죠. 예. 판사님의 아바타라는 지구에 존재해요."

광장이 떠들썩해졌다.

"지구에 내 아바타라가 있다고? 그런데 왜 굳이 가짜를 만들겠나?"

드로셀마이어가 반박했다.

"문제는 그거예요. 판사님은 자신의 아바타라를 대신할 가짜 아바타라를 만들 필요가 있었어요. 지구에 자신의 아바타라가 존재해야 이론을 증명하기가 쉬워서 그랬다는 판사님의 주장은 성립하지 않아요. 왜냐하면 지구에는 이미 판사님의 진짜 아바타라가 존재하니까요. 그렇다면 왜 판사님은 가짜 아바타라를 만들어야 했을까요?"

"내가 체념하고 술술 털어놓을 거라 생각하나? 그렇다면 실망하겠군."

"판사님이 지금 이 자리에서 전부 털어놓을 거라는 기대는 하지 않아요. 판사님의 자백은 필요 없어요. 호프만 우주 주민의 진술과 빌을 통해서 얻은 이모리의 증언에서 필요한 정보는 전부 입수했으니까요."

"당신 말이 허세가 아니라는 걸 증명할 수 있나?"

"판사님의 가짜 아바타라가 지구에서 만난 다른 아바타라는 이모리와 글라라뿐이에요. 또 다른 아바타라와도 만났나요?"

"대답할 필요는 없겠지." 드로셀마이어는 묵비권을 행사하며 버틸 모양이었다.

"가짜 아바타라가 그 두 명밖에 만나지 않았다고 가정하죠. 그렇다면 판사님은 그 두 명 중 한 명을 속이는 게 목적이었을 거예요. 그런데 글라라는 일찌감치 살해당했죠. 만약 글라라를 속이는 게 목적이었다면 그 후에도 가짜가 드로셀마이어를 계속 연기할 이유는 없어요. 물론 한 번 내뱉은 거짓말을 철회하는 게 쉬운 일은 아니겠지만, 거짓말이었다고 빌/이모리에게만 밝히면 되는데 그렇게까지 고생하며 끝까지 거짓말로 밀고 나가는 건 아무래도 부자연스러워요. 즉, 판사님의 목표물은 빌/이모리였어요. 판사님은 빌이 판사님의 가짜 아바타라를 진짜 아바타라라고 믿기를 바란 거예요."

"도마뱀 한 마리를 속여봤자 무슨 득이 있겠나?"

"판사님의 최종 목적은 빌을 속이는 게 아니었어요. 빌을 이용해 그때는 아직 정해지지 않았던 클라라 살해사건의 수사관을 속이는 게 목적이었죠."

"무슨 소린가? 그때 클라라는 아직 죽지 않았어."

스퀴데리는 고개를 끄덕였다. "맞아요, 클라라는 죽지 않았죠. 하지만 판사님은 얼마 지나지 않아 클라라가 살해당할 거라고 생각하셨어요."

"내가 클라라를 죽였다는 건가?"

"아니요. 판사님은 실행범이 아니에요. 하지만 적어도 알리바이 공작에는 협력자로서 관여하셨죠."

"내가 협력자라고?"

"예. 판사님은 마리의 협력자였어요."

"아주 자신만만하군. 그렇다면 마리가 무슨 트릭을 썼는지도 알겠지. 어디 한번 들어볼까?" 드로셀마이어는 강경한 태도를 유지했다.

"마리가 펼친 알리바이 공작은 복잡해 보이지만 실은 아주 단순했어요. 오히려 원시적이라고 할 수도 있겠죠. 마리는 '사람을 착각한 것'을 트릭으로 사용했어요."

"무슨 그 말밖에 모르는 바보도 아니고, 당신은 걸핏하면 사람을 착각했다는 말을 꺼내는군. 구체적으로 뭘 어쨌다는 건가?"

"지금부터 설명할게요." 스퀴데리는 차분하게 말했다. "인위적으로 어떤 인물이 사람을 착각하도록 유도하는 것이 마리가 사용한 트릭의 요점이에요."

"어떤 인물이 누군데?"

"빌이에요. 빌이 바로 트릭의 관건이었어요."

"엥? 내가?"

"이 멍청한 도마뱀이 관건이라고?"

"판사님은 빌이 다른 세계에서 호프만 우주에 왔으며, 지구에 아바타라가 존재한다는 사실을 아셨어요. 그리고 그 사실을 마리에게 전하셨겠죠. 빌은 호프만 우주와 지구 양쪽에 존재하지만, 지구에서는 풍부한 경험을 쌓은 반면 호프만 우주에서는 새내기인지라 이 세계의 규칙과 인간관계에 어두웠어요. 그야말로 트릭에 써먹기에는 안성맞춤이었죠. 처음에 트릭을 생각해낸 사람은 마리인가요? 아니면 판사님인가요?"

드로셀마이어는 아무 대답도 하지 않았다.

"좋아요. 제가 추측하기에 지구에는 판사님의 아바타라가 존재해요. 하지만 빌에게는 진짜 아바타라를 보여주지 않았죠. 왜냐하면 판사님의 진짜 아바타라는 호프만 우주의 판사님과 인상이 전혀 다르기 때문이에요. 판사님은 호프만 우주의 자신과 인상이 흡사한 가짜 아바타라를 만들 필요가 있었어요."

"어째서 그래야 했다는 거요?" 카르디악이 물었다.

"빌/이모리에게 그릇된 인식을 심어주기 위해서요. 빌/이모리는 이상한 나라와 지구에 관한 지식이 있으므로 본체와 아바타라가 반드시 서로 닮지는 않는다는 사실을 알아요. 하지만 그건 어디까지나 이상한 나라와 지구에서만 그렇죠. 빌/이모리는 호프만 우주와 지구가 어떤 관계에 있는지 전혀 몰랐어요. 그러니 호프만 우주의 본체와 지구의 아바타라는 외모와 이름이 흡사하다는 그릇된 인식을 심어주기가 그렇게 어렵지는 않겠죠."

"어째서 어렵지 않나요?" 젊은 드로셀마이어가 물었다.

"호프만 우주와 지구에 생김새가 닮은 인물이 한 쌍뿐이라면, 그 두 명이 본체와 아바타라고 주장해도 곧이듣지 않을지도 모르죠. 하지만 서로 닮은 본체와 아바타가 두 쌍이라면 어떨까요? 그럴 수도 있겠다고 믿지 않겠어요?"

"두 쌍이라니, 그게 무슨 말이에요?" 피를리파트 공주가 물었다.

"한 쌍은 호프만 우주의 드로셀마이어 판사님과 지구의 드로셀마이어 교수예요. 그리고 다른 한 쌍은 호프만 우주의 클라라와 지구의 글라라죠."

"하지만 지구의 글라라는 호프만 우주의 클라라가 살해당한 것에 연동해서 사망했어요. 그건 어떻게 설명하실 건가요?" 올림피아가 고개를 덜컥덜컥 흔들면서 물었다.

"좋은 질문이야, 올림피아." 스퀴데리는 막힘없이 대답했다. "그건 네 착각이란다. 클라라와 글라라가 한 쌍이라고 믿기 때문에 클라라의 죽음에 연동해서 글라라가 사망했다고 여기는 거지. 잘 생각해보렴. 클라라의 죽음에 연동해서 글라라가 죽었다는 증거는 있니?"

"만약 글라라가 클라라의 아바타라가 아니라면 글라라는 왜 죽은 겁니까?" 로타르가 물었다.

"'글라라는 왜 죽었느냐?'라는 질문은 두 가지 의미로 받아들일 수 있겠군요. 하나는 글라라가 죽은 원인은 무엇이냐는 의미. 다른 하나는 글라라가 죽은 목적은 무엇이냐는 의미."

"'죽은 목적'이라니 그게 무슨 말씀입니까? '죽인 목적'을 잘못 말씀하신 건가요?"

"아니요. '죽은 목적' 맞아요."

"글라라가 무슨 목적을 품고 의도적으로 자살했다는 말씀입니까?"

스퀴데리는 고개를 끄덕였다. "그렇게 생각하는 게 합리적이죠."

"하지만 자신의 목숨과 맞바꿀 만큼 중요한 목적이 있을까요?"

"글라라의 본체가 호프만 우주에 있고, 글라라는 단순한 아바타라면 죽는다고 해도 그건 일시적인 죽음이겠죠."

"하지만 아까 글라라는 클라라의 아바타라가 아니라는 식으로 말씀하셨지 않습니까?"

"예. 글라라는 클라라의 아바타라가 아니라고 추정돼요. 하지만 호프만 우주에 있는 다른 인물의 아바타라고 해도 이상할 건 없죠."

"그렇다면 그야말로 의미가 없군요. 죽어도 금방 되살아나니까요."

"맞아요. 하지만 만약 죽는 장면을 누군가가 목격했다면 어떨까요?"

"누군가? 그게 누군데?" 빌이 물었다.

"너란다, 빌. 정확하게 말하자면 네 아바타라인 이모리야."

"죽는 장면을 왜 빌의 아바타라에게 목격시킨 거죠?" 올림피아가 물었다.

"클라라의 사망추정시각을 위장하기 위해서. 클라라와 글라라가 본체와 아바타라 관계라고 여기는 사람이 글라라가 죽는 모습을 목격한다면, 바로 그 시점에 클라라가 사망했다고 믿을 테니까."

"잠깐만요. 글라라의 죽음은 일시적이라고 하셨는데, 실제로는 글라라의 시체가 발견됐잖아요."

"그래. 그 때문에 사건이 복잡해졌지. 하지만 이모리가 글라라의 죽음을 목격한 것과 글라라가 진짜 시체로 발견된 것에 직접적인 인과관계가 없다고 생각하면 사건은 단순해진단다. 즉, 글라라는 클라라의 사망추정시각을 위장하기 위해 일시적으로 죽은 후, 나중에 다시 살해당한 거야."

"마드무아젤, 내가 보기에는 전혀 단순해진 것 같지가 않은데?" 코펠리우스가 말했다. "오히려 더 복잡해진 것 같아. 애당초 글라라는 아바타라니까 죽이기는 불가능하지 않나?"

"글라라를 직접 죽인다고 해도 일시적인 죽음에 지나지 않는다는 것은 당신 추측이 맞아요. 하지만 글라라의 본체를 죽이면 글라라도 영원히 죽겠죠."

"글라라의 본체가 호프만 우주에서 살해당했다는 건가? 그렇다면 클라라를 본체로 보는 게 자연스럽지 않겠어?"

"아니요. 클라라가 글라라의 본체라는 근거는 없어요. 왜냐하면 글라라가 클라라의 아바타라고 말한 사람은 글라라 본인과 양쪽 세계의 드로셀마이어뿐이니까요. 그리고 호프만 우주에서는 클라라의 시체가 발견되지 않았어요. 발견된 건 마리의 시체뿐이죠. 즉, 호프만 우주와 지구에서 시체가 한 구씩 발견된 셈이에요. 요컨대 시체는 한 쌍뿐이라는 거예요. 글라라의 본체는 누구인가? 가장 단순한 답은 뭘까요?"

"설마, 글라라가 마리의 아바타라였다는 말씀이세요?" 마들롱이 깜짝 놀란 목소리로 말했다.

스퀴데리는 고개를 끄덕였다. "그게 가장 합리적인 결론이란다."

"하지만 마드무아젤." 올리비에가 끼어들었다. "왜 마리의 아바타라는 클라라의 아바타라인 척하며 클라라의 사망추정시각을 위장할 필요가 있었을까요?"

"그야 물론 마리가 의혹의 눈길을 피하기 위해서지."

"의혹의 눈길이라니, 도대체 어떤 의혹인데요?"

"'클라라를 살해'했다는 의혹이란다." 스퀴데리는 단언했다.

사람들이 웅성거렸다.

"그럼 역시 마리는 클라라를 살해한 건가요?"

"마리가 '클라라 죽이기'를 계획한 건 거의 확실해. 하지만 계획을 실행에 옮겼는지는 확실치 않아." 스퀴데리는 설명을 계속했다. "글라라는 이모리에게 '마리 일행이 축제 수레에 타는 모습을 클라라가 목격했다'라고 이야기했어요. 글라라의 말을 믿는다면 마리 일행이 축제 수레에 탔을 때는 클라라가 살아 있었다는 뜻이죠. 그리고 마리 일행은 글라라가 사망한 후에 축제 수레에서 내렸으니까 마리 일행에게는 알리바이가 있는 셈이에요. 특히 인형이라서 화장실에 갈 필요가 없는 마리의 알리바이는 완벽하죠. 다만 이 알리바이가 성립하기 위해서는 두 가지 조건이 필요해요. 일단 글라라가 클라라의 아바타라여야 하며, 마리가 축제 수레에 타고 있는 동안에 클라라가 살해당했다는 사실이 확인되어야 하죠."

"그건 추측에 불과하네." 드로셀마이어가 끼어들었다.

"판사님, 아직 설명하는 도중인데요." 스퀴데리가 나무랐다. "드로셀마이어가 협력해준 덕분에 이모리/빌에게 클라라와 글라라가 본체와 아바타라 관계에 있다는 인식을 심어주는 데 성공했으므로 첫 번째 조건은 충족됐어요. 하지만 두 번째 조건은 충족됐다고 하기에는 어중간한 결과가 나왔죠. 즉, 글라라는 위장 자살에 성공했지만 정작 클라라의 시신이 호프만 우주에서 발견되지 않은 탓에 클라라가 사망했다는 걸 확인할 수 없었어요."

"만약 마리가 범인이라면 왜 일을 그따위로 했을까, 마드무아젤? 당신 추측이 옳다면 아주 공들여 계획한 범죄였을 텐데."

"설령 계획이 완벽하다 해도, 실행까지 완벽하다는 보장이 있는 건 아니죠. 분명 예상치 못한 상황이 벌어졌을 거예요. 마리에게는 축제 수레에 타기 전과 축제 수레에서 내린 후에 클라라를 살해할 기회가 있어요. 하지만 알리바이가 성립되기 위한 조건상,

축제 수레에 타고 있는 동안 글라라가 사망했다는 소식이 항간에 퍼질 테니까 내린 후에 클라라를 살해하기는 아주 어렵겠죠. 따라서 마리가 클라라를 살해한다면 축제 수레에 타기 전이 바람직해요. 분명 당초 계획은 그랬겠죠. 하지만 무슨 이유로 마리는 축제 수레에 타기 전에 클라라를 살해할 수가 없었어요. 이 경우에 마리가 택할 수 있는 방법은 두 가지예요. 하나는 계획 자체를 중지하는 방법이죠. 하지만 카니발은 1년에 딱 한 번 열려요. 이번 기회를 놓치면 1년이나 기다려야 하죠. 분명 마리는 그때까지 기다릴 수 없었을 거예요. 무엇보다도 지금까지 진행해온 알리바이 공작이 헛수고로 돌아가요. 알리바이 공작에는 빌/이모리라는 불확정 요소도 포함되어 있으니까 다음에도 이번만큼 잘 풀린다는 보장은 없죠. 다른 하나는 축제 수레에서 내린 후에 클라라를 살해하는 것으로 계획을 변경하는 방법이죠. 이미 소동이 벌어졌는데 클라라를 죽이는 건 모험에 가까운 일이지만, 지금까지 들인 공을 물거품으로 만들 수가 없어서 마리는 계획을 결행하기로 한 거예요."

"글라라가 사망했다는 소식을 듣고 모두가 술렁거리는 와중에 클라라가 불쑥 나타나기라도 한다면 마리는 어떻게 할 생각이었을까?" 스팔란차니가 물었다.

"마리는 아무것도 할 필요가 없어요. 클라라가 살아 있다면 살인사건은 발생하지 않은 셈이니까 마리가 의심받을 걱정은 없죠. 그냥 빌의 착각이라고 모두가 받아들였을 거예요."

"그거, 내게 설득력이 있다는 뜻이야?" 빌이 물었다.

"쉿." 젊은 드로셀마이어가 말했다. "충고 하나 할게. 망신당하기 싫으면 더 이상 말하지 마."

"고마워. 네 덕분에 망신을 면했구나."

"그런데 마리는 왜 클라라를 죽이려고 한 걸까요?" 세르펜티나가 물었다.

"상황만 보고서는 동기를 추측할 수가 없구나. 게다가 그건 내가 설명할 일이 아니란다. 직접 설명해주시죠, 판사님. 마리/클라라의 협력자였던 판사님이라면 알고 계실 거예요." 스퀴데리가 날카로운 눈으로 드로셀마이어를 쳐다보았다.

"도대체 무슨 권한이 있어서 그런 소리를 하는 건가? 난 판사야. 여차하면……."

호프만 우주의 주민들이 드로셀마이어를 노려보았다.

"여기는 법치국가일세. 법률에 근거해서 행동할 의무가…… 있어." 드로셀마이어의 목소리는 점점 작아졌다.

"판사님이 계속 그런 태도로 나오신다면 사람들이 준법정신을 잊어버릴지도 모르겠네요."

"지금 협박하는 건가?"

"아니요. 충고예요. 저는 사람들을 못 막아요."

드로셀마이어는 식은땀을 닦았다. "난 공범이 아닐세."

"수긍이 가는 설명을 해주신다면 믿을게요."

"우리는 게임을 했어."

"그 이야기는 하지 마!" 코펠리우스가 외쳤다.

"또 두 분 짓인가요?" 스퀴데리는 기가 막힌다는 듯이 말했다.

"날 끌어들이지 마." 코펠리우스가 새파랗게 질린 얼굴로 말했다.

"하지만 자네를 빼면 이야기의 앞뒤가 안 맞아."

"무슨 일이 있었나요? 솔직하게 말씀하세요."

"그냥 게임을 좀 했을 뿐이야. 사전 준비 과정에서 사소한 장난을 쳤지." 코펠리우스도 체념한 것 같았다.

"무슨 장난을 치셨는데요?"

"마리와 클라라를 뒤바꿨어."

모두가 어리둥절한 표정을 지었다.

"그게 무슨 뜻인가요?"

"말 그대로의 뜻이야. 슈탈바움의 큰딸은 마리고, 마리가 가지고 있는 인형이 클라라였지. 나는 드로셀마이어와 결탁해서 두 명을 뒤바꿨어. 우리 힘을 이용하면 얼마든지 인간을 인형으로도, 그리고 그 반대로도 개조할 수 있거든. 그리고 슈탈바움의 가족과 이웃 사람들의 기억도 조작했지."

"왜 그렇게 몹쓸 짓을 한 거죠?" 스퀴데리는 눈이 휘둥그레졌다.

"게임을 위한 사전 준비라고 했잖아. 그런데 그게 그렇게 몹쓸 짓인가?"

"인간인 마리를 인형으로 만들었으니 아주 몹쓸 짓이고말고요."

"반대로 따지자면 인형인 클라라를 인간으로 만들었으니 착한 일을 했다고 할 수도 있지 않을까, 마드무아젤?"

"당신들에게 남의 본질을 멋대로 바꿀 권리는 없어요."

"지금 이야기의 논점을 흐린 것 아닌가? 뭐, 됐어. 선량한 사람은 모두 위선자니까."

"마드무아젤 드 스퀴데리, 당신은 마리랑 클라라가 뒤바뀌었다는 걸 몰랐어?" 빌이 물었다.

"솔직하게 말할게. 난 슈탈바움 씨네 아이들의 얼굴과 이름이 기억 안 나."

"당연하지. 같은 또래 아이라도 키운다면 모를까, 그냥 알고 지내는 사람의 아이 얼굴과 이름까지 기억하는 사람은 거의 없어. 바로 그래서 우리 게임이 성립한 거야." 드로셀마이어가 말했다.

"도대체 무슨 게임을 하신 건가요?" 스퀴데리가 물었다.

"규칙은 간단하네. 당사자 두 명에게는 게임이라는 사실과 게임의 규칙을 숨겨. 다만 그쪽에서 먼저 상의를 하러 오면 이야기를 들어주지. 내게 상의하러 오면 코펠리우스에게 잘못을 다 떠넘기고, 코펠리우스에게 상의하러 가면 내게 잘못을 다 떠넘겨. 당사자가 먼저 설명해주기 전에는 그들이 무슨 계획을 세우는지 굳이 물어보지 않지. 그리하여 클라라와 마리 둘 중에 누가 이기느냐를 겨루는 걸세."

"어떻게 하면 이기는데요?"

"상대가 패배를 인정하든지, 반격할 수 없는 상태에 빠지면 승리야. 예를 들자면 가족에게 버려져서 외로운 처지가 되거나 범죄자로 체포되는 경우가 있겠지."

"한쪽이 다른 한쪽을 죽이면요?"

"그것까지는 생각해보지 않았는데. 뭐, 무승부려나?"

"정말인가요, 코펠리우스 변호사?" 스퀴데리가 물었다.

"아무렴. 생각해보지 않았어."

"살인으로 발전할 가능성을 생각해보지 않았다고요? 두 분이 그렇게 말하니까, 솔직히 믿기지가 않는군요."

"우리가 살인으로 발전할 줄 알면서 방치했다고 주장하는 건가?" 드로셀마이어가 말했다. "그렇다면 그렇다는 증거를 내놓게."

"오히려 그렇게 되도록 유도한 게 아닐까 싶은데요. 하지만 그렇다 하더라도 두 분은 결코 빈틈을 드러내지 않겠죠." 스퀴데리는 안타깝다는 듯이 말했다.

"당신이 어떻게 생각하든 내 알 바 아니야. 일단 무슨 일이 있었는지 있는 그대로 설명하겠네." 드로셀마이어는 자신만만하게 이야기를 시작했다.

20

마리 "드로셀마이어 판사님, 제 이야기 좀 들어주세요."

드로셀마이어 "귀여운 인형아, 무슨 일이냐?"

마리 "아무래도 전 단순한 인형이 아닌 것 같다는 기분이 들어요."

드로셀마이어 "왜 그렇게 생각하지?"

마리 "길을 걷다가 '마리, 아빠 엄마는 잘 지내시니?'라는 인사를 들은 적이 몇 번 있거든요."

드로셀마이어 "아주 평범한 인사 아니냐."

마리 "인사로서는 평범하죠. 하지만 인형인 제게 부모님 안부를 묻다니, 이상하다고 생각지 않으세요?

드로셀마이어 "확실히 이상하구나. 하지만 사람을 잘못 봤을 수도 있어."

마리 "그런데 그런 사람들은 전부 절 슈탈바움 씨네 딸이라고 해요."

드로셀마이어 "넌 슈탈바움 집에 살지? 슈탈바움 집에 갔을 때 널 본 탓에 헷갈린 거겠지."

마리 "하지만 저를 슈탈바움 씨 딸이라고 생각하는 사람들 중에는 한 번도 슈탈바움 씨 집에 온 적이 없는 사람도 있어요. 저어, 드로셀마이어 판사님, 저랑 클라라는 닮았나요?"

드로셀마이어 "찾아보면 닮은 곳이 몇 군데 있기야 있겠지. 하지만 같은 사람으로 생각할 만큼 닮지는 않았어."

마리 "그렇다면 도대체 어떻게 된 걸까요?"

드로셀마이어 "누가 네게 장난을 치는 걸지도 모르겠구나."

마리 "무슨 음모가 진행되고 있는 것 아닐까 싶어요."

드로셀마이어 "음모라니 섬뜩한 말이로군."

마리 "드로셀마이어 판사님, 판사님이 꾸민 짓 아닌가요?"

드로셀마이어 "내가 뭘 꾸몄다는 거지?"

마리 "제 이야기를 빼앗아서 클라라에게 준 것 아닌가요?"

드로셀마이어 "네 이야기?"

마리 "호두까기 인형 이야기요. 실은 제가 판사님 조카와 맺어져야 했던 게 아닌가 싶은 기분이 들어요."

드로셀마이어 "너, 내 조카를 사랑하니?"

마리 "아니요. 하지만 꿈을 꿔요. 그가 저를 위해서 쥐 군대와 싸움을 벌인 끝에 승리하는 꿈을요."

드로셀마이어 "쥐한테 이겼다고 해서 두 사람이 꼭 맺어진다고 할 수는 없을 텐데."

마리 "그는 승리한 후에 왕국을 손에 넣어요. 그리고 저를 왕비로 맞아들이죠."

드로셀마이어 "하지만 넌 내 조카를 사랑하지는 않잖니?"

마리 "예."

드로셀마이어 "그렇다면 꿈에 연연할 필요는 없지 않을까?"

마리 "만약 왕비가 되는 것이 제 원래 운명이라면, 그 운명을 되찾고 싶어요. 제게는 왕비라는 지위가 어울리니까요."

드로셀마이어 "너랑 클라라가 뒤바뀌었다는 증거는 있느냐?"

마리 "없어요. 하지만 저는 뒤바뀌었다고 확신해요."

드로셀마이어 "좋아. 널 믿도록 하마."

마리 "한 번 더 여쭤보겠는데, 판사님이 우리를 뒤바꾼 것 아니죠?"

드로셀마이어 "어째서 내가 그런 몹쓸 짓을 했다고 생각하지?"

마리 "판사님한테는 그럴 능력이 있으니까요."

드로셀마이어 "그런 능력을 지닌 사람은 나 혼자가 아니야. 예를 들면 모래 사나이에게도 그런 힘이 있지."

마리 "모래 사나이?"

드로셀마이어 "코펠리우스 말이다. 때로는 코폴라라는 이름도 쓰지. 그 남자에게 복수하고 싶다면 내가 도와줄 수도 있어."

마리 "그 남자에게는 흥미 없어요."

드로셀마이어 "그럼 네가 바라는 건 뭐지? 왕비가 되는 운명을 되찾고 싶은 거냐? 미안하지만 그 바람을 이룰 수는……."

마리 "아니요."

드로셀마이어 "지금 아니라고 했니?"

마리 "예."

드로셀마이어 "하지만 왕비가 되고 싶다면서."

마리 "지금 제가 바라는 건 판사님 조카도, 왕국도 아니에요. 클라라의 뼛속 깊이 새겨주고 싶어요. 남의 운명을 빼앗으면 어떻게 되는지를."

드로셀마이어 "좋아. 클라라에게 복수를 하고 싶다면 도와주마. 일단은 계획부터 세워야겠지."

마리 "계획이라면 있어요."

드로셀마이어 "뭐라고?"

마리 "판사님이 지구에 대해 이야기하는 걸 들은 적이 있어요."

드로셀마이어 "그 가설은 머지않아 증명될 거다. 이제 고지가 코앞이야."

마리 "저한테 증명하실 필요는 없어요. 저는 지구가 있다는 걸 알아요. 그 세계에는 제 분신, 아바타라고 하나요? 그게 존재하니까요."

드로셀마이어 "뭐라고? 지구에 네 아바타라가 있어?"

마리 "제 아바타라는 젊은 여자예요. 클라라와 좀 닮았죠. 판사님 아바타라도 지구에 있죠?"

드로셀마이어 "암. 내 아바타라도 지구에 있지."

마리 "판사님과 비슷하게 생긴 남자 어른인가요?"

드로셀마이어 "아니. 지구에 있는 내 아바타라는 나와 전혀 안 닮았어."

마리 "그럼 곤란한데요. 변장으로 어떻게 안 될까요?"

드로셀마이어 "어째서 변장을 해야 하지?"

마리 "지구에 아바타라가 존재하는 사람은 꽤 많겠죠?"

드로셀마이어 "그래. 제법 많지."

마리 "그런 사람들 중 한 명에게 제 아바타라가 클라라의 아바타라라는 착각을 심어주는 거예요."

드로셀마이어 "그 계획과 내 아바타라가 무슨 상관이기에?"

마리 "이 세계와 지구에 생김새가 닮은 클라라와 드로셀마이어가 한 쌍씩 있다고 쳐요. 그리고 지구의 드로셀마이어와 클라라가 서로를 이 세계의 드로셀마이어와 클라라의 아바타라라고 인정해요. 그럴 경우, 제 아바타라가 클라라의 아바타라가 아니라고 의심하는 사람이 있을까요?"

드로셀마이어 "호프만 우주다."

마리 "예?"

드로셀마이어 "이 세계의 임시 명칭이야. ……즉, 지구에 있는 네 아바타라를 클라라의 아바타라로 속이기 위해서는 겉모습이 닮아야 한다는 말이로군. 하지만 본체와 아바타라의 겉모습이 반드시 닮는 건 아니라고 할까, 실제로 안 닮았어. 따라서 겉모습의 유사성은 본체와 아바타라의 연결 관계를 증명하는 근거가 못 돼. 하지만 그러한 사례가 더 있다면 속는 사람이 나올 수도 있다. 그런 말이냐?"

마리 "맞아요. 과연 이해력이 좋으시군요, 드로셀마이어 판사님."

드로셀마이어 "하지만 주의 깊은 사람이라면 그렇게 쉽게 속아 넘어가지 않을 텐데."

마리 "속일 대상을 신중하게 골라야죠. 만에 하나라도 진상을 알아차리지 못할 만한 인물로요."

드로셀마이어 "하지만 일시적으로 속인다고 해도, 그 인물이 호프만 우주의 클라라와 접촉하면 거짓말이 바로 들통날 텐데?"

마리 "괜찮아요. 아주 잠깐만 속이면 제 목적을 달성할 수 있으니까요."

드로셀마이어 "도대체 뭘 어쩔 생각이지? 클라라인 척하고 사고라도 칠 작정이냐?"

마리 "……뭐, 그런 셈이죠."

드로셀마이어 "하지만 아까도 말했다시피 지구에 있는 내 아바타라는 나하고 전혀 안 닮았어. 그래서야 네 계획을 실행할 수 없을 텐데."

마리 "변장을 잘 하면 어떻게 안 될까요?"

드로셀마이어 "안 돼. 골격부터 다르거든."

마리 "그럼 사람을 쓰죠."

드로셀마이어 "사람을 쓰자고?"

마리 "지구에서 판사님과 비슷하게 생긴 사람을 고용해서, 판사님 아바타라인 척 연기를 시키는 거예요."

드로셀마이어 "내 아바타라에게는 사람을 쓸 만한 여유가 없는데."

마리 "제 아바타라는 부모님이 외국에 있어서 혼자 사는데, 예금에서 생활비를 뽑아 써요. 그 예금을 사용하죠. 생활비로 쓰고도 넘칠 만큼 돈이 많으니까 걱정 마시고요."

드로셀마이어 "구체적으로 어떻게 하면 되겠나?"

마리 "판사님을 닮은 사람을 모집하면 돼요. 키가 작고 마른 남자라면 다른 특징은 변장으로 메꿀 수 있을 거예요."

드로셀마이어 "그렇군. 하지만 그 사람이 어디까지 우리한테 협력해주려나."

마리 "그건 면접을 보면서 확인하는 수밖에요. 돈만 주면 무슨 짓이든지 할 뿐 아니라, 특이한 상황을 즐기는 사람이어야 해요."

드로셀마이어 "그런 사람이 있을까?"

마리 "반드시 찾아주세요. 시간은 아무리 오래 걸려도 상관없어요."

드로셀마이어 "예상외로 빨리 내 아바타라 역할을 할 사람을 찾았어."

마리 "어떤 사람인가요?"

드로셀마이어 "대학교수야."

마리 "대학교 선생님이? 어째서? 도대체 돈을 얼마나 요구하던가요? 제 아바타라의 예금통장이 화수분은 아니라서요."

드로셀마이어 "보수는 신경 쓰지 않아도 돼."

마리 "그게 무슨 말씀이세요? 아르바이트 모집 공고를 보고 온 사람이 아닌가요?"

드로셀마이어 "모집 공고가 너무 특이해서 흥미가 생겼대. 용모의 특징을 조건으로 걸다니 마치 '빨간 머리 연맹' 같다고 하더군.

그래서 내가 몰래 카메라를 찍기 위해서라고 했더니 자기가 하겠다고 나섰어."

마리 "괜찮을까요? 그 사람은 몰래 카메라라고 생각하는 거잖아요."

드로셀마이어 "영화 뺨치게 공들인 기획이라고 말해뒀지. 최면술과 최신 특수 시각효과 기술을 구사해서 한 인물에게 다른 세계의 존재를 믿게 만드는 내용이라고 했어. 드로셀마이어 명의의 가짜 명함과 교수실 문패까지 준비하겠다고 하더군. 너랑은 외국인 이모부와 조카라는 설정으로 갈 거야."

마리 "그렇게 판을 크게 벌여놓고 뒷감당은 어떻게 하시려고요?"

드로셀마이어 "뒷일을 걱정할 필요가 있을까? 전부 지구에서 일어나는 일이야. 우리 세계하고는 무관하다고."

마리 "……그러네요. 클라라에게 복수만 할 수 있으면 되니까요. 뒷일은 어찌 되든 상관없어요."

드로셀마이어 "자, 이제 클라라에게 어떤 식으로 복수할지 가르쳐줄 테냐?"

마리 "그건 아직 가르쳐드릴 수 없어요. 제 아바타라를 클라라의 아바타라라고 철석같이 믿을 만한 사람을 찾으면 알려주세요."

드로셀마이어 "써먹을 만한 사람을 찾았어. 아니, 정확하게 말하자면 사람은 아니지만."

마리 "찾으신 거예요, 못 찾으신 거예요?"

드로셀마이어 "찾기는 찾았어. 하지만 인간은 아니야."

마리 "저 같은 인형이나 오토마타인가요? 아니면 요정?"

드로셀마이어 "셋 중에 고르자면 요정에 가까울지도 모르겠군. 녀석 말에 따르면 요정이 아니라 동물인 것 같지만."

마리 "도대체 뭔가요?"

드로셀마이어 "도마뱀이야."

마리 "도마뱀! 저를 놀리시는 건가요?"

드로셀마이어 "천만에. 녀석은 이번 계획에 써먹기에 딱 알맞은 존재야."

마리 "도마뱀은 증언을 할 수 없잖아요."

드로셀마이어 "녀석은 사람 말을 알아듣고, 말할 줄도 알아."

마리 "하지만 지구의 도마뱀은 말을 못 해요."

드로셀마이어 "이 세계에서는 도마뱀이지만, 지구에서는 인간이야."

마리 "그거 흥미롭네요."

드로셀마이어 "그 도마뱀은 지성이 그다지 뛰어나지 않아. 따라서 네 아바타라를 클라라의 아바타라로 오인할 가능성이 아주 크지. 게다가 녀석은 호프만 우주도, 지구도 아닌 다른 세계에서 왔어. 그러니까 호프만 우주와 지구가 어떤 식으로 연결되는지도 몰라. 호프만 우주의 본체와 지구의 아바타라는 서로 비슷하게 생겼다고 주장하면 아무런 의심도 하지 않고 믿을 것 같아."

마리 "알겠어요. 도마뱀의 아바타라에 대해서 자세하게 알려주세요."

드로셀마이어 "도마뱀의 이야기에 따르면 우연하게도 그는 가짜 드로셀마이어가 교수로 있는 대학교 학생이라는군."

마리 "그렇군요. 저는 가짜 드로셀마이어의 조카라는 설정이니까 그리 어렵지 않게 접근할 수 있을 것 같네요. 이 세계의 클라라는 어떤 상태인가요?"

드로셀마이어 "네 말대로 쥐를 시켜서 상처를 입혔어."

마리 "그 쥐는 제대로 처리하셨겠죠?"

드로셀마이어 "암. 생쥐 왕을 치즈 1년분으로 매수했지. 그 쥐는 벌써 동료들에게 잡아먹혔어."

마리 "그럼 저도 사고를 당해서 다친 걸로 해둘게요. 이로써 완벽하게 속일 수 있겠군요."

마리 "이야기가 다르잖아요, 드로셀마이어 판사님."

드로셀마이어 "뭐가 다른데?"

마리 "판사님은 도마뱀이 멍청하다고 하셨어요. 하지만 그 청년은 그렇게 멍청하지 않다고요."

드로셀마이어 "난 도마뱀의 지성에 관해 이야기했을 뿐이야. 아바타라의 지성은 언급한 적 없어."

마리 "하지만 실제로 속여야 하는 쪽은 아바타라인걸요."

드로셀마이어 "걱정할 필요 없다. 그 남자는 머리는 좋지만, 너무 순진한 구석이 있어. 이유도 없이 남을 의심하지는 않지. 네가 실수만 하지 않는다면 녀석은 널 믿을 거다."

마리 "그럼 오늘 제 아바타라가 그의 눈앞에서 자살할게요."

드로셀마이어 "자살이라고? 그게 무슨 소리냐?"

마리 "제 계획의 중요한 요소예요. 아바타라가 자살해도 본체는 피해를 입지 않는다. 그건 확실하겠죠?"

드로셀마이어 "그럼. 확실하지."

마리 "자살하는 건 제 아바타라인 글라라예요. 따라서 제가 죽는 건 아니죠. 일종의 거짓 자살극이에요."

드로셀마이어 "도대체 왜 아바타라로 자살을 하겠다는 거지?"

마리 "그 청년에게 제가 죽는 장면을 목격시키려고요. 판사님께 폐를 끼치지는 않을 테니 안심하세요. 어쨌거나 저는 실제로 죽는 게 아니니까요."

21

"그다음부터 어떻게 됐는지는 딱히 설명할 필요가 없겠지." 드로셀마이어가 말했다.

"즉, 판사님은 마리의 속셈을 몰랐다고 주장하시는 건가요?" 스퀴데리가 물었다.

"마리가 진심으로 클라라를 살해할 작정이었는지 이제는 알 방도가 없네. 그리고 나도 마리가 무슨 계획을 세웠는지 전혀 몰랐어."

"판사님은 마리의 요청에 응해 가짜 드로셀마이어를 모집했고, 그 인물이 가짜 드로셀마이어로 행동할 수 있도록 훈련시켰어요. 게다가 쥐를 시켜서 클라라에게 위해를 가했고요."

"난 그저 마리의 지시에 따랐을 뿐이야."

"그토록 자세한 지시를 받았으면서 마리가 세운 계획의 전모를 파악하지 못했다고 말씀하시는 건가요?"

"그렇다네."

"마리의 의도도 모르고서 준비를 척척 해내셨다니 아무래도 부자연스러운데요."

"마리는 아주 세세하고 꼼꼼하게 지시를 내렸어. 그래서 계획의 전체적인 윤곽을 모르고도 마리가 원하는 대로 준비할 수 있었지."

"판사님은 지성이 탁월하시니까 그렇게 세세한 지시를 받았다면 마리의 의도를 쉽사리 추측하셨을 것 같은데요. 아닌가요?"

"마리가 클라라 죽이기 계획을 세웠다는 걸 눈치챘느냐고 묻는 건가?"

"여기 있는 모두가 그걸 묻고 싶을 거예요."

"대답은 '아니요'일세. 난 마리가 살의를 품고 있는 줄 몰랐어."

"어느 시점에서 알아차리셨나요?"

"당신의 추리를 듣고 나서야 알았다네, 마드무아젤." 드로셀마이어는 어깨를 으쓱했다.

"판사라는 분이 모르쇠로 일관하겠다는 건가요?"

"나도 마리의 계획을 미처 알아차리지 못해서 심히 유감일세. 하지만 거짓말을 할 수는 없잖나. 난 마리가 무슨 계획을 세웠는지 전혀 감을 잡지 못했고, 마리가 살의를 품은 줄도 몰랐어."

스퀴데리는 한숨을 쉬었다. "이거야 원. 철면피가 따로 없네요, 판사님."

"그건 명예훼손에 해당하는 말일세, 마드무아젤." 드로셀마이어는 낯빛 한번 변하지 않고 말했다.

"그럼 다른 질문을 드릴게요. 가짜 드로셀마이어의 정체는 뭐죠?"

"대학교수야. 물론 진짜 이름은 드로셀마이어가 아니지. 진짜 이름은 잊어버렸어. 어쩌면 못 들었는지도 모르겠군."

"그 사람은 호프만 우주와 지구가 어떤 관계에 있는지 몰랐나요?"

"백퍼센트 모른다고 할 수는 없겠지. 내가 그에게 두 세계에 대해 간략하게 강의했으니까. 물론 그게 사실이라고 말하지는 않았지만. 이모리를 속이기 위한 설정이라고 여겼을 거야."

"지구에만 존재하고 호프만 우주의 존재를 믿지 않는 사람인데, 이 세계에 대해 이모리와 자연스럽게 대화를 나눴다고요? 아무래도 부자연스러운데요."

"물론 마리/글라라가 적확하게 지시를 내린 덕분일세. 그 아이는 정말 믿기지 않을 만큼 지시를 내리는 능력이 뛰어났어."

"가짜 드로셀마이어는 이모리와 실시간으로 대화를 나누었어요. 메일로 이야기를 했다면 마리/글라라가 일일이 확인할 수 있었을지도 모르지만, 실시간으로 대화를 나눌 때는 그럴 수 없을 텐데요."

"마리/글라라는 다양한 상황을 가정해서 연습을 시켰네. 가짜 드로셀마이어는 연습한 대로 말했을 뿐이야."

"그렇다면 어떻게 글라라가 죽은 후에도 상황에 알맞은 연기를 할 수 있었던 걸까요? 아무에게도 지시를 못 받을 텐데요?"

"그렇군. 확실히 부자연스러워." 드로셀마이어는 눈썹 한번 까딱하지 않고 말했다. "그렇다면 그는 두 세계의 연결 관계에 대해 어느 정도 지식을 갖추고 있었는지도 모르겠군."

"빌의 말에 따르면 가짜 드로셀마이어는 완전히 판사님처럼 행동했대요. 즉, 이 세계에 가짜 드로셀마이어의 본체가 존재한다고 봐야 자연스럽겠죠."

"과연. 듣고 보니 그렇군. 그는 분명 이 세계에 있을 걸세."

"그 인물은 판사님 바로 곁에서 판사님을 관찰할 수 있는 입장일 거예요. 그리고 이모리와 별지장 없이 이야기를 나누는 걸로 보건대 빌 근처에도 있을 테고요. 또한 클라라에 관한 정보도 얻을 수 있는 인물이에요." 스퀴데리가 말을 이었다. "이 조건에 합치하는 인물은 과연 누구일까요?"

"글쎄. 누굴까?"

"가짜 드로셀마이어의 본체에 해당하는 인물이 클라라라면 어떨까요?" 스퀴데리가 말했다.

드로셀마이어는 한쪽 눈썹을 움찔했다. "아주 재미있는 가설이네만, 증거는 있나?"

"아직은 결정적인 증거가 없어요. 하지만 가짜 드로셀마이어의 정체가 클라라라면 앞뒤가 딱딱 들어맞아요."

"뭐가 어떻게 딱딱 들어맞는데?"

"제 가설이 옳다면 클라라는 마리의 클라라 죽이기 계획을 바로 곁에서 보고 들은 거예요. 어리석게도 마리는 자신이 죽이려는 대상의 눈앞에서 살해 계획을 세운 셈이죠."

"클라라를 살해하기 위해서 아르바이트 모집 공고를 냈는데, 때마침 클라라의 아바타라가 찾아왔다는 건가? 그런 우연이 쉽사리 일어나겠나?"

"물론 우연이 아니었겠죠." 스퀴데리가 말했다. "판사님은 어떤 방법으로 가짜 드로셀마이어를 모집하셨나요?"

"신문에 끼워 넣는 전단지와 인터넷으로."

"거기에는 판사님 특징이 자세하게 적혀 있었겠군요."

"당연하지. 나와 닮을수록 일을 진행하기가 편하니까."

"이 세계에서 판사님을 잘 아는 인물의 아바타라가 그 공고를 본다면, 판사님이 지구에서 뭔가 꾸미고 있다는 걸 금방 추측할 수 있지 않을까요?"

"……그럴지도 모르지." 드로셀마이어는 마지못해 인정했다.

"만약 클라라의 아바타라가 키가 작고 마른 남자라면 그 모집에 지원했을 가능성이 크겠죠. 그리고 진짜 드로셀마이어의 생김새를 안다면 의도적으로 그 모습과 비슷하게 꾸미고 오는 건 그렇게 어려운 일이 아니에요."

드로셀마이어는 말없이 스퀴데리를 노려보았다.

"판사님, 그런 가능성은 고려하지 않으셨나요?" 스퀴데리가 물었다.

"그래. 그럴 줄은 꿈에도 몰랐어." 드로셀마이어는 그렇게 대답했다.

스퀴데리는 드로셀마이어의 왼쪽 눈을 쳐다보았다.

"판사님이 정말로 모르고서 클라라에게 속았는지, 아니면 알면서 일부러 클라라의 아바타라를 골랐는지는 알 수 없어요. 어쨌거나 클라라는 가짜 드로셀마이어가 되는 데 성공했어요. 그리고 얼마 지나지 않아서 자신의 가짜 아바타라의 본체가 마리라는 사실도 눈치챘겠죠. 마리의 아바타라인 클라라가 살해 계획을 얼마나 노출시켰는지는 모르겠지만, 클라라의 통찰력이 충분했다면 마리의 목적이 알리바이 공작임을 알아차렸을 거예요."

"클라라는 자기를 살해할 계획이 진행되고 있다는 걸 알면서도 그냥 내버려뒀다는 말인가?"

"물론 당장 들고일어나서 마리의 계획을 망칠 수도 있었겠죠. 하지만 클라라가 범죄를 미연에 방지하는 것만으로는 만족할 수 없었다면 어떨까요? 자신을 죽이려고 하는 마리에게 복수하고자 새로운 계획을 세웠다면?"

"마드무아젤, 정말이지 당신의 상상력에 감탄을 금치 못하겠군."

"범죄를 미연에 방지한 경우, 마리는 무거운 벌을 받지 않아요. 마리는 살인을 저지른 게 아니라 계획을 세웠을 뿐이니까요." 스퀴데리는 드로셀마이어의 말에는 반응을 보이지 않고 이야기를 계속했다. "그에 비해 마리의 계획을 도중까지 실행시키면 클라라는 살해당한 것처럼 보이게 돼요. 그러면 상황은 오히려 클라라에게 유리해지죠. 이미 죽은 것으로 여겨지니까 알리바이를 만들 필요조차 없거든요."

"마드무아젤!" 올리비에가 말했다. "그 말씀은, 도중에 살인 계획의 주체가 마리에서 클라라로 바뀌었다는 뜻인가요?"

스퀴데리가 고개를 끄덕였다. "그렇단다."

"그렇소, 드로셀마이어?" 카르디악이 씩 웃었다.

"기분 좋아 보이는군, 카르디악." 드로셀마이어는 이어서 대답했다. "하지만 지금 이야기는 마드무아젤의 단순한 추측에 지나지 않아. 물적 증거는 전혀 없네."

"판사님, 그럼 반대로 여쭤볼게요. 어떤 증거가 있으면 제 추측을 검증할 수 있을까요?" 스퀴데리가 물었다.

"만약 당신 추측이 옳다면 클라라는 살해당하지 않은 셈이야. 그리고 마리가 클라라에게 살해당했다는 것이 당신 주장이지."

"맞아요, 판사님."

"그렇다면 클라라를 찾아내면 되겠지. 살아 있는 클라라를. 그리고 클라라에게 자백을 받으면 전부 해결돼." 드로셀마이어는 미소 지었다. "자, 클라라를 여기로 데려오게, 마드무아젤."

"자신이 이겼다고 생각하시는군요, 드로셀마이어 판사님."

"이기고 지고의 문제가 아닐세. 난 마리 죽이기에도 클라라 죽이기에도 일절 관여하지 않았으니까."

"알겠어요." 스퀴데리는 말했다. "지금부터 사고 실험을 하나 실시할게요."

"뭐라고? 클라라를 데려오는 것 아니었나?"

"클라라가 어디 있는지 알아내기 위한 사고 실험이에요. 자, 사고 실험 내용은 이래요. 만약 클라라와 드로셀마이어 판사님이 공범 관계라면 판사님은 어떻게 클라라를 감출까요?"

"어허, 이것 참. 전제가 잘못됐는데 이 사고 실험에 무슨 의미가 있겠나."

"의미가 있는지 없는지는 끝까지 진행해보면 알겠죠." 스퀴데리는 목소리에 힘을 주어 딱 잘라 말했다. "스팔란차니 선생님, 판사님은 어떤 방법을 사용했을까요?"

스팔란차니는 턱을 쓰다듬으면서 생각에 잠겼다.

"그냥 멀리 도망시키는 방법도 있지만, 그러면 발견될 우려가 있지. 클라라를 죽이는 게 제일 확실한 방법이야."

드로셀마이어가 움찔했다. "난 안 죽였어."

"맞아요. 클라라를 죽이는 건 위험성이 너무 높아요. 애당초 클라라도 바보같이 두 눈 뻔히 뜨고 살해당하지는 않을 테고요. 마리가 자신에게 살의를 품었고, 자신도 마리에게 반격하고자 마음먹었으니 자신의 안전에 충분히 주의를 기울일 거예요."

"그렇다면 겉모습을 바꾸는 게 가장 손쉬운 방법이겠지."

스퀴데리가 고개를 끄덕였다. "클라라와 마리를 뒤바꿨으니까, 클라라를 또 다른 누군가로 바꾸는 것도 그렇게 어렵지는 않겠죠."

"하지만 그럴 경우 새로운 문제가 발생하는데." 스팔란차니가 반박했다. "이번에는 클라라와 바뀐 인물이 처치 곤란이야. 같은 인물이 두 명이면 눈에 띄겠지. 그렇다고 그 인물을 클라라로 만들면 그 인물을 감춰야 해. 감추려고 제삼자와 뒤바꾸면 무한한 연쇄가 발생하겠지."

"그 누군가가 생활을 하지 않으면 문제없는 것 아닌가요?" 스퀴데리가 물었다.

"인간이라면 생활을 하지 않을 수 없겠지."

"저는 사건 관계자 여러분께 진술을 청취했어요." 스퀴데리가 느닷없이 화제를 바꾸었다. "사건의 단서를 얻기 위해서였지만, 클라라를 직접 찾아본다는 목적도 있었죠."

"어처구니가 없군. 클라라가 자기 입으로 정체를 술술 털어놓겠나." 드로셀마이어가 비웃듯이 말했다.

"본인도 정체를 밝힐 생각은 없었을 거예요. 아주 약간 부주의했던 거죠. 클라라는 저와 이야기를 나누다가 꼬리가 드러났어요."

"클라라랑 나랑 누가 더 부주의할까?" 빌이 물었다.

"넌 자주 부주의하게 말하고 행동하지, 빌. 하지만 악의가 전혀 없으니 괜찮아."

"알려줘서 고마워, 마드무아젤 드 스퀴데리. 앞으로는 마음 놓고 부주의하게 말하고 행동할 수 있겠다."

"조금은 주의해도 된단다, 빌." 스퀴데리가 상냥하게 말했다.

"이야기를 원래대로 되돌려주실까." 코펠리우스가 안달이 나는 듯 말했다. "지금 중요한 대목이지?"

"저는 드로셀마이어, 코펠리우스, 피를리파트, 세르펜티나, 올림피아, 로타르에게 진술을 들었어요."

"그중에 범인이 있나? 나도 용의자인 것 같은데."

스퀴데리는 고개를 끄덕였다.

"진술을 청취할 때 뭔가 증거가 될 만한 물건을 찾았나?"

"아니요. 진술만 듣고 그 인물이 범인이라는 걸 알아냈어요."

"드로셀마이어 판사님은 제외해도 되지 않습니까?" 로타르가 말했다. "설마 범인을 자신으로 바꾸는 모험은 하지 않겠죠."

"뭘 몰라도 한참 모르는군." 카르디악이 말했다. "그게 오히려 맹점일 수도 있다고."

"난 범인이 아니에요." 피를리파트가 말했다. "만약 내가 증거가 될 만한 말을 했다면 분명 말이 잘못 나온 거라고요."

"피를리파트 공주님, 안심하세요. 당신은 잘못 말씀하신 게 없어요."

"그거 '피를리파트를 범인 후보에서 제외한다'는 뜻인가요?" 세르펜티나가 확인했다.

"뜸 들이지 말고 말씀해주십시오, 마드무아젤." 판탈론이 애원했다.

"올림피아, 만약 누군가를 너로 바꾸었다면 진짜 너는 생활할 필요가 없겠지." 스퀴데리가 조용히 말했다.

"예. 저는 먹고 마시거나 운동할 필요가 없으니까요. 그냥 태엽이 다 풀린 채 가만히 있으면 돼요." 올림피아가 대답했다.

"올림피아는 가능성을 이야기한 것뿐이야. 자백한 게 아니라고." 스팔란차니가 허둥지둥 말했다.

"그렇죠. 올림피아가 자백한 건 아니지만." 스퀴데리는 올림피아를 가리켰다. "올림피아, 네가 클라라구나."

"확신하시는 건가요, 마드무아젤?" 올림피아가 되물었다.

"응. 난 내 추리에 자신이 있단다."

"그 이유는 제가 오토마타라서?"

"아니. 네 진술을 듣다가 확신을 얻었지."

"제가 무슨 실수를 했다는 뜻인가요?"

"그래. 넌 실수를 했어."

"제가 무슨 실수를 했는데요?"

"네게 진술을 들을 때 빌은 마리가 수상하다고 했지. 그때 네가 뭐라고 했는지 기억나니?"

올림피아의 몸에서 톱니바퀴가 돌아가는 소리가 났다.

"예. '논리적으로 따졌을 때 마리는 범인이 아니야. 피해자니까'라고 했어요."

"왜 마리가 피해자라고 생각했니?"

"당신이 마리의 시신이 발견됐다고 말했으니까요."

"아니. 그런 말은 안 했어. 난 그저 '시신이 발견돼서 수사가 다음 단계에 접어들었어'라고 했을 뿐이야."

"그 시점에서 시신이 발견됐다고 하면 마리라고 받아들이는 게 당연하지 않나요?"

"피를리파트 공주님, 그리고 세르펜티나. 두 사람도 제게 진술을 할 때 마리가 시신으로 발견됐다고 생각했나요?"

"행방불명된 건 클라라잖아요. 당연히 클라라의 시신이겠구나 싶었는데요." 피를리파트가 대답했다.

"시신이 발견됐다는 걸 알기 전에 제가 먼저 클라라에 관해 여쭙지 않았던가요?" 세르펜티나가 말했다.

"두 명 다 확실히 기억하는 것 같네요."

"저는 인간보다 감각이 예민하거든요. 당신의 태도에서 마리가 죽었다는 걸 읽어냈어요."

"설마." 젊은 드로셀마이어가 입을 열었다. "그건 말도 안 돼. 마리의 시신은 올림피아 네가 진술을 마친 후에 발견됐거든."

"올림피아, 넌 시신이 발견됐다는 말을 들었을 때 당연히 마리의 시신이라고 생각했어. 왜냐하면 마리가 죽었다는 걸 알고 있었기 때문이지. 그리고 자신, 그러니까 클라라가 죽지 않았다는 것도 물론 알고 있었고." 스퀴데리가 보충했다.

올림피아가 움직임을 멈추었다. 그리고 갑자기 미친 듯이 웃음을 터뜨렸다.

"왜 저래? 올림피아가 고장 난 거야?" 빌은 불안한 듯이 물었다.

"아니야, 빌. 그렇지 않단다. 올림피아는 자신이 패배했음을 깨달은 거야."

22

클라라 "드로셀마이어 씨, 마리와 결탁해서 절 죽이려는 거죠?"
드로셀마이어 "무슨 소린지 전혀 모르겠는데."
클라라 "제 아바타라도 지구에 있다고요."
드로셀미어 "그거 금시초문이로군."
클라라 "그럼 글라라가 제 아바타라가 아니라고 인정하시는 거군요."
드로셀마이어 "도대체 어떻게 알아낸 거지?"
클라라 "신문 전단지에 실린 모집 조건이 당신의 외모와 똑같았어요. 그리고 우연하게도 제 아바타라는 키가 작고 말랐죠. 물론 애꾸눈은 아니고 머리카락도 있지만, 그런 건 얼마든지 위장할 수 있으니까요."
드로셀마이어 "네 아바타라가 가짜 드로셀마이어라는 뜻이로구나. 이거 놀랍군."
클라라 "당신들은 제 눈앞에서 저를 죽일 계획을 짠 거예요."

드로셀마이어 "허허. 물론 그건 장난이란다. 진심으로 살해 계획을 세운 게 아니야."

클라라 "걱정하지 마세요. 저는 당신들을 규탄할 생각이 없으니까."

드로셀마이어 "그것참 관대하구나. 하지만 뭔가 대가를 기대하는 것 아니냐?"

클라라 "조건이 있어요. 대단한 건 아니고요. 당신에게는 아무 손해도 없을 거예요."

드로셀마이어 "아무튼 조건을 한 번 들어보자꾸나."

클라라 "조건 하나, 마리/클라라에게는 제가 계획을 눈치챘음을 알리지 말 것."

드로셀마이어 "그야 어렵지 않지. 애당초 난 중립적인 입장을 유지할 생각이니까. 마리와 너, 둘 중 누가 도움을 요청하든지 들어줄 거야."

클라라 "상담에 응해서 살해 계획을 도와주고 있는데 중립적이라고요?"

드로셀마이어 "그 살해 계획이 새어나갔다는 사실을 마리에게 말하지 않을 거니까 충분히 중립적이지. 그런데 다음 조건은?"

클라라 "조건 둘, 클라라 죽이기 계획은 예정대로 진행할 것."

드로셀마이어 "널 죽이려는 계획인데?"

클라라 "예. 하지만 저도 참가해서 계획을 짜고 있으니까요. 절대로 안 죽을 거예요."

드로셀마이어 "그런 짓을 해서 네가 얻는 건 뭐지?"

클라라 "당신한테 가르쳐줄 생각은 없어요."

드로셀마이어 "그럴 줄 알았지. 말하기 싫다면 안 해도 돼. 네가 무슨 생각인지는 대충 알겠으니까."

클라라 "말리실 건가요?"

드로셀마이어 "아니. 아까도 말했다시피 난 중립적인 입장이야. 너와 마리 둘 중 어느 한쪽이 유리해지는 짓은 하지 않아."

클라라 "하지만 이쪽과 저쪽에 같이 도움을 주잖아요."

드로셀마이어 "그래. 그러니까 중립이지. 한쪽 편만 들면 중립이라고 할 수 없잖아."

클라라 "물어보고 싶은 게 있는데요."

드로셀마이어 "뭔데?"

클라라 "당신이 제 정체를 마리에게 숨겨도, 마리가 자기 힘으로 제가 가짜 드로셀마이어라는 사실을 알아차릴 가능성은 있겠죠?"

드로셀마이어 "암. 그럴 가능성은 있지."

클라라 "그럴 경우, 마리가 눈치챘다는 걸 제게 알려주실 건가요?"

드로셀마이어 "난 중립이라고 했을 텐데? 내가 얻은 정보를 고의로 상대방에게 흘리지는 않아."

클라라 "그렇다면 제 정체가 마리에게 드러날 위험성은 항상 존재하는 셈이로군요."

드로셀마이어 "말귀를 잘 알아듣는구나."

클라라 "하지만 고의로 마리에게 알리지는 않으실 거고요."

드로셀마이어 "말귀를 잘 알아듣는구나."

클라라 "당신 말을 믿어도 된다는 근거는 있나요?"

드로셀마이어 "근거는 없어. 그러니 믿든 말든 네 마음대로 하여라."

클라라 "만약 제 정체를 마리에게 밝히면 당신이 저지른 짓을 모두에게 폭로할 거예요."

드로셀마이어 "날 협박할 필요 없어. 네 정체를 마리에게 밝힐 생각은 없으니까. 하지만 협박해야 네 마음이 편할 것 같다면 협박하려무나."

클라라 "좋아요. 당신을 믿을게요. 하지만 만약 날 속이면 상응하는 대가를 치러야 할 거예요."

드로셀마이어 "알았다."

마리 "클라라가 보이지 않아요."

드로셀마이어 "이제 곧 카니발이 시작될 텐데."

마리 "예. 빨리 찾지 못하면 늦는데."

드로셀마이어 "계획을 중지할 거냐?"

마리 "잠깐만요. ······아니요. 계획은 중지 안 해요."

드로셀마이어 "하지만 죽이지 않고 알리바이만 만들어봤자 아무 의미도 없잖아."

마리 "알리바이를 만든 후에 죽여도 상관없어요."

드로셀마이어 "하지만 그건 너무 위험해. 죽이기 전에 클라라가 사람들 앞에 나타나면 알리바이 공작은 물거품으로 돌아가."

마리 "혹시 그렇게 되면 클라라 죽이기 계획을 중지할게요."

드로셀마이어 "알리바이 공작의 뒤처리는 어떻게 하려고?"

마리 "알리바이 공작 자체는 범죄가 아니에요. 살인을 저지르지 않았는데 알리바이 공작에 실패한다고 무슨 문제가 있겠어요?"

드로셀마이어 "그렇군. 죽이는 데 실패하면 알리바이는 방치해도 그만인가. 하지만 이렇게 공들여 준비한 알리바이를 써먹지 못하다니 아깝군."

마리 "그러니까 순서가 뒤바뀌더라도 클라라 죽이기 계획을 실행에 옮기려는 거죠."

드로셀마이어 "지구에서 네 아바타라가 이모리에게 '마리 일행이 축제 수레에 타는 모습을 봤다'고 말한 후 준비해둔 함정에 뛰어들어 자살하는 거였지?"

마리 "실제로는 자살이지만, 자살이 아니라 사고로 위장할 거예요."

드로셀마이어 "하지만 아바타라가 사망하면 그 죽음은 초기화돼. 이모리가 죽음이 초기화됐음을 알아차리면 본체가 죽지 않았다는 게 들통나지 않을까?"

마리 "누가 글라라의 시체를 가져간 것처럼 꾸밀 거예요. 그러니까 글라라가 죽은 걸 이모리가 확인한 후, 그를 기절시키세요. 클로로포름 같은 약품으로요."

드로셀마이어 "그건 소설이나 영화에서나 그러는 거지. 아쉽지만 클로로포름으로 사람을 단숨에 기절시키기는 불가능해."

마리 "그럼 몽둥이로 머리를 세게 때리면 되겠죠."

드로셀마이어 "잘못 맞으면 죽을 텐데."
마리 "상관없어요. 죽어도 어차피 초기화될 테니까."

클라라 "마리가 알리바이 공작을 실행한 모양이네요. 이제 호프만 우주에서 제가 몸을 숨기면 저는 죽은 걸로 여겨질 거예요. 궁극의 알리바이가 생기는 셈이죠."
드로셀마이어 "하지만 클라라의 시체가 존재하지 않으니 클라라는 살아 있는 것 아니냐고 의심받을지도 몰라."
클라라 "그건 걱정하지 마세요. 클라라의 시체는 조만간 생길 테니까."

마리 "클라라, 각오해! ……어머. 이건 생명이 없는 그냥 인형이잖아."
클라라 "칼로 찌르다니 정말 진부한 방식이네."
마리 "내 아바타라가 말뚝에 박혀서 죽었으니까 어느 정도 비슷한 방법으로 죽일 필요가 있거든. ……클라라, 언제부터 거기 있었어?"
클라라 "네가 여기 온 후부터 계속."
마리 "날 미행한 거야?"
클라라 "응. 넌 날 미행할 심산이었겠지만, 실은 내가 널 미행한 거야."
마리 "언제 눈치챘어?"
클라라 "클라라 죽이기 계획 말이니? 네가 가짜 드로셀마이어

앞에서 희희낙락 살해 계획을 늘어놓았을 때."

마리 "……가짜 드로셀마이어는 네 아바타라였구나."

클라라 "그래. 이제 와서 알아차려봤자 이미 늦었지만."

마리 "드로셀마이어 판사님도 너랑 한통속이니?"

클라라 "아니. 하지만 그 사람은 가짜 드로셀마이어가 나라는 걸 알아."

마리 "알면서 내게 가르쳐주지 않았으니까 너랑 한통속이라는 뜻이잖아."

클라라 "그럼 그렇게 생각하든가. 그 사람은 본인이 중립적이라고 생각하는 모양이지만."

마리 "너무해. 내가 알리바이를 만드느라고 얼마나 공을 들였는지 알아?"

클라라 "공을 들이기는. 결국 빌이 호프만 우주에 온 덕분에 계획을 세울 수 있었던 거잖아. 넌 별로 한 거 없어."

마리 "날 어떻게 할 거야? 설마 고소하지는 않겠지?"

클라라 "고소? 어째서?"

마리 "내가 널 죽이려고 했……다고 오해하는 거잖아."

클라라 "오해라고?"

마리 "하지만 전부 장난이야. 내가 진심으로 널 죽이려고 했을 리 없잖니."

클라라 "장난?"

마리 "그럼. 장난이지. 장난이 아니면 뭐겠어?"

클라라 "너 방금 전에 공을 들였다고 하지 않았어?"

마리 "장난이니까 공을 들이지. 누가 진짜 살인처럼 쓸데없는 짓에 공을 들이겠니?"

클라라 "마리, 날 바보로 여기는 게 아니라면 서툰 연극은 그만 집어치워. 넌 세밀하게 클라라 죽이기 계획을 세웠어. 그게 장난이라고 믿을 사람은 아무도 없을걸."

마리 "날 협박하는 거야? 원래 잘못한 건 너잖아!"

클라라 "내가? 그게 무슨 소리야?"

마리 "원래는 내가 젊은 드로셀마이어와 맺어져야 해. 그런데 네가 빼앗았잖아."

클라라 "너, 그 호두까기 인형을 빼앗겼다는 생각에 날 원망한 거야? 그럼 그 남자를 네게 돌려줄게. 난 그런 허접한 인형에 흥미 없으니까."

마리 "아니야. 난 호두까기 인형을 원하는 게 아니라고. 난 내 이야기를 돌려받고 싶었어. 난 일개 인형이 아니라 인형 군대의 호위를 받는 왕비가 되어야 했다고."

클라라 "아하하하. 어머나, 웃겨라."

마리 "뭐가 그렇게 웃기니?"

클라라 "슈탈바움 씨의 딸이든, 그 딸이 가지고 있는 인형이든 결국 다 똑같은 입장이야."

마리 "똑같긴 뭐가 똑같아. 왕비님과 인형은 하늘과 땅만큼 차이가 난다고."

클라라 "누구든 자신의 이야기 속에서는 주인공이야. 왜냐하면 세계의 중심은 언제나 자기 자신이니까."

마리 "뭐야 그게? 마음가짐을 이야기하는 거니? 아니면 선문답?"

클라라 "즉, 이러고 있는 지금도 우리는 미스터리나 서스펜스의 등장인물인 셈이니까 굳이 동화 같은 이야기에 집착할 것 없다는 말이지. 그리고 너랑 내 입장을 뒤바꾼 건 내가 아니야. 드로셀마이어와 코펠리우스가 장난을 친 거라고."

마리 "누구 탓인지는 문제가 아니야. 난 원래 내가 있어야 하는 곳에 네가 있다는 걸 못 참겠어. 넌 대가를 치러야 해."

클라라 "대가를 치러야 하는 건 너야. 넌 날 죽이려고 했어. 너랑 같은 세계에 살다니 나야말로 못 참겠구나. 널 지금 당장 이 세계에서 없애버리고 싶어."

마리 "어째서 그렇게 되는데? 그리고 넌 나만큼 신중하지 못한 것 같으니까 가르쳐주는데, 넌 나랑 달리 알리바이가 없잖아. 날 죽이면 바로 꼬리가 잡힐걸."

클라라 "어머. 알리바이라면 네가 만들어줬잖아. 현재 사람들이 글라라를 클라라의 아바타라로 여기는 만큼 클라라는 이미 죽은 걸로 간주할 거야. 죽은 사람이 마리를 어떻게 죽이겠니?"

마리 "너, 진짜 멍청하구나. 글라라의 시체는 없어. 따라서 클라라가 죽었다는 증거도 없는 셈이라고."

클라라 "어머나. 글라라의 시체는 이제 곧 생길 거야."

마리 "날 그렇게 쉽게 죽일 수는 없을걸."

클라라 "이미 늦었어. 나로 착각하고 그 인형을 칼로 찌를 때 어디 따끔하지 않았니?"

마리 "뭐?"

클라라 "봐봐. 소맷자락에 피가 묻었네. 그 인형에 바늘이 달린 줄 몰랐어? 이제 곧 몸이 말을 안 들을 거야."

마리 "독을 발랐어?"

클라라 "주의를 기울이지 않은 네 잘못이지."

마리 "너, 네가 무슨 짓을 했는지 알아? 이건 살인이야."

클라라 "그 말을 고스란히 네게 되돌려줄게."

마리 "정말로 죽일 생각 없었어. 그냥 겁만 주려던 거야."

클라라 "정말이니? 정말이라면 이걸 줄게."

마리 "그게 뭔데?"

클라라 "해독제."

마리 "어떻게 하면 내 말을 믿겠니?"

클라라 "진심으로 사과하렴."

마리 "클라라, 잘못했어. 부디 날 용서해줘."

클라라 "좋아. 이제 일본식으로 무릎 꿇고 머리를 조아려봐."

마리 "무릎 꿇고 머리를 조아리면 용서해줄 거야?"

클라라 "네가 제대로 잘하는지 보고 나서 생각할게."

마리 "……."

클라라 "왜?"

마리 "무릎 꿇고 머리를 조아리면 해독제를 주겠다고 약속해."

클라라 "뭔가 착각하나본데, 너한테 협상권은 없어. 그냥 내가 시키는 대로 해. 보고 마음에 들면 상을 줄게."

마리 "……."

클라라 "뭐, 네 맘대로 하든가. 하지만 이제 슬슬 팔다리에 감각이 없어질 때가 됐는데?"

마리 "무릎 꿇고 머리를 조아려 사과할게. 정말로 잘못했습니다."

클라라 "그게 다야?"

마리 "앞으로 절대로 이런 짓은 하지 않겠습니다."

클라라 "그게 다야?"

마리 "어떻게든 배상하겠습니다."

클라라 "그게 다야?"

마리 "평생 당신을 모시겠습니다. 저는 당신의 하녀입니다."

클라라 "……."

마리 "부탁드립니다."

클라라 "……좋아. 줄게. 거기 던질 테니까 알아서 주워 먹어."

마리 "감사합니다."

클라라 "……먹이는 데 성공했다."

마리 "뭐?"

클라라 "인형에 바늘은 안 달렸어. 그냥 피만 좀 묻혀놨지. 인형 옷이 빨간색이라서 눈에 띄지 않은 거고. 그 피가 네 옷에 묻었을 뿐이야. 애당초 바늘에 찔리는 것만으로 죽을 만큼 강력한 독에 해독제가 어디 있겠니."

마리 "그럼 지금 내가 먹은 건 뭐야?"

클라라 "독은 아니야. 하지만 독이나 다름없을지도 모르겠네. 강력한 수면유도제야."

마리 "왜 그런 걸?"

클라라 "널 재우려고."

마리 "그러니까 왜 나를……."

클라라 "복수하기 위해서."

마리 "안…… 잘…… 거야."

클라라 "어떻게 죽고 싶니?"

마리 "절대로…… 못…… 죽어."

클라라 "미안해. 선택권은 못 주겠네. 넌 배수로에 처박혀 구정물을 한가득 들이마시고 죽을 거야. 뭐, 시체는 가능한 한 늦게 발견되는 편이 좋겠지만, 빨리 발견돼도 딱히 상관은 없어. ……어머. 벌써 잠들었네."

23

"마리를 왜 칼로 찔러 죽이지 않고 익사시켰니?" 스퀴데리가 물었다.

"마리를 글라라와 비슷한 방법으로 죽이면 오히려 불리해질 것 같아서요." 아까까지 올림피아였던 클라라가 말했다.

"익사를 시키면 글라라의 시신은 바다나 강에 빠져 죽은 상태로 발견될 공산이 크죠. 그럼 시체가 많이 상할 테니 찔린 상처가 없더라도 괜찮을 것 같았어요. 이모리/빌은 누군가가 함정에서 옮겨서 유기했다고 오인할 가능성이 커요. 반대로 마리를 칼로 찔러 죽이면 글라라는 사고나 범죄에 휘말려서 죽을 공산이 커요. 만약 목격자가 있다면 함정에 빠져서 죽었다는 사실과 모순이 생기겠죠."

"물에 빠져 죽는다고 해서 목격자가 없다는 보장은 없어."

"있었다면 무슨 수를 써야 했겠죠. 하지만 없었어요."

"널 올림피아로 개조한 사람은 누구니?"

"드로셀마이어 씨요."

"맞아, 날세. 개조해달라고 부탁하더라고." 드로셀마이어가 말했다. "클라라가 이렇게 중대한 범죄를 저지른 줄 알았다면 바로 증언했을 텐데."

"판사님은 클라라와 마리가 살인 계획을 세웠다는 걸 알고 계셨을 거예요. 알면서 묵인했다고 봐도 되겠죠?"

"마리의 계획은 알고 있었지. 하지만 마지막까지 장난 아닐까 생각했어. 그리고 클라라의 계획은 몰랐고. 정말 깜짝 놀랐어."

"적어도 클라라가 뭔가 꾸미고 있다는 건 눈치채셨을 텐데요?"

"아니. 전혀 몰랐다네."

"저기, 마드무아젤 드 스퀴데리. 드로셀마이어는 마리와 함께 클라라 죽이기 계획을 세웠으니까 사형이지?" 빌이 물었다.

"하지만 빌, 클라라는 죽지 않았잖니. 피해자가 죽지 않는데 살인죄를 적용할 수는 없단다."

"그렇지." 코펠리우스가 말했다. "죽지 않았으니, 아무리 애써도 살인미수죄를 적용하는 게 최대일걸."

"마리가 클라라를 죽이려 했다는 증거는 있나?"

드로셀마이어가 반론했다.

"클라라가 증언했잖아." 코펠리우스가 말했다.

"물적 증거가 있느냐는 걸세."

"마리가 찌른 인형이 남아 있지 않나?"

"칼로 찌른 듯한 자국이 남은 인형으로 뭘 증명할 수 있다는 건가? 그깟 건 누구든지 뚝딱 만들 수 있어."

"마드무아젤 드 스퀴데리, 드로셀마이어는 무죄야?" 빌이 물었다.

"무죄는 아니겠지. 하지만 아마도 죗값을 물리기는 힘들 것 같구나."

"악인을 내버려두려고?"

"빌, 법은 정의를 지키기 위해 존재한단다. 하지만 완벽하지는 않아. 법률에 환한 드로셀마이어는 자신이 죗값을 치르지 않아도 되도록 행동했어."

"그럼 내버려두는 거구나."

"아니야, 빌. 난 그를 내버려두지 않기 위해 모두를 불러 모은 거야. 법적으로 따지자면 그는 무죄야. 하지만 지금 설명을 다 듣고 나서도 그가 무고하다고 생각하는 사람은 아무도 없겠지. 드로셀마이어는 앞으로 평생 따돌림당하며 외톨이로 살아야 할 거야."

"아하. 따돌림당하는 외톨이라. 그거 유쾌하군." 코펠리우스가 웃었다.

"마드무아젤 드 스퀴데리, 다들 싫어하는 외톨이가 따돌림당하는 외톨이를 비웃었어."

"빌, 뭐든지 다 솔직하게 말한다고 좋은 게 아니란다."

코펠리우스가 두 사람을 노려보았다.

"그런데 클라라는 어떻게 돼?"

"클라라는 지은 죄에 합당한 형벌을 받아야겠지."

"과연 그럴까요? 저는 오토마타예요. 물건에 죄를 물을 수는 없어요." 클라라가 말했다.

"맞아. 하지만 위험한 물건은 폐기해야겠지." 스퀴데리가 말했다.

"물건? 당치도 않아요. 저는 인간이라고요."

"클라라는 양쪽의 좋은 점만 받아들이려고 그러나봐." 빌이 감탄했다. "머리 좋다."

"드로셀마이어한테 부탁해서 원래대로 되돌려야 할지도 모르겠구나." 스퀴데리가 말했다.

"야, 이 가짜야!" 스팔란차니가 클라라에게 고함을 버럭 지르며 화를 냈다. "내 딸을 어쨌어? 걔는 내 최고 걸작이자 삶의 보람이라고! 매일 여기저기 매만져서 개조해야 해. 빨리 말해. 내가 정신 나가는 꼴 보고 싶어!"

"저기, 마드무아젤 드 스퀴데리. 스팔란차니는 처음부터 정신이 나갔었지?"

"빌, 뭐든지 다 솔직하게 말한다고 좋은 게 아니란다."

"그 잡동사니는 분해해서 지하실에 처박아놨어요." 클라라가 말했다.

"지하실?" 스팔란차니는 생각에 잠겼다. "아아. 그건가!" 스팔란차니는 손뼉을 짝 쳤다. "그렇다면 문제없어. 어젯밤에 네 태엽이 다 풀렸을 때 부속품을 교체했거든."

"뭐와 뭐의 부속품을 교체했는데요?" 클라라는 불안한 듯이 물었다.

"지하실에 있던 걸 새로 주문한 올림피아의 부속품으로 착각했어. 그래서 그걸 가져다가 갈아 끼웠지."

"잠깐만요. 그럼 제 몸은 누구 거예요?"

"물론 내 거지. 내가 재료를 사서 조립했으니까."

"그게 아니라 저는 클라라예요, 아니면 올림피아예요?"

"글쎄다." 스팔란차니는 머리를 긁적였다. "이제 와서 물어본들 어떻게 알겠니. 벌써 상당히 많이 뒤섞여서 뭐가 누구 건지 몰라."

"어디. 내가 분해해서 조사해보겠네." 드로셀마이어가 일어섰다.

클라라/올림피아는 달아났다.

하지만 덩치 큰 남자가 앞길을 막았다. 코펠리우스다.

클라라/올림피아는 멈추지 못하고 코펠리우스의 손에 닿았다.

퍼엉.

클라라/올림피아의 상반신이 산산조각 나서 다양한 부속품이 사방에 흩어졌다.

드로셀마이어는 톱니바퀴를 집어 들고 유심히 관찰했다. "이런데 잘도 움직였군. 톱니바퀴에 살점이 엉겨 붙었어."

"이쪽도 좀 봐. 혈관에 방청유가 들었어."

코펠리우스도 혈관을 뒤집으면서 말했다.

"이봐. 더러운 손으로 만지지 마." 스팔란차니는 땅에 흩어진 톱니바퀴와 벨트, 연결봉, 살점, 이, 뼛조각, 눈알을 긁어모았다.

드로셀마이어와 코펠리우스는 스팔란차니의 말은 들은 척도 않고 제각기 클라라/올림피아를 조립하기 시작했다.

"이거, 부품이 모자라는데. 원래 클라라로는 돌려놓을 수 없겠어." 드로셀마이어가 웃으면서 말했다. "이왕 이렇게 됐으니 다른 걸 만들어볼까?"

"그거 좋군. 멋들어진 괴물을 구상해놨으니 그걸 만들자고." 코펠리우스가 말했다.

"내 올림피아를 멋대로 주물럭거리지 마!" 스팔란차니는 허둥지둥 조립하려다가 손이 미끄러져서 부속품을 다 쏟아버렸다.

"클라라는 죽은 거야?" 빌이 물었다.

"응. 그런 것 같네. 하지만 걱정 말렴. 저 사람들이 바로 조립해 줄 모양이니까." 스퀴데리가 말했다. "조립해도 더 이상 클라라나 올림피아는 아닐지도 모르겠지만."

"이제 어떻게 할 거야?"

"이제 지구에서 마지막 마무리를 하자꾸나, 빌. 나와 함께 말이야."

24

 "드로셀마이어 선생님은 도대체 어떻게 되신 겁니까?" 이모리는 병원 대기실에서 레쓰에게 물었다.
 "수업하다가 갑자기 쓰러졌어. 뇌경색이래." 레쓰는 말했다. "덧붙여 본명은 드로셀마이어가 아니지만. 절차를 밟으면 학교 안에서 별칭을 쓸 수 있거든. 너도 알겠지만."
 "예. 이제 와서 본명으로 부르기도 뭐하니 그냥 드로셀마이어 선생님이라고 해도 될까요?"
 "응. 나야 뭐 어느 쪽으로 불러도 상관없어."
 "벌써 뵙고 오셨어요?"
 "면회사절이래. 뇌파를 보면 의식은 있는 모양이지만, 몸은 미동도 없고 말도 못 하니까 만나봤자지."
 "클라라의 상태에 연동해서 일어난 일일까요?"
 "모르겠어. 죽을 때 말고는 연동되지 않는 줄 알았는데. 뭐, 반쯤 기계가 됐으니 죽은 거나 마찬가지 상태인 건가."

"회복될 가망은 없을까요?"

"그야 나도 모르지."

"글라라 씨가 마리의 아바타라는 사실은 처음부터 알고 계셨나요?"

"응."

"글라라 씨의 시신이 발견됐을 때 왜 드로셀마이어 선생님께 연락이 갔을까요?"

"글라라가 학교에 드로셀마이어의 전화번호를 연락처로 등록해놨거든. 성인이니까 꼭 부모님의 연락처를 등록하지 않아도 괜찮아."

"이모부와 조카라는 건 물론 거짓말일 테고요."

"물론 거짓말이지."

"전부 절 속이려고 꾸민 짓이었군요."

"조금 달라. 누군가를 속이기 위해 놓은 덫에 네가 우연히 딱 걸린 거지."

"그렇게 말씀하셔도 전혀 위로가 되지 않습니다만."

대화가 잠시 끊겼다.

"생각해봤는데요." 이모리가 불쑥 말했다.

"중요한 일 아니면 말 안 해도 돼."

"제게는 꽤나 중요합니다."

"내게는 아무래도 상관없는 일일지도 모르잖니."

"당신 정체가 뭔지 생각해봤어요."

"난 신도 레쓰야."

"그게 아니라 당신 본체 말입니다."

"역시 아무래도 상관없는 일이었네."

"처음부터 당신은 이 사건을 저보다 깊이 이해하고 계셨습니다."

"통찰력에 차이가 있으니까."

"지구의 일뿐만 아니라 호프만 우주에서 일어난 일도 잘 알고 계셨고요. 분명 빌과 클라라와도 안면이 있을 겁니다."

"혹시 그런 하잘것없는 사실을 깨달았다고 자랑하는 거니?"

"아니요. 객관적인 사실을 말씀드리는 것뿐입니다."

"왜?"

"퍼즐을 완성시키기 위해 퍼즐조각을 늘어놓는 거죠."

"왜 그런 짓을 하는데?"

"마지막 퍼즐조각을 찾으려고요."

"아무리 애써도 못 찾을걸."

"그럼 어떻게 해야 할까요?"

"간단해. 나한테 확인하면 되지. 그럼 진실을 말해줄게."

"과연. 진작 확인할 걸 그랬네요."

"그러게 말이야."

"그럼 묻겠습니다."

"그래."

"신도 레쓰 씨, 당신은 드로셀마이어죠?"

레쓰는 담배에 불을 붙였다. "응, 맞아."

"병원에서는 금연입니다."

"누가 주의를 주면 끌게."

"제가 주의를 드렸는데요."

"물론 넌 제외하고."

"마리의 알리바이를 성립시키기 위한 계획은 당신이 구상했습니까?"

"저쪽에서도 말했지만 마리/글라라가 구상했어."

"글라라 씨는 원래 클라라와 별로 안 닮았습니까?"

"그렇지. 화장과 옷으로 이미지를 비슷하게 만들었을 뿐이야."

"가짜 드로셀마이어는 당신이 모집했습니까?"

"응. 가짜 드로셀마이어가 클라라였다는 건 정말로 예상외였어."

"글라라 씨가 함정에 빠졌을 때, 당신도 현장에 오셨습니까?"

"응. 글라라가 죽고 나면 널 죽이려고 했지. 그런데 알아서 죽더라고."

"죽일 생각이셨어요? 초기화된다는 걸 안다고 해도 죽이려면 망설여질 텐데요."

"괜찮아. 난 익숙하거든."

"익숙하다니, 뭐에 말입니까?"

"살인에."

"그런 상상을 하는 걸 좋아하신다는 말씀입니까?"

"상상이 아니라 실제로 죽이는 데 익숙해."

"살인을 저질러본 적이 있다는 뜻인가요?"

"응."

"왜 하필 지금 그 사실을 밝히시는 거죠?"

"네가 동요하는 모습을 보고 싶었거든."

"제가 경찰에 신고하면 어쩌시려고요?"

"어쩌긴 뭘 어째. 아무 증거도 없는데." 레쓰는 미소를 지었다. "난 빈틈없이 일을 처리하거든."

"글라라 씨의 죽음이 초기화됐다면 말뚝에 묻은 피는 뭡니까?"

"글라라가 나중에 자기 피를 뽑아서 뿌렸어."

"제가 함정을 조사할 때 떠민 사람은 누구였죠?"

"그건 글라라였어. 죽이려고 했는데 클라라가 모습을 감춰서 찜찜했겠지. 클라라의 반격에 당할까봐 겁이 난 나머지 함정 바닥에다 진상을 적은 편지를 남겼어. 다만 네가 너무 빨리 편지를 발견할 것 같아서 초조해진 나머지 널 함정에 빠뜨린 거야."

"편지가 빨리 발견되면 안 됩니까?"

"그 편지는 어디까지나 만일의 일에 대비한 보험이었거든. 그 시점에서 네가 편지를 읽으면 마리/글라라의 계획이 틀어지잖니."

"가짜 드로셀마이어가 떠밀었을 가능성은 없습니까?"

"만약 가짜 드로셀마이어가 그랬다면 편지를 가지고 갔겠지. 클라라가 범인일지도 모른다고 쓰여 있었을 테니까."

"그럼 그 후에 제 목을 졸라서 죽인 건 누굽니까?"

"그때 마리/글라라는 이미 살해당한 뒤였지. 네가 그 편지를 읽어서 곤란해지는 사람은 클라라/가짜 드로셀마이어밖에 없어. 그 후에 네 경동맥을 잘라서 죽인 것도 클라라/가짜 드로셀마이어야."

"과연. 이제야 이해가 가네요. 그건 그렇고 당신까지 포함하면 세 명이나 되는 사람이 제 목숨을 노린 셈이군요."

"물론 누구에게도 죄를 물을 수는 없어. 넌 쌩쌩하게 살아 있으니까."

"마리는 목숨을 잃었고, 클라라도 비참한 꼴이 됐습니다. 당신도 호프만 우주에서는 따돌림당하는 외톨이 신세고요."

"다 스퀴데리 탓이지. 하지만 다른 세계에서 뭐가 어떻게 되든 내 알 바 아니야. 드로셀마이어와 나는 기억을 공유하지만 동일인은 아니거든. 난 이 세계에서 내 마음대로 살 수 있어."

"하지만 살인을 저지르셨잖아요."

"과연 내 꼬리를 잡을 수 있을까? 스퀴데리 정도쯤 되면 모르지만 넌 역부족일걸."

"어허. 여기서 또 보는구먼." 갑자기 레쓰 뒤에 도쿠 씨가 나타났다.

"앗, 안녕하세요." 이모리도 인사했다. "신도 씨, 이쪽은 오카자키 씨라고 하는데, 요전에……."

"소개할 필요 없어." 레쓰는 눈을 부릅떴다. "잘 아는 사람이니까."

"어? 초면이 아닙니까?"

"난 이만 갈게. 기분이 좀 별로라서."

"살인범의 꼬리를 잡는다는 둥 못 잡는다는 둥 재미있는 이야기를 하는 것 같던데." 도쿠 씨가 유쾌하게 말했다.

"그야 당연히 농담이지."

"오오, 그렇군. 난 농담을 아주 좋아해."

"두 분은 어디서 안면을 트셨어요?" 이모리가 물었다.

"전에 살던 동네에서. 이 사람이 살인을 저질러서 체포된 게 아직도 생생하게 기억나는구먼."

"앗. 이미 체포된 적이 있군요!" 이모리는 놀라서 목소리를 높였다.

"다른 사람이 들으면 오해하겠네." 레쓰가 주변을 둘러보았다. "체포됐지만 무죄로 풀려났다고."

"확실한 증거를 확보해서 기소했지만, 재판에서 뒤집혔다네. 이 사람이 자기 자신을 변호했지." 도쿠 씨가 말했다. "이야, 정말이지 그런 말도 안 되는 대역전극이 벌어질 줄이야."

"잠깐만요. 여러모로 엄청난 이야기를 하고 계시는데요." 이모리는 미간을 눌렀다.

"당시 바빠서 재판까지는 신경을 쓰지 못했다네. 검찰이 나와 상의했다면 뒤집히는 일은 없었을 텐데."

레쓰는 도쿠 씨를 노려보았다.

"어이쿠, 이거 실례." 도쿠 씨는 레쓰의 눈빛을 피하지 않고 마주 보았다. "그건 그렇고 뭔가 또 이런저런 일을 벌이고 있는 모양이로구먼."

"그냥 농담이라고 했잖아."

"그러니까 나도 농담에 어울려주겠다는 말이야." 도쿠 씨는 얼굴 가득 웃음을 띤 채 말했다. "이제 이쪽과 저쪽 양쪽에서 즐거운 시간을 보낼 수 있겠군."

레쓰는 숨을 삼켰다. "어휴, 그런 거였어?"

"왜 그러세요?" 이모리가 물었다.

"이 사람이 스퀴데리야." 레쓰가 말했다.

"예? 그러세요?" 이모리는 눈이 휘둥그레졌다.

"뭘 그리 놀라나? 그런데 마지막 마무리는 함께하는 게 아니라 나 혼자 해도 괜찮겠는가? 천천히 시간을 들여서 놀아보고 싶어서 말이야."

레쓰는 소름이 끼친다는 듯이 몸을 부르르 떨었다.

"그럼 저는 이만 실례하겠습니다." 이모리가 말했다. "볼일이 생각나서요."

"급한 일인가?"

"예. 구내식당에서 텔레비전을 봐야 하거든요."

25

 식당에서 멍하니 텔레비전을 보고 있는데 젊은 여자가 말을 걸었다.
 "이모리! 너, 모레 증착 장치 쓰려고 예약했지? 그거 양보해주지 않을래?"
 이모리는 천천히 여자가 있는 쪽을 보고 고개를 살짝 갸웃했다.
 "목 아파?"
 "아니. 어떻게 할까 생각 좀 하느라고."
 "증착 장치를 양보해주기 어려울 것 같아?"
 "양보해줄까 말까 망설이는 게 아니야."
 "그럼 뭘 망설이는데?"
 "**이번에는** 다른 방식으로 전개됐어. 그래서 어떻게 할까 싶어서."
 "도대체 그게 무슨 소리니?"
 이모리가 천천히 입을 열었다.

"스나크는?"

여자는 얼어붙은 듯이 굳어버렸다.

"저어, 부탁이 있어. 원래 세계로 돌아가려면 분명 네 협력이 필요할 거야. 자, 암호를 말해줘."

"부점이었다."

세계가 확 바뀌었다.

〈끝〉

E. T. A. 호프만 작품 소해제

※본 작품의 경향을 언급하는 부분이 있으므로 본문을 먼저 읽어주십시오.

《클라라 죽이기》의 주요한 모티브는 19세기 초에 활약한 독일 작가, 에른스트 시어도어 아마데우스 호프만의 소설입니다. 주된 관련 작품의 간략한 줄거리를 소개할 테니, 본문을 다 읽으신 후 참조하여 재독해보시기 바랍니다. 그리고 꼭 호프만의 작품도 읽어보시기 바랍니다. 《클라라 죽이기》의 이야기에 숨겨진 여러 수수께끼가 말끔히 풀릴 겁니다.

호프만은 1776년 프로이센 쾨니히스베르크(현재 러시아 칼리닌그라드)의 법률가 집안에 태어났다. 쾨니히스베르크 대학교에서 법학을 전공하며 시 짓기, 작곡, 악기 연주, 회화 등 예술 활동에 전념한다. 그 후 사법후보시험에 합격해 쾨니히스베르크에서 배석판사로 임명된다. 1806년 나폴레옹이 바르샤바를 침공하여 실직할 때까지 근무지를 옮겨 다닌다. 그 후 극장 소속 작곡가 겸 연출가가 되었고, 1814년 《칼로풍의 환상작품집》 출간을 시작으로 활

발한 창작활동을 벌여 인기를 얻는다. 1822년 46세의 나이로 서거.

✤ 황금단지(Der goldne Topf, 1814년)

승천제 행사가 열린 날 오후, 드레스덴의 검은 문을 빠져나온 대학생 안젤무스는 바구니를 든 추한 노파와 부딪쳐 사과와 과자를 엉망으로 만든다. 변상하고자 가진 돈을 모두 내놓지만 노파는 "크리스털 유리 속에 갇힐 것"이라는 저주의 말을 내뱉는다.

울적한 기분으로 엘베 강가 길에서 담배를 피우던 안젤무스는 수정 방울을 굴리는 듯한 목소리를 듣는다. 그리고 녹색 기운을 띤 아름다운 황금색 뱀 세 마리를 보게 되는데, 그중 눈동자가 푸른 뱀에게 사랑의 감정을 느낀다.

그 후 안젤무스는 추밀문서 관리관 린트호르스트의 곁에서 필사 일을 하게 되는데, 린스호르스트는 불도마뱀 샐러맨더의 화신이자 안젤무스가 사랑에 빠진 뱀의 정령 세르펜티나의 아버지다.

하지만 안젤무스에게 연심을 품은 부학장의 딸 베로니카와 베로니카를 노리는 서기 헤어브란트, 사과장수 노파 등의 모략으로 둘의 사랑은 위기에 봉착한다. 환상과 소극(笑劇)이 뒤섞인 호프만 초기의 걸작 동화.

✤ 호두까기 인형(Nußknacker und Mausekönig, 1816년)

의학고문관 슈탈바움의 막내딸 마리는 성탄 전야에 받은 선물

중에서 못생긴 호두까기 인형이 아주 마음에 든다. 하지만 난폭한 오빠 프리츠가 그 인형을 망가뜨리고 만다. 그날 밤 인형들을 놓아둔 장식장의 인형용 침대에 망가진 호두까기 인형을 눕히려고 했을 때, 땅에서 머리가 일곱 개 달린 생쥐 왕이 대군을 이끌고 나타난다. 호두까기 인형은 다른 인형들과 함께 열심히 싸운다.

마리는 호두까기 인형을 돕고자 생쥐 왕에게 신발을 던지고 정신을 잃는다. 다음 날 아침 정신이 든 마리가 대부이자 상급법원 판사인 드로셀마이어에게 밤에 있었던 일을 이야기하자, 그는 시계사 드로셀마이어의 종질인 청년 드로셀마이어와 생쥐 왕비 마우제링크스의 저주를 받은 피를리파트 공주 이야기를 들려준다. 청년 드로셀마이어는 공주를 구하기 위해 대신 쥐의 저주에 걸려 인형으로 변했다고 한다. 마리는 자신이 받은 호두까기 인형이 바로 저주받은 청년 드로셀마이어일 것이라고 생각한다……

이 이야기는 원래 호프만이 친구 히트지히의 아이들을 위해 만들어서 들려준 것이다. 차이콥스키가 작곡한 발레 음악 〈호두까기 인형〉의 원작으로도 유명하지만, 사실 차이콥스키는 알렉상드르 뒤마 부자가 각색한 프랑스판 《호두까기 인형 이야기》를 밑바탕으로 삼았으며, 주인공의 이름은 이야기 속에서 마리가 선물 받은 인형에 영향을 받았는지 클라라로 바꾸었다.

✧ 모래 사나이 (Der Sandmann, 1816년)

이야기는 청년 나타나엘이 친구 로타르에게 보낸 편지로 시작

된다. 나타나엘은 유년 시절부터 아이의 눈알을 빼앗는 괴물 모래 사나이의 망상에 사로잡혀 지냈는데, 가끔 아버지를 찾아오는 변호사 코펠리우스야말로 모래 사나이라고 믿는다. 얼마 후 서재에서 폭발 사고가 발생하여 아버지가 돌아가시고, 아버지를 찾아오던 코펠리우스는 사고 이후로 행방이 묘연해진다. 그리고 현재 나타나엘이 머무는 하숙집에 코펠리우스와 똑같이 생긴 청우계 행상 코폴라라는 남자가 나타나서 나타나엘은 고민에 빠진다.

로타르의 여동생 클라라는 잠시 고향에 돌아온 연인 나타나엘을 위로하지만, 여전히 망상에 사로잡힌 나타나엘은 로타르와 결투 소동을 일으키나 클라라가 중재하여 큰 탈은 생기지 않는다. 그리고 나타나엘이 없는 사이에 하숙집은 불에 타서 사라진다.

나타나엘은 새로운 거처를 얻어 스팔란차니 교수 밑에서 물리학을 공부하다가 스팔란차니의 딸이자 차가운 미녀인 올림피아에게 뜨거운 사랑의 감정을 느끼고 청혼하기로 결심한다. 하지만 연구실에서 스팔란차니와 코폴라가 심하게 다투는 장면과 눈알이 빠진 올림피아의 모습을 목격한다. 나타나엘은 올림피아의 눈알을 내던진 스팔란차니를 목 졸라 죽이려 하다가 실신한다.

발레 〈코펠리아〉와 오페라 〈호프만 이야기〉의 원작으로도 유명한 환상괴기소설. 정신의학자 지그문트 프로이트가 이 작품을 분석해서 〈섬뜩함〉이라는 논문을 썼다.

❖ 스퀴데리 양(Das Fraulein von Scuderi, 1819년)

1680년 루이 14세 치하의 파리. 어느 날 밤, 복면을 쓴 수상한 남자가 생토노레 거리에 있는 스퀴데리의 집을 찾아와 스퀴데리와 만나고 싶다고 한다. 하녀 마르티니엘이 거절하자 남자는 작은 상자를 떠맡기고 돌아간다.

상자에는 파리 최고의 금세공사 르네 카르디악이 만든 금팔찌 한 쌍과 금목걸이, 그리고 스퀴데리에게 보내는 편지가 들어 있다. 카르디악을 불러 경위를 이야기하자 카르디악은 그 물건들을 스퀴데리에게 선물하겠다고 말할 뿐이다.

몇 달 후, 이번에는 스퀴데리가 탄 마차에 편지가 날아든다. 편지에는 팔찌와 목걸이를 카르디악에게 돌려주라고 요구하는 글이 적혀 있다. 스퀴데리가 카르디악의 집으로 달려가자 사람들이 집을 둘러싸고 있다. 스퀴데리는 카르디악의 제자 올리비에 브뤼송이 스승을 살해한 죄목으로 체포됐음을 알게 된다.

하지만 카르디악의 딸이자 올리비에의 연인인 마들롱은 올리비에가 무죄라고 확신한다. 스퀴데리는 사건의 진상을 알아내기 위해 조사에 나선다.

'파리 살롱의 사포'*라고 칭송받던 실재인물을 주인공으로 삼아 그려냈다. 모리 오가이는 이 작품을 탐정소설로 평가하고 《구슬을 가지고 있으면 그것이 곧 죄가 된다》라는 제목으로 번안했다.

---

* 기원전 612년경에 태어난 그리스의 여류 시인.

작품 해설

인간과 비인간의 모호한 경계

장경현(추리문학 평론가 & 조선대학교 교수)

1. 텍스트 읽기에 대하여

독서를 통해 발생하는 지적, 정서적 변화는 그 순간의 개인적인 환경과 상황에 따라 상당한 차이를 보인다. 몇 살 때, 무슨 계절에, 어떤 시간대에, 어디에서, 어떤 자세로, 무엇을 하면서, 어떤 판본으로, 어떤 기분으로 책을 읽었느냐에 의해 그 책에 대한 인상과 심지어 책의 내용마저도 달라지는 것이다. 이것은 심지어 추리소설에도 똑같이 적용된다. 같은 작품을 시간을 두고 여러 차례 읽으면 매번 다른 경험을 하게 된다. 이미 범인이 누구인지, 트릭이 무엇인지 알더라도―아니, 오히려 결과를 알기 때문에 더욱 새로운 경험이 되는 것이다.

고바야시 야스미의 최근작 《클라라 죽이기》(2016)도 마찬가지다. 이 작품은 매우 복잡한 텍스트로, 작품 속 세계가 지구―호프만 우주―이상한 나라의 세 공간이 '꿈'으로 연결되어 존재하는 것처럼 몇 가지의 텍스트가 눈에 보이지 않게 중첩되어 있다. 호프만의 작품들/《이상한 나라의 앨리스》에다가 같은 작가의 전작인 《앨리스 죽이기》와 《클라라 죽이기》에 해당하는 새로운 텍스트가 공존하고 있다.

결국 텍스트언어학자 보그란데와 드레슬러가 제시한 텍스트성의 조건 중 하나인 상호 텍스트성(intertextuality)이 이 시리즈의 가장 지배적인 요소인데, 이 작품들은 원전 텍스트를 철저하게 모방하고 변형하기 때문에 원전 텍스트를 모르는 상태에서 완전하게 이해하기가 어렵다. 거의 유사한 텍스트를 살짝 비틀어 새롭게 구성함으로써 좀 더 진전된 텍스트를 창조한다.

따라서 원전을 읽고 이 작품을 읽을 때와 원전을 읽지 않고 이 작품을 읽을 때 독자의 인상은 상당한 차이가 난다. 호프만 우주의 인물과 지구의 해당 인물을 항상 연결 지어 작품을 읽게 되듯이 호프만의 작품들과 이 작품은 항상 연결을 유지하고 있다. 또한 《앨리스 죽이기》를 읽은 뒤 이 작품을 읽으면 또 다른 텍스트가 되고, 나아가 고바야시 야스미의 《밀실·살인》과 같은 작품들—이 작품들은 이모리 겐이 나오는 아바타라의 세계가 아니다—을 읽고 나서 《클라라 죽이기》를 읽으면 또 새로운 텍스트가 된다. 이런 면에서 이 작품은 고바야시 야스미의 이전 작품들을 읽고 난 뒤에 읽기를 적극 권한다.

2. 고바야시 야스미

고바야시 야스미는 1962년생으로, 오사카 대학에서 공학박사 과정을 수료했으며 1995년 《장난감 수리공》으로 데뷔했다. 주로 SF와 공포소설 등으로 유명하나 《밀실·살인》, 《커다란 숲의 자그마한 밀실》, 《앨리스 죽이기》 등의 추리소설을 발표하여 호평을 받았다. 《클라라 죽이기》는 《앨리스 죽이기》의 후속작으로, 일본에서는 2016년 6월에 출간된 최신작이다.

공포소설에서 주로 활동했기 때문에 그의 추리소설 저변에도 환상성과 엽기성이 깔려 있다. 환상세계를 배경으로 하는 두 작품 외의 현실적인 추리소설도 이는 마찬가지이며, 본 작품을 읽은 독자는 느꼈겠지만 잔혹한 묘사와 블랙유머가 전체 작품에서 보이는 작가의 특징이다. 공학도 출신답게 과학기술 관련 논의나 공대 대학원생과 교수의 현실적인 묘사 등도 작품의 특징이다.

3. E. T. A. 호프만

책 말미에 수록된 해제에 호프만의 정보가 소개되었으므로 자세한 정보는 생략하겠다. 다만 호프만 자체가 매우 흥미로운 인물이며 환상문학에 끼친 영향이 지대하기에 그의 작품 성향에 대해 간단하게 소개한다. 도스토옙스키, 고골, 발자크, 포 등 수많은 문학가뿐 아니라 차이콥스키, 슈만, 힌데미트, 바그너 등의 음악가, 그리고 앨프레드 히치콕, 잉마르 베리만, 길예르모 델 토로 등의 영화감독들 또한 호프만의 영향을 받았다. 오펜하임의 오페라 〈호프만 이야기〉는 아예 호프만을 주인공으로 삼았으며, 호프만 자신이 뛰어난 작곡가 겸 지휘자이기도 했다.

그의 작품 세계는 자신이 낮에는 법관, 밤에는 예술가로 이중생활을 했듯이 속물적인 현실과 기괴하고 낭만적인 환상의 이중성을 그리고 있다. 꿈과 현실의 경계가 모호해지고 꿈에 의해 현실이 잠식당하고 인물이 파멸하는 이야기가 많다는 면에서 고바야시 야스미의 작품세계와 일맥상통한다. 《모래 사나이》와 《호두까기 인형》이 가장 유명하지만 《스퀴데리 양》 또한 중요한 작품이다.

장편 《스퀴데리 양》은 에드거 앨런 포보다 앞선 최초의 범죄소설로 평가받기도 하는데, 의외의 진실과 극적인 해결은 오늘날의 추리소설에 못지않으며, 무엇보다 오늘날 우리가 알고 있는 사이코패스의 모습이 현실감 넘치게 묘사되고 있다. 이 작품의 주인공인 마드무아젤 스퀴데리는 70대의 독신 노인으로, 문학적 역량과 더불어 높은 덕성으로 만인의 존경과 사랑을 받는 인물이다. 《클라라 죽이기》에서 르네 카르디악을 스퀴데리가 슬쩍 협박하는 장면이 나오는데, 이것이 《스퀴데리 양》과 연관 있는 것이다. 그리고 드로셀마이어에게 카르디악이 단검을 뽑아드는 것 역시 원작을 읽은 독자에게는 의미 있는 행동이다. 그러나 원작의 스퀴데리는 탐정으로서 사건 해결을 하지는 않는다.

소설가이자 평론가인 콜린 윌슨은 저서 《문학과 상상력(Strength

to dream)》에서 이렇게 평했다. '《스퀴데리 양》은 드물게 고도의 영감을 얻었을 때의 뒤마가 쓴 것이 아닌가 하고 착각할 정도의 작품인데, 이 작품이 지닌 냉정하고 진실성이 있는 분위기는 뒤마보다도 발자크에 더욱 가깝다.'*

그 외에 《모래 사나이》의 등장인물인 나타나엘, 코펠리우스, 스팔란차니, 올림피아, 로타르의 성격이나 행동은 원작과 거의 똑같다. 호프만의 작품들이 본래 음울한 환상소설로서 완성도가 높은 탓인지, 원작의 설정을 자유롭게 활용한 《앨리스 죽이기》와 달리 《클라라 죽이기》는 원작을 거의 동일하게 원용하는 방식을 쓴다. 그러므로 이 작품을 온전히 즐기려면 위에 언급한 세 작품 정도는 읽는 편이 좋다. 모두 이 작품과 관계없이 읽어볼 만한 작품이다.

4. 들여다보는 자

이 시리즈는 메타텍스트적인 성격을 갖고 있다. 각기 다른 공간이 독립된 텍스트로써 존재하며 서로의 세계를 상위 층위에서 들여다보고 평가한다는 점에서 우선 그러하고, 도마뱀 빌의 답답하게 순환하는 논법에서도 그런 모습을 볼 수 있다.

빌은 모든 '당연한 것'을 당연하지 않게 받아들인다. 그리고 모

---

*콜린 윌슨, 《문학과 상상력》, 이경식 옮김(범우사, 1978), 73쪽.

든 단어의 의미를 '바깥에서' 재구성하고 점검한다. 이 때문에 빌과 대화하는 사람들은 아무렇지 않게 쓰던 단어들을 하나하나 새로 정의해서 설명해주어야 한다. 이러한 모습은 현실과의 거리감을 인식하게 만든다. 그리고 이렇게 익숙한 단어의 의미들을 관점에 따라 다르게 해석하는 행위는 이 텍스트 전체의 모티브인 '누가 누구의 기호이고 누가 누구의 의미인가'와 직접적으로 맞닿아 있다.

한편 《앨리스 죽이기》나 이 작품이나 기묘할 정도로 잔인하고 냉정한 서술에 소름이 끼칠지도 모른다. 등장인물들은 하나같이 타인을 철저한 '타자'로 바라볼 뿐 애정이나 동정심, 증오 등 관계를 규정하는 감정은 거의 갖고 있지 않다. 범인만이 빗나간 증오심을 보일 뿐 대다수의 구성원들은—심지어 '지구'의 구성원조차도!—감정 없는 오토마타와 별다를 바 없다. 이를 지켜보는 독자들의 시선도 아마 다르지 않을 것이다.

이러한 비밀착과 무감정에서 발현되는 무자비한 폭력은 《클라라 죽이기》에서 드로셀마이어와 코펠리우스의 인간 해체와 재조정 능력에서 극한에 달한다. 두 사람은 사람의 인격을 뒤바꾸고 기억을 조정하는 등 인간을 인형처럼 다루는 인물인데, 그 과정의 묘사는 매우 단순하고 간결하게 이루어진다. 그냥 머리를 뽑아 뇌를 헤집고는 다시 맞추는 것이다. 이러한 무심한 잔인성이야말로 이 시리즈의 저류에 흐르는 섬뜩한 공기다.

아이러니하게도 이런 냉담함이 이 시리즈의 중심 트릭을 가능하게 하고 독자들을 납득시키는 장치일 뿐 아니라, 독자 자신의 모습을 비추는 거울이 된다. 독자에게 소설 속 인물들은 마음대로 옷을 갈아입히고 매번 다른 인격을 부여하는 종이인형이나 마찬가지다. 즉 드로셀마이어나 코펠리우스는 호기심 많고 짓궂은 독자와 동일한 인물이다. 물론 이런 태도가 가상세계가 아닌 현실로 이어진다면 사이코패스의 모습이 될 것이다.

5. 안다고 믿는 것의 함정

고바야시 야스미의 다른 작품들을 읽어본 독자들이라면 작품들의 세계와 인물들이 연속성을 지닌다는 사실을 알고 있을 것이다. 신도 레쓰는 이전의 '현실적인 추리소설(그러나 이 또한 그리 현실적이지는 않다)'《밀실·살인》과《커다란 숲의 자그마한 밀실》에도 등장한 인물이다. 상세한 묘사는 없으나 성격이나 전체적인 인상은 모두 비슷하다. (게다가 살인을 저지른 적이 있다고 말하지 않는가!) 중간에 잠깐 등장하는 노인 오카자키 도쿠사부로 즉 도쿠 씨도 마찬가지이다.《밀실·살인》에서는 유달리 예리하고 참견을 좋아하는 인물로서 탐정의 자질이 뛰어난 노인이다. 《밀실·살인》에서는 용의자였던 인물들이《커다란 숲의 자그마한 밀실》에서는 각자 탐정으로 활약하는 등 '고바야시 월드'의 인물들은 작품마다 다른 역할을 맡으며 부활한다. 이것은 고바야시 야스미가 자신의 작품들끼리도 '이상한 나라'나 '호프만 우주'처럼 연결된 세계로 설정했으며, 인물들도 이름이나 모습은 비슷하지만 매번 새로운 역할로 바뀌는 설정을 확고하게 완성했음을 알게 한다.

※ 스포일러가 있으니 아직 안 읽은 독자는 이하부터는 읽지 마시기 바랍니다.

그러고 보니 이 시리즈는 아야츠지 유키토의 '관 시리즈'와 닮은 면이 있다. 두 개의 다른 세계가 각기 독립된 텍스트로 교차 기술되며 독자의 착각을 유발하는 것이다. 이것은 '등치의 오류 트릭' 정도로 명명할 수 있는 게 아닐까 한다. 두 개의 텍스트가 어떠한 연결 표지 없이 교차되어 제시되는데, 영화의 몽타주 기법과 같이 독자 자신이 여기에 필연성을 부여하고 텍스트 간의 관계를 상상한다. 다만 추리소설이라는 장르의 규칙 때문에 두 개의 텍스트는 보이지 않는 또 다른 서사를 숨기고 있다고 믿는다. 빌 밸린저의 작품들이나 우타노 쇼고의 《벚꽃 지는 계절에 그대를 그리워하네》, 아야츠지 유키토의 관 시리즈처럼 과거와 현재가 교차하는 경우가 많은데, 고바야시 야스미는 아예 두 개의 다른 세계—현실 대 비현실 또는 《클라라 죽이기》 대 호프만의 작품들—를 교차시킨다. 다른 점이라면, 전자는 두 개의 텍스트의 관계를 숨긴 채 교차 배열하는 데 반해 후자는 정교한 장치와 규칙을 제시하여 두 텍스트의 관계를 설득시킨다는 것이다.

어쨌든 두 가지 방식 모두 본질적인 면에서는 공통점이 있다. 병치되는 두 텍스트는 등치성을 가진다는 것이다. 그리고 그 등치성에는 작지만 결정적인 기만이 존재한다는 것.

이 작품은 특히 《십각관의 살인》과 유사한 트릭을 구사하고 있다. 《십각관의 살인》 역시 '사건 당일 서술/별명: 사건 이후 서술/실명'이라는 이중의 대립 구조를 교묘하게 뒤트는 트릭이 중심이 된다. 《클라라 죽이기》에서는 주요 모티브가 되는 두 작품 《호두까기 인형》과 《모래 사나이》의 여주인공 이름의 차이가 이에 해당한다. 본래 《호두까기 인형》 원작에서의 여주인공은 마리다. 그러나 차이콥스키가 오페라로 만들면서 마리의 인형 이름인 클라라를 여주인공의 이름으로 바꾸었고 그 결과 《모래 사나이》의 클라라와 이름이 같아진 것이다. 이러한 텍스트 변환의 과정에 일어난 작은 왜곡이 《클라라 죽이기》에서 중요한 변수가 되었다. 짐작건대 고바야시 야스미는 이러한 작은 특이점에 착안하여 트릭을 생각해낸 게 아닐까 한다.

그리고 이것은 그야말로 정체성의 문제로 이어진다. 마리는 클라라인가? 인형에서 인간이 되었다가 다시 인형이 된 마리/클라라는 인간인가 아니면 인형인가? 마지막에 몸이 뒤섞인 불쌍한 인물은 마리인가 클라라인가 올림피아인가?

6. 아직 풀리지 않은 수수께끼들

《클라라 죽이기》의 마지막 장면은 전작 《앨리스 죽이기》의 처음 부분과 그대로 이어진다. 《앨리스 죽이기》를 읽은 사람은 이 장면이 반가우면서도 다소 애처롭거나 섬뜩하기까지 할지 모른다. 이모리 겐과 도마뱀 빌의 운명을 잘 알고 있으니까. 그런데 '이번에는 다른 방식으로~'와 '원래 세계로 돌아가기 위해서'라는 말을 하는 것으로 보면 이것은 이미 《앨리스 죽이기》의 사후이며 세계가 리셋된 이후라고 추정할 수 있다. 리셋된 이상한 나라와 호프만 우주와 지구는 어떤 관계가 있을까? 이상한 나라와 지구는 함께 리셋된 듯하지만 호프만 우주는 별개인가?

그리고 고바야시 야스미의 작품을 모두 읽은 것이 아니라 확실하게 말할 수는 없지만, 이 작품 중반에 잠깐 등장했던 모로보시는 나타나엘의 죽음 이후 누구의 아바타라로 환생한 것일까? 기존 작품에 이 이야기가 나오지 않았다면 다음 작품을 예고하는 것일까?

아무튼 '고바야시 월드'가 생각도 못 한 희한한 방식으로 리셋을 거듭하며 시리즈로 이어지기를 바란다. 아마도 해괴하고 기상천외하며 끔찍한 시리즈겠지만.

옮긴이 김은모

일본 문학 번역가. 경북대학교 행정학과를 졸업했다. 아직 국내에 알려지지 않은 다양한 작가의 작품을 소개하고자 노력하고 있다. 옮긴 작품으로 《테후테후장에 어서 오세요》를 비롯해 미쓰다 신조의 '작가 시리즈'와 《별 내리는 산장의 살인》《로트레크 저택 살인사건》《여자 친구》《검찰 측 죄인》《달과 게》《밀실살인게임》등이 있다.

클라라 죽이기

초판 1쇄 발행일 2017년 2월 15일
초판 21쇄 발행일 2023년 7월 18일

지은이 고바야시 야스미
옮긴이 김은모

발행인 윤호권
사업총괄 정유한

편집 박윤희 **디자인** 전경아 **마케팅** 정재영, 윤아림
발행처 ㈜시공사 **주소** 서울시 성동구 상원1길 22, 6-8층 (우편번호 04779)
대표전화 02-3486-6877 **팩스(주문)** 02-585-1755
홈페이지 www.sigongsa.com / www.sigongjunior.com

이 책의 출판권은 (주)시공사에 있습니다. 저작권법에 의해
한국 내에서 보호받는 저작물이므로 무단 전재와 무단 복제를 금합니다.

ISBN 978-89-527-7788-1 04830
ISBN 978-89-527-7787-4(세트)

*시공사는 시공간을 넘는 무한한 콘텐츠 세상을 만듭니다.
*시공사는 더 나은 내일을 함께 만들 여러분의 소중한 의견을 기다립니다.
*검은숲은 ㈜시공사의 브랜드입니다.
*잘못 만들어진 책은 구입하신 곳에서 바꾸어 드립니다.

WEPUB 원스톱 출판 투고 플랫폼 '위펍' _wepub.kr
위펍은 다양한 콘텐츠 발굴과 확장의 기회를 높여주는
시공사의 출판IP 투고·매칭 플랫폼입니다.